알기 쉬운 불교 읽기

붓다

알기 쉬운 불교 읽기 **붓다**

초판 1쇄 | 2012년 4월 10일 발행

지은이 | 유홍종
펴낸곳 | 해누리
펴낸이 | 이동진
편집주간 | 조종순
마케팅 | 김진용

등록 | 1998년 9월 9일(제16-1732호)

주소 | 서울시 마포구 성산1동 239-1 성진빌딩 B1
전화 | (02)335-0414 팩스 (02)335-0416
E-mail | sunnyworld@henuri.com

ⓒ 유홍종 2012

ISBN 978-89-6226-029-8 (03890)

알기 쉬운 불교 읽기

붓다

유홍종 지음

해누리

CONTENTS

만교가 귀일하니

_ 숭산 스님(전 회계사 조실)

붓다의 생애와 관련된 내용은 대부분 입으로 전해진 것들을 훗날 부처님 제자들이 기록한 것들입니다. 그것들은 초기 아함경에서나 석가여래행적송(釋迦如來行蹟頌)에서 읽을 수 있습니다.

작가 유홍종 씨가 쓴 이 책은 저자의 말대로 지금까지 나와 있는 객관적인 자료들을 뽑아서 부처님의 생애를 한 눈에 읽을 수 있도록 정리했을 뿐만 아니라, 부처님이 우리에게 무엇을 가르쳐 주었으며, 붓다의 깨우침이 무엇인가를 쉽게 접근할 수 있도록 정법에 맞게 쓴 책입니다.

특히 이 책은 부처님께서 득도 과정에서 겪었던 고통과 설법 내용을 알기 쉽게 풀어놓은 것이 돋보입니다. 그러나 붓다에 관해서 누가 썼거나 붓다의 진리는 하나뿐입니다.

내가 늘 하는 말이지만 우리들의 마음은 수면과 똑같습니다. 바람이 불면 수면은 출렁거리지만 바람이 잦아들면 물결도 잦

아듭니다. 그리고 바람이 멈추면 물 위는 깨끗해져서 파문이 없어지고, 물 위에는 온갖 사물들이 거울처럼 비추어집니다.

우리들의 마음도 그와 똑같다고 할 수 있습니다. 우리가 욕심을 내고 고집이 강할수록 마음에 거센 물결이 일어나지만, 마음을 비우고 고집을 버리면 거울처럼 모든 것을 비출 수 있습니다. 그때서야 우리가 보고 듣고 말하는 것들이 모두 진리가 될 수 있습니다.

사과 하나를 놓고 봅시다. 한국에서는 사과를 사과라고 하고, 일본에서는 링고, 미국에서는 애플, 스페인에서는 만샤나라고 각각 다르게 말하지만 맛은 하나입니다.

이처럼 진리도 그리스도식 해석과 불교식 해석과 마호메트식 해석이 다르고 시대 상황에 따라서 다르게 해석되지만, 진리의 근본 알맹이는 똑같이 하나입니다.

그것이 늘 내가 주장하는 만교귀일(萬教歸一)의 사상입니다.

진리는 하나로 통합니다. 우리 세계는 궁극적으로 종교적 통합을 이루어야 하고, 그래야만 세계 평화가 올 것입니다. 그리고 결국 인류는 그 길로 가게 될 것입니다. 석가모니 부처님의 가르침도 바로 거기에 있습니다. 이 책을 통하여 불교 신자들은 물론, 그 외에 많은 분들이 진리에 눈뜨기 바랍니다. 산은 푸르고 물은 흘러갑니다.

숭산 행원 대선사

초보자의 불교 읽기

오래 전에 산사를 찾아가다가 노승 한 분을 만난 적이 있었다. 노스님은 새순처럼 인상이 해맑은 분이었다. '나도 늙어서 저렇게 깨끗했으면' 내가 노스님을 보면서 가장 먼저 떠오른 생각이었다. 노스님과 얘기가 잘 통해서 마침내 암자까지 동행할 수 있었다.

산은 오를수록 험했다. 나는 힘이 들어서 숨조차 가누지 못할 지경이었는데 앞장선 스님은 마치 다람쥐처럼 쪼르르쪼르르 잘도 오르셨다. 나는 스님에게 질세라 이를 악물고 무리한 산행을 했던 기억이 난다.

아마 내가 살아온 한 생애도 그 같은 산행이었을 것이다. 내 현생이 그동안 수많은 윤회를 거쳤다면 나도 전생의 어느 한때는 스님이었던 적이 있었을지도 모른다는 생각을 한 적도 있었다.

"나는 가톨릭 신자지만 전생을 믿지 않을 수가 없다."고 말했던 스위스의 정신 분석학자 칼 구스타프 융처럼 나 역시 가톨

9

릭 신자지만 전생을 부인할 길이 없다. 더구나 불교나 가톨릭이나 영혼의 가지를 계속 더듬어 내려가다 보면 끝내는 한 뿌리에서 만나는 나무인데 어쩌겠는가.

나는 한때 그토록 괴로웠던 '존재와 무'에 대한 의혹들을 정법을 통해서 풀었고, 삶에 귀감이 되는 보석 같은 말씀들을 모두 정법에서 주워들었다. 그것들은 이 책의 연기설과 깨달음의 바다에 잘 드러나 있다.

나는 2천여 년 전 붓다가 제자들에게 나뭇잎 하나를 들고 인생과 우주를 논하던 광경을 지금도 감동적으로 떠올리고 있다.

그날 노스님과 시절 인연을 만난 탓인지, 틈틈이 모아두었던 자료들을 꺼내어 붓다의 생애를 정리하기 시작했다. 이 책은 노스님께서 "부처님 얘기는 작가가 써야 재미있을 텐데"라고 하신 말에 힘을 받아서 썼는지도 모르고, 내가 산문 밖에 있었기에 무모하게 쓸 수 있었다는 생각도 든다.

　그러나 모든 경전은 붓다의 설법에서 나왔고, 모든 설법은 붓다가 깨달은 것이다. 우리는 단지 붓다가 깨달음에 접근해 가는 과정을 잘 알아야 하고, 그것을 통해서 우리는 살아가는 방법을 배울 뿐이다. 결국 이 책에 부제를 붙인다면 '초보자의 불교 읽기'가 될 것이다.

　지금 스님이 살아 계셨더라면 나는 이 책을 들고 가장 먼저 찾아갔을 것이다. 하지만 스님께서는 영능하시니 저 세상에서 이 책을 보시고 빙그레 웃으리라 믿는다. 내가 스님께 바라는 것은 그뿐이다.

　이 책의 추천사를 흔쾌히 써 주신 숭산 큰스님께 진심으로 감사드리고 집필 중에 큰 힘을 보내 주신 법수(法手) 선생님과 효경 거사에게도 고마움을 전한다.

유홍종

제 1장
탄생과 출가

'왕자는 커서 전륜왕이 되거나 출가해서 붓다가 될 것입니다.'

고요한 네란자라 강

'우유죽을 마시고 깨달음을 얻게 된다면
이 그릇이 강물을 거슬러 오르게 하소서.'

아침 안개에 싸인 네란자라 강가의 숲 속은 새들의 지저
귐으로 자욱하다. 그 시간에 인도의 우루벨라 숲 속의 새
들이 왜 유난히 시끄러웠는지는 곧 알 수 있게 된다. 우루
벨라 숲에서 나온 한 남자가 휘청거리는 걸음으로 강 쪽으
로 걸어가고 있었다.

그 젊은이는 너덜거리는 누더기 승복에 얼굴은 영양실
조로 바짝 말랐으며, 가슴은 앙상하게 드러났다. 얼핏 보
아도 영락없는 상거지 꼴이다.

바람만 세게 불면 금세 쓰러질 것만 같다. 이윽고 그는
강 가까이 가지도 못한 채 모래 위에 벌렁 누워 버리고 만
다. 너무 굶주리고 지친 탓이다. 그 즈음 몇 마리의 새들이
그의 이마 위를 가로질러 숲으로 날아간다.

우리는 기원전 589년경 옛 인도 갠지스 강의 지류인 네
란자라 강가의 어느 날 아침 풍경을 이렇게 상상해 볼 수

가 있다. 하지만 이것은 상상이 아니라 실제 상황이다. 한
자로는 니련선하(泥連禪河)로 쓰는 네란자라 강의 폭은
무려 2km나 되지만 우기가 지나 물이 말라 버리면 바지
가랑이를 걷고도 건널 수 있는 얕은 도랑이 되고 만다.

필자가 네란자라 강을 찾아갔을 때도 강물은 바닥이 나
있었고, 비쭉 마른 소들만 떼를 지어 서 있는 황량한 풍경
이 전개되고 있었다.

바로 그 강가에 쓰러졌던 젊은 남자 고타마싯다르타는
다름 아닌 기원전 624년에 태어난, 인도 북부 히말라야 산
기슭에 있는 작은 카필라 성의 한 왕자님이시다.

그의 성씨는 '큰 황소'라는 뜻을 가진 고타마였고, 그가
속한 종족의 이름은 '흰 살결'이라는 뜻을 가진 아리안족
의 사캬(Sakya)였다. 따라서 우리는 그를 성자라는 뜻을
가진 무니(muni)라는 말과 함께 사캬무니, 즉 '흰 살결을
가진 성자'라고 부르며, 우리말로는 석가모니라고 부른다.

고타마싯다르타 왕자는 19살 나이에 아름다운 왕세자비
를 만나 10년 정도 세상 사람들이 모두 부러워할 만한 부
귀영화를 누리며 살다가 29세가 되던 기원전 595년에 출
가한 후 6년간의 수행 끝에 마침내 깨달음을 얻어 붓다가
되었다.

붓다(Buddha)란 산스크리트어로 '활짝 핀 꽃', 혹은
'깨달음을 얻은 자'라는 뜻이다. 이렇게 깨달음을 이룬 고

타마싯다르타가 네란자라 강가에서 극도의 굶주림과 피로
에 지쳐 쓰러진 바로 그 시기는 고향을 떠나 외로운 고행
을 시작한 지 6년째가 되던 기원전 589년, 그의 나이 35살
때였다.

　그렇다면 카필라 성의 부왕을 이어 왕권을 계승해야 할
왕세자가 무슨 이유로 그 막강한 권력과 영광을 헌신짝처
럼 버리고 참담한 고행길로 들어섰다가 이렇게 네란자라
강가에 쓰러진 것일까? 선뜻 이해가 안 가는 대목이겠지
만 고타마싯다르타의 가슴 속에는 위대한 영혼의 비밀이
숨겨져 있었다.

　이 책에서 하려는 이야기가 바로 그 이야기이다. 붓다가
품었던 위대한 야망과 그 비밀은 무엇인가. 그리고 인간
붓다는 니르바나의 열반에 이르기까지 어떻게 살았으며,
도대체 그의 깨우침은 무엇인가. 바로 그것이 이 책에서
밝혀내려고 하는 초점이다.

　이야기는 다시 네란자라 강가로 돌아간다. 그 젊은 고
타마싯다르타가 극도의 고행 끝에 거의 죽음 직전에 이른
순간, 그의 귀에는 놀랍게도 아름다운 여자가 부르는 유
행가가 들렸다.

"가야금 줄을 너무 조이니 줄이 끊어지네.
가야금 줄이 너무 느슨하니 소리가 안 나네.

가야금 줄은 알맞게 조여야 소리도 좋지.
가야금 가락에 맞추어 흥겹게 춤을 추자.
둥글게 둥글게 손잡고 춤을 추자."

고타마싯다르타는 정신이 번쩍 들어 겨우 몸을 일으킨
다. 아침 안개를 타고 들리는 아름다운 소녀의 노래가 그
의 가슴을 크게 흔들어 놓은 것이다. 그는 소녀의 노래 소
리를 한 구절도 놓치지 않고 귀담아듣는다. 도대체 무슨
노래이기에 굶어죽기 직전인 그의 귀를 번쩍 세운 것일까?
"가야금 줄은 알맞게 조여야 소리가 좋아!"
고타마싯다르타의 귀에 큰 폭음처럼 들려온 것은 바로
그 구절이었다. 그는 손을 번쩍 들어올리고 벅찬 기쁨에
탄성을 질렀다. 고향을 떠나 출가한 후 6년 동안 한 번도
머릿속에서 떠나지 않고 똬리를 틀고 있던 의문의 고리가
바로 그 노래 한 구절로 신비하게도 풀리게 된 것이다.
하지만 소녀가 부른 노래는 특별한 노래가 아니라 고타
마가 카필라 성에서 평소에 늘 듣던 대중가요 같은 노래였
다. 놀랍게도 평소에 별로 귀담아 듣지도 않았던 그 노래
의 가사는 마치 자기를 두고 쓴 것처럼 가슴을 저미어 왔
던 것이다.
이윽고 해가 높이 뜨고, 주위의 자욱한 안개가 사라지자
고타마의 눈앞에는 노래를 부르던 당사자가 나타났다. 깨

끗하고 아름다운 귀족풍의 어린 소녀였다. 소녀는 어머니의 심부름으로 우유죽을 가지고 숲으로 가던 중에 흥에 겨워 노래를 불렀던 것이다.

어린 소녀는 갑자기 안개 속에서 나타난 남자를 보자 처음에는 크게 놀랐으나 곧 마음이 진정되었다. 비록 남자의 몰골은 추악하고 바짝 마른 거지였지만 말로는 표현할 수 없는 위엄과 기품이 그에게 서려 있었던 것이다.

"우유죽인데 좀 드시겠어요?"

소녀는 우유죽을 고타마의 물통에 부어 준다.

"애야, 고맙다."

마침내 고타마싯다르타는 소녀가 따라 준 우유죽을 벌컥벌컥 들이마신다. 당시 단식을 통해 육체 고행을 하는 수행자가 비린 소젖을 먹는다는 것은 계율을 깨는 것과 같은 뜻이었다. 하지만 당시 굶주림으로 배가 등가죽에 붙어 있던 고타마싯다르타는 소녀가 준 우유죽을 정말 맛있게 먹었다.

그가 얼마나 맛있게 먹었는지, 경전의 기록에도 "그 우유죽은 고타마의 몸 구석구석에 스며들어가 죽어 가던 기운을 되돌려놓았다"라고 써 있다. 마침내 우유죽을 먹고 기운을 차린 고타마싯다르타는 소녀에게 묻는다.

"네 이름이 뭐냐?"

"수자타입니다."

"몇 살이냐?"

"열일곱이에요."

그 순간 소녀는 고타마싯다르타를 물끄러미 쳐다보다가 갑자기 놀라서 뒷걸음을 치고 무릎을 꿇었다.

"무례한 저를 용서하세요."

그때서야 소녀 수자타는 그가 예사 인물이 아니라는 것을 깨닫게 된다.

"왜 그러느냐? 나는 평범한 수행자일 뿐이다."

그러나 소녀는 두 손을 합장하며 말했다.

"아닙니다. 고타마님은 위대한 브라흐만이십니다."

소녀 수자타는 고타마싯다르타를 브라흐만(Brahman)이라 불렀다. 브라흐만이란 당시 인도의 정통 바라문 사상에서 보면 우주를 창조한 신이다. 수자타의 어머니는 인도에서 숭배하는 신성한 바니아 나무에 제사를 지내기 위해 오래 전부터 음식을 준비해 두었다.

그 음식은 신의 계시에 따라 얼마나 정성스럽게 만들었는지 모른다. 먼저 100마리의 소젖을 짜서 그것을 50마리의 소에게 먹이고, 또 50마리의 소젖을 짜서 25마리에게 먹인다. 또 25마리에게서 짠 소젖을 8마리의 소에게 먹인 다음, 다시 8마리에게서 짠 영양이 풍부한 젖을 솥에 넣어 쌀과 함께 죽을 끓인다.

수자타의 어머니는 그 우유죽을 금 그릇에 담아 명주로

싼 다음 수자타에게 말했다.

"수자타야, 숲에서 아침 햇살에 황금색으로 빛나는 수행자를 만나거든 그 우유죽을 바치라는 계시를 받았다. 그분에게 이 우유죽을 드려라."

마침내 수자타는 네란자라 강가에서 아침 햇살에 황금색으로 빛나는 수행자 고타마싯다르타를 만나서 죽을 주게 된 것이다. 수자타가 고타마싯다르타에게 예의를 갖춘 것은 그런 뜻이 있었다. 마침내 수자타가 말했다.

"거룩한 분이시여! 이 우유죽을 드셨으니 품은 뜻을 이루시옵소서."

수자타의 우유 공양은 이처럼 위대한 깨달음이 예고된 시작에 불과했다. 그때 고타마싯다르타는 네란자라 강물에 들어가서 몸을 깨끗이 닦고 자신이 마신 우유죽 그릇을 강물 위에 띄우며 말한다.

"만일 내가 이 우유죽을 마시고 깨달음을 얻게 된다면 이 그릇이 강물을 거슬러 올라가게 하소서."

고타마싯다르타가 그릇을 강물 위에 놓자 "그릇은 곧 강을 거슬러 갔다"고 경전의 기록은 전하고 있다. 그날 고타마싯다르타에게 일어났던 불가사의한 일들은 충만한 위엄 속에서 조용히 치러졌다. 이제 붓다는 기운을 차린 다음 마음의 평화를 얻고 좀더 깊은 명상에 들기 위해 수행처를 찾아 나서게 된다.

그럼 여기서 잠시 고타마싯다르타가 태어난 인도가 어떤 나라인지 살펴보자. 인도는 현재 인구가 10억대에 이르는 대륙 국가로 북쪽으로는 히말라야 산맥이 있고, 거기서 갠지스 강과 인더스 강이 시작되며 상류 지역에는 평원과 고원과 사막이 형성되어 있다.

특히 만년설로 뒤덮인 '눈의 집'이라는 히말라야는 6억 년 전에는 바다였으나 7천만 년 전부터 대규모의 단층 운동으로 융기되어 거대한 산맥을 형성하기 시작했다.

따라서 인도는 지질학적으로 남부의 데칸, 중부의 힌두스탄, 북부의 히말라야 이렇게 셋으로 구분되어 각 지역마다 서로 기후와 풍토가 매우 다르고 지역마다 인종이나 생활양식이나 언어도 전혀 다르다.

인도의 언어는 800종 이상이며, 공인된 언어만도 70종으로, 지금은 영어를 공식어로 쓰고 있다. 인도의 종교는 76%가 힌두교도이고, 무슬림이 11%이며, 정작 불교의 탄생지인 인도에서 불교의 영향력은 아주 미미하기만 하다.

약 1만 년 전 아가샤 대왕의 태양신 신앙이 이집트에서 발생, 서파키스탄을 거쳐 인도에 정착한 후로 불의 신 아그니를 섬기는 배화교가 크게 번성하기도 했었다.

불교의 나무아미타불(南無阿彌陀佛)은 고대 인도어로는 '나모아미붓다'로, 나모란 나무(南無)에서 유래된 말로 신에 귀의한다는 뜻이다. 아미는 아미타(阿彌陀)라는 뜻으로 아몬에서 유래된 말이다. 아몬은 대략 4천여 년 전 아프리카에서 도를 전하던 '위대한 빛의 대지도자'라는 뜻으로, 오늘날 기독교에서 기도 끝에 쓰는 '아멘'이라는 말도 '아몬'이라는 말에서 유래된 것이다.

'나무아미타불'을 직역하면 신불(神佛)에 귀의한다는 말이며, '아미타여래' 역시 아몬을 가리킨다. 아미타 신앙에는 항상 서방정토(西方淨土)가 등장한다.

그곳을 인도에서 보면 서쪽, 즉 아리아인들이 서쪽에서 동쪽으로 이주하여 인도에 정착했으므로 아몬 신의 원류인 이집트와 이스라엘 방향을 가리키는데, 불교에서 말하는 서방 정토는 곧 지금의 중동 지방을 뜻한다.

그러나 아미타 신앙이 중국에서 한국과 일본으로 전해지면서 서방정토란 방향의 뜻은 없어지고 마치 이 세상에는 없는 이상적인 천국의 뜻으로 쓰이게 되었다.

비슷한 예로 당천축(唐天竺)이 있다. 불교가 인도에서 전래되자 불(佛)의 위치는 천축이라는 구름 위의 극락을 가리키게 된다. 그러나 중국에서 인도에 가려면 험한 히말라야 산맥 때문에 쉽게 갈 수가 없었다. 따라서 세월이 흐르면서 사람들은 당천축은 마치 구름 위에 있는 상상의 세상으로 인식하게 되었다.

그럼 세계의 지붕 히말라야는 어떻게 이루어졌는가. 약 3천만 년 전에 아프리카 마다가스카르에서부터 북상하기 시작한 땅이 60만 년 전부터 북쪽으로 치고 올라와 히말라야로 솟구쳤다. 그것이 세계의 지붕이 되었다. 지금도 에베레스트 산에서 옛 테티스 바다의 생물 퇴적암 화석이 발견되는 이유가 그것이다.

그 후 기원 전 1500년경에 힌두쿠시 산맥을 타고 유목민 아리안 족들이 넘어와 인도 대륙에 살던 원주민들을 정복하기 시작한다. 정복자 아리안들은 원주민을 모두 노예로 삼게 되면서 인도에는 신분제도인 카스트가 정착하게 된다.

당시 최고의 지식인으로 신에게 제사를 지내는 계급층을 바라문이라고 불렀다. 또 전쟁에서 군사들을 통솔하던 정치 세력가들은 크샤트리아, 농공업에 종사하면서 재산을 형성하던 사람들은 바이샤라고 불렀다.

이들 세 그룹이 자유를 누리던 계급들이고, 본래 그 땅에 살던 원주민들은 피부가 검은 노예로 전락하여 수드라라고 불렀다. 인도의 이 카스트제도는 1949년에서야 헌법에 따라 공식적으로 폐지되지만 지금까지도 인도에는 옛 제도가 불문율처럼 남아 있다.

고타마싯다르타가 태어난 시기는 바로 그때였다. 그가 태어난 카필라 성은 왕국이라기보다는 하나의 작은 도성에 불과했다. 물론 도성이라고 하지만 성주가 통치권을 갖고 있으므로 왕권이나 같다.

당시 고타마싯다르타가 태어난 기원전 624년의 인도는 대륙이 16개의 나라로 갈려서 패권을 다투던 시기였다. 따라서 강국이 약소국을 침략하여 통합하는 혼돈의 시기였다. 그런 시기에 모든 제국의 왕들은 통일 제국의 왕국을 건설하려는 야망을 갖게 되어 있다.

　그 중 마가다, 코살라, 밧사, 아반티가 당대의 4대 강국이었다. 고타마싯다르타는 그 혼란한 시기에 카필라 성에서 왕자로 태어난 것이다. 카필라 성은 지금의 네팔 타라이 지방에 속하는 지역으로 인도 강가 강 남쪽에 위치한 빔비사라 왕이 통치하는 마가다국의 속국이었다.

　강가 강은 지금의 갠지스 강의 옛 이름으로 한자로는 항하(恒河)라고 쓴다. 갠지스 강의 길이는 총 3천 킬로미터, 그 상류는 중부 히말라야의 빙하에서 비롯되어 인도양까지 거대한 흐름을 이루면서 인도인들에게는 영혼의 젖줄 같은 중요한 강이다.

왕자의 활

'왕자는 커서 전륜왕이 되거나
출가해서 붓다가 될 것입니다.'

카필라 성은 비록 작은 나라였지만 땅이 기름지고 자원
이 풍부했다. 국민들은 부지런해서 경제는 퍽 안정된 편이
었다. 7세기 초, 중국의 현장 스님이 옛 카필라 성을 찾았
을 때는 이미 황폐화되어 흔적도 없었지만 기후가 따뜻하
고 토지가 비옥했다는 기록이 남아 있다.

카필라 성은 1898년이 되어서야 발굴되어 지금은 돌로
쌓은 옛 축성의 유적이 드러나 있어, 이곳을 찾는 사람들
로 하여금 깊은 감회에 젖게 한다.

당시 카필라 성의 국왕은 수도다나였으며, 고타마싯다
르타는 기원 전 624년, 음력 4월 8일에 태어났다. 그때는
카필라 성에서 축제가 열리던 때였다. 당시 왕비 마하마야
(Maha-maya)는 이상한 꿈을 꾼다.

황금이 덮인 산에서 흰 코끼리가 연꽃 한 송이를 들고
왕비의 침대 주위를 오른쪽으로 세 번 돌다가 갑자기 오른

쪽 갈비를 헤치고 태로 들어가는 꿈이었다. 왕비는 깜짝
놀라 수도다나 왕에게 꿈 얘기를 해주자, 국왕은 곧 유명
한 바라문을 불러서 해몽을 시켰다.

"태몽입니다. 왕자가 태어나 전륜왕(轉輪王)이 되거나,
출가해서 붓다가 되실 길몽입니다."

전륜왕이란 고대 인도에서 전해 내려오는 이상적인 제
왕으로 전쟁 없이 평화롭게 전 세계를 평정한다는 전설의
왕을 말한다. 또 여기서 출가란 번뇌와 괴로움이 찬 세속
의 삶을 떠나서 성자의 생활에 들어간다는 말이다.

수도다나 왕은 즉위한 지 30년이 지나도록 자녀가 없던
차에 기뻐서 어쩔 줄을 몰랐다. 카필라 왕국으로서는 큰
경사였다. 왕비는 출산일이 다가오자 친정에 갈 채비를 한
다. 당시 인도의 여자들은 아기를 친정에서 낳는 것이 전
통적인 관습이었다. 따라서 마야 왕비도 고향으로 갈 준비
를 서둘렀다.

한역 불경의 기록을 보면 붓다의 어머니 마하마야는 석
가족과 동족인 데바다하 성주의 딸로 기록되어 있지만 어
떤 곳에는 석가족과 로니히 강을 사이에 두고 늘 다투었던
코리아 족의 딸로 기록된 곳도 있다.

국왕은 왕비의 고향 콜리(Koli) 성으로 가는 길을 잘 보
수하고 황금 수레에 태워 대신과 군사들로 하여금 호위하
도록 한다. 마하마야의 고향으로 가는 길에는 룸비니

(Lumbini)라는 작은 동산이 있다. 그곳은 지금의 네팔과 인도의 국경 지역이다.

왕비 일행은 룸비니에서 잠시 휴식을 취하기 위해 수레에서 내려 큰 아쇼카 나무 밑을 산책한다. 이 아쇼카 나무는 고통을 주지 않는 나무라고 해서 무우수(無憂樹) 나무라고 부르기도 한다.

마야 왕비는 바로 활짝 핀 아름다운 무우수 꽃가지를 잡는 순간 갑자기 아랫배에 산기를 느낀다. 시녀들은 곧 왕비의 주위에 휘장을 치고 출산 준비를 서둘렀다. 마침내 왕비는 손에 무우수 꽃가지를 쥔 채 아들을 출산한다.

아기는 태어나자마자 7발자국씩이나 걸었고, 오른손은 하늘을 가리키고 왼손은 땅을 가리키며 사방을 둘러보면서 큰 소리로 외친다.

그 아기 붓다가 외친 말은 경전마다 기록이 조금씩 다르지만 대체로 '천상천하유아독존'(天上天下唯我獨尊)이라는 뜻이다. 그 말은 곧 '나는 하늘 위에서나 하늘 아래서나 오직 홀로 존엄하며 중생들의 생로병사를 제도하겠다'는 뜻으로 요약된다.

마하마야 왕비는 갓 태어난 아기 왕자를 목욕시키고 양가죽 옷을 입혀 수레를 되돌려 카필라 성으로 돌아간다. 붓다가 태어난 뒤 처음 목욕을 시킨 룸비니의 물터는 사각형의 작은 연못으로 만들어져 지금도 잘 보존되고 있다.

당시 히말라야 산에는 위대한 선인 아시타가 살고 있었다. 다섯 가지 신통력을 갖춘 예언자 아시타 선인은 왕자가 태어났을 때 하늘에서 신의 아들들이 기뻐서 뛰어다니는 기적의 현상을 통해 천안(天眼)으로 카필라 성에서 왕자가 태어났다는 것을 알게 된다.

그는 영적인 눈으로 새로 태어난 아기가 1백가지 광채를 지닌 것을 알게 된다. 아시타는 그 길로 왕궁으로 달려가 왕자를 만나보고 말했다.

"폐하, 세상에서 지난 40겁의 세월이 흐르는 동안 이처럼 훌륭한 보살이 태어난 적은 없었습니다. 또한 미래의 40겁에도 이런 보살은 다시 태어날 수 없을 것입니다. 저는 지금 여래가 될 왕자님을 뵙고 있는 중입니다. 내가 너무 늙어서 훗날 붓다의 설법을 들을 수가 없는 것이 참으로 안타까울 따름입니다."

예언자 아시타 선인은 그렇게 말했다. 수도다나 왕은 왕자가 전륜왕이 아니라 출가하여 붓다가 된다는 말이 마음에 걸렸지만 더 이상 바랄 것이 없었다.

국왕은 왕자가 태어난 지 5일 만에 태자 책봉식을 거행한다. 왕은 손수 왕자의 머리를 닦아 주고 네 개의 향과 꽃을 뿌리고, 8백여 명의 귀족들을 궁전에 초대하여 큰 잔치를 벌였다.

국왕은 새로 책봉된 태자의 이름을 고타마싯다르타로

지었다. 국왕은 전국에 대사면령을 내리고 돈을 풀어 가난한 사람들에게 나누어주었다.

그러나 그런 경사 속에서도 슬픈 사건이 일어났다. 싯다르타의 어머니 마하마야 왕비가 출산의 후유증으로 병상에 눕게 된 것이다. 마침내 마하마야 왕비는 수도다나 왕에게 말했다.

"전하, 저는 도솔천에서 큰 행복을 누리며 살다가 오직위대한 붓다를 낳기 위해 이 세상에 왔을 뿐입니다. 그간전하의 깊은 은혜를 입어 이제 그 숙원을 풀었으니 다시도솔천으로 되돌아가겠습니다."

도솔천이란 불교에 나오는 미륵보살이 사는 하늘을 말한다. 도솔천의 하루는 인간 세계의 4백 년에 해당되고, 천인들의 수명은 4천 년이 되는 곳이다. 그러자 수도다나왕은 말한다.

"무슨 말씀이시오? 어떻게 어린 왕자를 두고 혼자 떠날수가 있단 말이오?"

"인연이 다하면 헤어지는 것이 이 세상의 이치입니다. 부디 슬퍼하지 마십시오. 왕자는 제 동생 파자파티가 맡아서 기를 것입니다."

마하마야 왕비가 세상을 떠난 후에 왕비의 뜻에 따라 왕비의 여동생 마하파자파티가 어린 왕자의 어머니가 되었다. 마하파자파티는 데바다하 성 국왕의 딸로 언니의 출산을 돕기 위해 카필라 성에 와 있다가 수도다나 왕의 두 번째 왕비가 되어 고타마싯다르타를 기르게 된다.

수도다나 왕은 왕자를 낳은 기쁨과 동시에 왕비를 잃는 슬픔을 겪어야 했다. 어린 싯다르타는 부왕은 물론 카필라 성의 모든 대신들로부터 귀여움을 독차지하면서 자랐다.

싯다르타는 커가면서 총명하고 상상력이 풍부했으며 감수성이 예민하고 성격은 원만한 편이었다. 수도다나 왕은 어린 왕자를 공원이나 별궁에 자주 데리고 다니며 많은 시간을 함께 보냈다.

수도다나 왕은 어린 싯다르타가 원하는 것은 다 들어주었다. 때문에 싯다르타는 성밖에 나갈 기회가 없어서 성안의 몇몇 궁녀들과 무사들만이 친구가 되었다. 싯다르타가 여섯 살 때, 왕자의 교육을 맡고 있던 아리테다가 고집이 센 싯다르타를 크게 꾸짖은 적이 있었다. 그러자 싯다르타는 소리를 버럭 질렀다.

"나는 왕자다. 어머니는 내 말을 안 들어 준 적이 한 번도 없는데 넌 왜 내 말을 안 듣는 거냐?"

그때 아리테다는 화가 나서 무심코 말했다.

"싯다르타님, 무슨 말씀을 그렇게 하시는 거죠? 왕자님의 진짜 어머님은 왕자님을 낳은 지 7일 만에 세상을 떠났습니다. 지금의 어머니는 친어머니가 아니라 이모예요."

싯다르타는 아리테다의 말을 듣고 크게 놀라 부왕에게

달려가 그 사실을 물었다. 수도다나 왕은 순간 크게 놀랐지만 재빨리 싯다르타의 머리를 쓰다듬으며 말했다.

"너의 친어머니는 별에 살고 계신다. 널 낳고 일주일 만에 별나라로 가셨던 거야. 지금의 어머니는 네 이모가 맞다. 이모는 널 6년 동안이나 친아들처럼 아끼고 사랑했으며 앞으로도 계속 그럴 것이다. 슬퍼하지 마라. 너는 이 나라의 왕자다. 강한 왕자는 울어서는 안 된다."

그 후로 고타마싯다르타는 이모를 대하는 태도가 완전히 달라졌다. 그는 이모에게 부리던 어리광이나 응석이 없어졌으며, 늘 혼자 보내는 시간이 많아지게 되었다. 씩씩하고 적극적이던 고타마싯다르타의 성격이 내성적이고 조용하게 변한 것은 친어머니의 죽음을 알고 난 후였다.

그는 어머니의 죽음에 대한 의문과 아버지와 이모의 관계가 머릿속에서 떠나지 않았다. 그는 어머니의 죽음을 생각하면서 며칠씩 음식도 먹지 않은 채 방구석에 처박혀서 깊은 시름에 빠지곤 했다.

고타마싯다르타는 7세부터 글공부를 시작하게 된다. 당시 글방에서 고타마싯다르타를 가르친 스승은 바라문의 박사 비사밀다(毘奢密多)로, 그는 싯다르타에게 하나를 가르치면 열을 깨우쳤다고 전하고 있다.

고타마싯다르타는 영특했으며 경쟁심이 강해서 무술 훈련도 다른 사람보다 두 배나 열성적이었다. 부왕 수도다나 왕의 생일 기념으로 열리는 각종 무술과 체력 경기에서도 고타마싯다르타는 남과 겨루어 결코 지는 일이 없었다. 그는 칼과 활에 능숙해서 16세 무렵에는 카필라 성에서 고타마싯다르타를 당해낼 자가 없었다.

그 즈음 이모 파자파티에게서 난타 왕자가 태어난다. 싯다르타에게는 배다른 아우였다. 그러자 궁중에서는 난타가 크면 왕위를 계승할 것이라는 소문이 퍼지게 된다. 어느 왕국이나 왕자들 가운데 권력 쟁탈이 일어난다. 카필라 성에도 왕자가 둘이 되자 왕족들 사이에 파벌이 등장했다. 그때 고타마싯다르타는 생각했다.

'내가 카필라 성에 남아 있는 한 부왕께서는 입장이 난처해지겠구나. 이모도 역시 갈등이 클 것이다. 내가 카필라 성을 떠나면 모든 일이 해결된다.'

고타마싯다르타의 마음은 차츰 출가 쪽으로 기울어져 갔다. 그는 바라문교의 '베다' 를 열심히 공부했다. 고대 인도는 기원전 3000년경에 번성한 아리아 문화를 바탕으로 하고 있다. 그 문화의 배경에는 신의 계시를 시적 통찰력으로 기록했다는 베다(veda)가 있다. 베다는 '지식' 이라는 뜻이다.

당시 인도 사회를 지배하고 있던 바라문교도들은 제물을 바치고 기도를 하는 일만 했다. 승려귀족 계급인 바라문들이 믿는 바라문교는 체계화된 종교가 아니었다. 특히 기독교처럼 예수를 믿거나 이슬람교처럼 알라신을 믿는 것도 아니었으며 우주의 근원인 절대 신을 믿는 것도 아니었다.

브라만교는 여러 종파들이 숭배하고 있는 잡다한 신들 중에서 몇몇 중요한 신들을 뽑아서 베다의 신전에 모신다. 따라서 브라만교는 인도의 전통적 민족 생활의 근본이 되는 정통 철학 사상이라고 말할 수 있다.

그들이 믿는 베다 종교는 점차 인도의 힌두교로 이어져 현재에 이르고 있다. 고타마싯다르타는 어린 시절에 바라문교와 베다를 배웠으며, 먼 훗날 붓다는 제자들에게 불경을 베다 언어로 기록해 둘 것을 지시하고 있다.

고타마싯다르타는 궁전에 머물러 있는 수행승이나 외지에서 온 승려에게 설법을 열심히 들었다. 그렇게 고타마싯다르타의 성격은 점차 내성적으로 바뀌면서 어린 나이에도 늘 깊은 명상에 빠져서 혼자 있는 시간이 많게 되자 수도나 왕은 마음이 아팠다.

그 당시 고타마싯다르타는 왕자들이 배워야 하는 제왕학을 배우고 있는 중이었다. 제왕학은 64가지 예(藝)와 정신력을 기르는 기술과 무술 훈련이었다.

고타마싯다르타의 고뇌

'존재하는 모든 것은
반드시 사라진다.'

젊은 혈기와 뛰어난 지혜로 부왕의 긍지와 명예가 되었
던 어린 왕자가 어느 날 갑자기 패기를 잃고 깊은 사색에
빠진 몽상가가 되었다면 어느 국왕도 걱정하지 않을 수가
없었을 것이다.

고타마싯다르타는 말을 타고 무술을 연마하지 않았으
며, 궁전에서 자주 얼굴을 볼 수가 없게 되었고, 사람도 만
나지 않았으며, 깊은 침묵과 사색에 빠져 있었다.

그해 고타마싯다르타의 나이 16살, 한창 사춘기의 나이
이기도 했지만 젊은 나이에 틈만 나면 나무 그늘아래 앉아
서 무엇인지 모를 깊은 고뇌와 명상 속에 잠겨 있는 모습
은 정상이 아니었다.

싯다르타 왕자의 행동은 왕의 귀에도 자세히 전해졌다.
'그 활기차고 패기가 넘치던 우리 싯다르타가 왜 갑자기
몽상가가 되었단 말인가. 왕자가 저래서는 안 된다.' 수도

다나 왕은 고민 끝에 마침내 한 가지 묘안을 짜낸다.

'왜 내가 진작 그런 생각을 못 했던가.'

수도다나 왕은 왕자의 기분을 활기차게 북돋아 주기 위해 마음대로 즐길 수 있는 특별 별장을 지어 준다. 그 별장은 여름 궁전, 겨울 궁전, 장마 궁전, 세 개로 일명 환락의 궁전이라고도 한다.

거기에는 각종 놀이기구들을 비롯하여 큰북, 작은북, 비파 등 온갖 악기를 갖추어 놓아 왕자가 늘 아름다운 음악을 들을 수 있도록 해주었다.

또한 달콤한 목소리를 가진 가수들에게 늘 왕자를 위해 노래를 불러 주도록 하는 한편, 별궁에는 남자들의 출입을 금지시키고, 미녀와 무희들만 왕자의 시중을 들도록 했다.

국왕이 왕자에게 이처럼 특별한 별궁을 지어 준 것은 수도다나 왕이 얼마나 싯다르타 왕자를 극진히 사랑했는지 보여 주는 대목이다. 여기서 싯다르타는 생애에서 가장 사치스러운 호화의 극치를 누리며 살게 된다.

출가 이전의 붓다의 왕자 시절에 관해 전해지는 옛 문헌 기록은 거의 없다. 따라서 출가 이전의 생활은 모두 붓다가 노년에 자신의 청년 시절을 회상하면서 제자들에게 말해 준 것들이 훗날 붓다의 제자들에 의해 구두로 전해진 것이다.

수도다나 왕은 한동안 왕자가 우울한 명상에서 벗어나

서 별궁의 쾌락과 기쁨 속에 빠진 것이 마음에 들었다. 그
러나 한편 궁궐의 대신들과 왕족들은 왕자가 저렇게 무술
도 익히지 않고 공부도 하지 않고 향락에 빠져서 살면 훗
날 왕이 되어 이웃나라의 침략을 어떻게 막아낼 것인지 걱
정을 했다.

그 말이 싯다르타 왕자의 귀에까지 들어갔다. 그러자 싯
다르타 왕자는 어느 날 부왕에게 말했다.

"제 무술 실력은 염려하지 않으셔도 됩니다. 그래도 마
음이 안 놓이시면 무술경연대회에서 제 실력을 보여드리
겠습니다."

국왕은 곧 전국에 무술경연대회의 개최를 알리고 뛰어
난 무예가들의 참가를 권했다. 마침내 이레째 되는 날 무
술경연대회가 열렸다.

먼저 활쏘기 경연대회는 무쇠로 만든 북 7개를 백 걸음
밖에 표적으로 놓고 겨루는 시합이었다. 많은 궁사들이 북
을 쏘았으나 어느 누구도 적중하는 무사가 없었다.

그러나 싯다르타 왕자의 동생 난타와 사촌동생 데바닷
타가 화살 한 개로 쇠북 세 개를 꿰뚫는 놀라운 솜씨를 보
여 주었다.

그러나 싯다르타 왕자는 다른 사람들이 무거워서 감히
들지도 못하는 할아버지의 심하하누라는 활을 번쩍 들어
서 화살 한 개로 쇠북 일곱 개를 한꺼번에 모두 꿰뚫어 버

렸다. 구경꾼들은 싯다르타 왕자의 궁술 솜씨에 탄성을 질렀다.

싯다르타는 다시 2백 걸음 밖에 있는 무쇠로 만든 돼지 일곱 마리를 겨누어 한 개의 화살로 쏘아 모두 꿰뚫었다. 그날 무술대회에서 싯다르타의 활 솜씨를 이겨낼 궁사는 아무도 없었다. 싯다르타의 기량을 지켜본 수도다나 왕은 크게 기뻐했지만 사촌동생 데바닷타만은 시기심이 끌어올라 분을 삭이지 못했다.

일부 기록에는 그날의 무술 경연대회에서 우승자가 아름다운 처녀 야소다라와 결혼할 수 있는 자격을 갖는 시합으로 알려져 있기도 하다.

아무튼 싯다르타 왕자는 그날 무술경연대회에서 사촌 데바닷타와 마지막 승부를 겨루어 이겼으며, 그날 싯다르타에게 패한 사촌 데바닷타는 적개심을 품고 먼 훗날 붓다의 승단에 반역을 도모하는 사건으로 복수극이 이어지게 된다.

수도다나 왕은 싯다르타 왕자가 17세가 되던 해, 아름답고 총명한 야소다라를 태자비로 맞아들인다. 야소다라는 팔리어 문헌에 의하면 데바다하의 스푸라 딸로 싯다르타의 외사촌 누이가 된다.

야소다라는 예쁘고 총명하며 지혜와 덕을 갖춘 예의바른 규수였다. 신혼 시절 고타마싯다르타와 야소다라 태자비는 금실이 아주 좋아서 수도다나 왕도 대단히 만족했던 것으로 알려지고 있다.

싯다르타 왕자는 수도다나 왕과 왕비 마하파자파티와 태자비 야소다라의 깊은 사랑 속에서 행복한 젊은 날을 보낸다.

그러나 궁전의 행복한 생활과 달리, 성밖에만 나가면 무섭고 냉혹한 인간의 현실을 목격하면서 싯다르타 왕자는 늘 마음이 괴로웠다. 카필라 성은 농업국이었으므로 농민들은 농사를 위해 자연의 재해와 늘 싸워야 했다.

싯다르타 왕자는 매년 농민의 날 행사에 참가할 때마다, 그런 농민들의 비참한 모습을 목격하면서 자기 혼자 호화롭고 안락한 생활에 빠져 있는 것이 늘 괴로워서 어떻게 하면 농부들이 비참한 삶의 고통에서 벗어날 수 있을까 고민했다.

따라서 수도다나 왕은 싯다르타 왕자가 궁전 밖 서민들의 비참한 모습을 보지 않게 하기 위해 별궁에서 나가지 못하도록 했다는 기록도 전해지고 있다.

그러나 싯다르타 왕자는 부왕의 명령을 어기고 자주 별궁 밖 출입을 하게 된다. 어느 날 싯다르타는 성의 동쪽 문 밖에 나갔다가 나이 많은 늙은이가 걸어가는 것을 보고 크게 놀란다.

노인의 모습은 너무 가련했다. 주름살이투성이에, 이는

빠지고, 머리털은 하얗고, 허리는 굽어서 몸을 지팡이로 의지하고 있었다. 싯다르타 왕자는 크게 놀라서 마부 찬타카에게 묻는다.

"저 사람은 왜 저런 몰골을 하고 있느냐?"

찬타카가 말했다.

"사람은 세월이 흘러 나이를 먹게 되면 저렇게 늙어서 몸이 쇠약해지는 것입니다."

싯다르타는 그 말을 듣고 깜짝 놀란다.

"그럼 나도 저렇게 늙는단 말이냐?"

"사람은 누구나 그 운명을 피할 수가 없습니다."

싯다르타 왕자는 지금까지 의식하지 못했던 인간의 마지막 운명에 대해 처음으로 깊은 절망을 느낀다.

이렇게 '나도 늙으면 예외 없이 추악한 몰골로 변하는구나'라는 깨달음을 경전에서는 동문유관(東門遊觀)으로 표현한다. 고타마싯다르타가 카필라 성의 동쪽 문에서 노인을 처음 보고 사람은 늙는다는 것을 처음 알게 되었다는 뜻이다.

그 다음 싯다르타 왕자는 어느 날 성의 남쪽 문에서 병들어 신음하는 사람들의 모습을 목격한다.

"병들었다는 것이 무슨 뜻이냐?"

"사람이 늙어서 몸이 약해지면 위장이 나빠지고, 음식을 먹기 힘들어지며, 담이 끓고 아파서 저절로 신음소리를 낼 수밖에 없게 됩니다."

"그렇다면 어떤 사람이 병이 드느냐?"

"병은 누구에게나 예외 없이 찾아옵니다."

"모든 사람들이 병이 들어 저 사람처럼 된다면 이 젊음이 무슨 의미가 있겠느냐."

이처럼 병고를 깨닫는 것을 경전에서는 남문유관(南門遊觀)이라 한다. 또 싯다르타는 성의 서쪽 문을 나갔다가 죽음의 장례 행렬을 처음 목격하고 놀란다.

"저것이 무엇이냐?"

"사람이 죽어 장례를 치르는 것입니다."

"죽는다는 것이 무엇이냐?"

"죽음이란 영혼이 육체를 떠나 생명의 불이 꺼지는 것입니다. 사람은 죽으면 부모 형제와 헤어져야 하고 사랑하는 사람들과 다시 만날 수가 없습니다. 따라서 사람은 마치 아침에 맺힌 풀잎 이슬처럼 덧없이 사라집니다. 인간이란 죽음 앞에서는 한 생애가 한바탕의 꿈에 지나지 않는 것입니다."

싯다르타 왕자는 그 모든 말들이 인간의 고통과 인생의 덧없음을 말해 주고 있는 것 같아서 놀란 가슴을 진정하고 있었다.

'그렇다면 나도 결국 저 사람처럼 시체가 된단 말인가?'

싯다르타 왕자는 깊은 절망에 빠진다. 따라서 '나는 반드시 죽는다' 라는 깨달음을 경전에서는 서문유관(西門遊觀)으로 표현한다.

고타마싯다르타는 북쪽의 성문을 나서면서 출가 수행승을 만나게 된다. 스님은 머리와 수염을 깨끗이 깎고, 붉은 가사를 걸쳤으며 지팡이를 짚고 앞을 똑바로 바라보며 늠름한 발걸음을 옮기고 있었다. 싯다르타 왕자는 찬타카에게 물었다.

"찬타카야, 저 사람은 누구냐?"

"출가한 스님입니다."

싯다르타는 자신도 모르게 수레에서 내려 스님에게 절하며 말했다.

"스님, 출가가 무엇입니까?"

스님이 입을 열었다.

"나는 사람들이 끝내는 병들어 죽는다는 것과 사는 동안 고통 속에서 헤맨다는 사실을 일찍이 깨달았습니다. 우리가 이 세상에서 얻을 수 있는 것이라고는 끝내 아무것도 없습니다. 따라서 나는 집을 떠나 조용한 곳에서 수행을 하면서 고뇌에서 벗어나려고 노력하는 중입니다.

나는 정법을 실천하고, 모든 욕심을 버리고 자비심으로 사람들의 마음을 편하게 하며, 마음의 조화를 이루어 중생을 보살피고 세속에 물들지 않고, 늙고 병들어 죽는 것으로부터 영원히 벗어나고자 하는 것입니다. 왕자님, 이것이 수행자들이 출가하는 이유입니다."

싯다르타 왕자는 스님의 말을 듣고 '이것이야말로 내가 찾고 있던 길이다. 이제 나도 출가하리라'고 마음속에 다짐하게 된다. 이렇게 '저 길이 내가 갈 길이라는 것'을 깨닫는 법을 북문유관(北門遊觀)이라 한다. 그때 수행승은 커다란 목소리로 이런 시를 읊조렸다.

변하는 모든 법은 덧없어라.
존재하는 모든 것은 반드시 사라지나니
태어나고 사라지는 법이 사라지면
비로소 고요하고 기쁘게 되리라.

이 네 구절의 노래를 통해 싯다르타의 마음속에 자리 잡았던 생로병사(生老病死), 즉 태어나서 늙고 병들고 죽는 불안이 무엇인지 깨닫게 된다.

싯다르타 왕자는 기쁨 속에서 출가의 결심을 더욱 굳혔다. 그의 얼굴에서는 고뇌의 우울한 구름이 걷히고, 눈빛은 온화하고 다정하게 빛났다.

출가

내 마음속 깊이 새기나니
진리의 단 이슬을 받아 마시리.'

세월은 무심히 흘러 고타마싯다르타의 나이 29살이 된다. 그 즈음 카필라 성은 이웃 나라들의 무력 침략에 시달리면서 한시도 편할 날이 없었다.

전쟁은 양쪽 나라 군사들의 전면전이 아니라 국경선을 둘러싼 사소한 분쟁이나 국가간의 이해관계에서 오는 소규모의 싸움들이 대부분이었다.

고타마싯다르타는 왕자의 위치에서 전쟁을 외면할 수가 없었다. 이웃 나라와 분쟁이 발생하면 싯다르타 왕자도 군대를 이끌고 나가서 싸워야 했다. 싯다르타 왕자는 전쟁터의 참담한 비극을 목격하면서 늘 비감에 사로잡혔다.

전쟁터는 죽은 자들이 널려 있고, 부상병들의 신음소리가 지옥의 아비규환이나 다름없었다. 싯다르타는 전쟁의 비극과 현실의 안락이 바뀌는 환경 속에 살면서 점차 출가 쪽으로 마음의 가닥을 잡아가기 시작했다.

이제는 어떤 방식으로도 마음의 평화를 찾을 방법이 없었다. 그는 국내외의 어려운 사태를 잘 깨닫고 여러 분야에서 부왕을 도와 국정에 참여하기도 하고, 때로는 깊은 명상 가운데 마음을 바로잡기 위해 노력을 했지만 불안과 초조감에서 벗어날 수가 없었다.

그런 힘든 정신적 갈등을 겪고 있는 동안 싯다르타는 개인적으로 예기치 않는 사태를 맞게 된다. 태자비 야소다라가 첫아들을 낳아 아버지가 된 것이다.

대부분의 남자들은 아들을 낳으면 가문의 대를 잇게 될 뿐만 아니라 아버지가 되었다는 기쁨에 사로잡히지만, 현실에서 벗어나 출가를 심각하게 고려하고 있던 싯다르타는 아들 출산 소식을 듣자 가슴이 철렁 내려앉는다.

"아아! 내가 발목이 잡혔구나!"

싯다르타 왕자가 아들이 태어났다는 말을 듣고 처음 한 말이었다. 그래서 싯다르타는 아들 이름을 라훌라(Rahula)로 지었다. 라훌라라는 말은 '다리 위의 돌'이란 뜻이다. 인도에는 다리가 많았는데 다리 위에 돌이 있으면 건너는 데 장애가 된다. 따라서 라훌라는 장애물이라는 뜻이다.

싯다르타는 출가하기 힘든 자신의 처지를 비유하여 아들에게 라훌라라는 이름을 붙인 것이다. 그러나 싯다르타의 탄식과는 달리 카필라 성은 온통 태자비의 출산을 경축

하는 축제 분위기였다.

물론 수도다나 왕과 아내 야소다라는 기뻐했지만 싯다르타는 당시 생로병사의 번뇌에 사로잡혀 있었던 탓으로 라훌라가 태어난 것조차 무의미하게 여기고 있었다.

고타마싯다르타가 붓다가 되기 전에 늘 머릿속에서 떠나지 않았던 의문은 역시 번뇌였다. 그는 어떻게 하면 번뇌에서 벗어날 수가 있는가? 늘 명상과 괴로움에 빠져 있었다.

불경에서 쓰는 번뇌라는 말은 사람이나 사물에 대한 집착(貪), 사람이나 사물에 대한 혐오, 혹은 분노(瞋), 근본적인 무지(癡), 이렇게 세 가지 기본적인 탐 · 진 · 치의 번뇌를 말한다.

그렇다. 우리들에게 마음의 번뇌가 있고, 육체적 고통이 있는 한 진정한 열반이란 있을 수 없다. 사람에게 탐 · 진 · 치가 없다면 그것이야말로 열반의 경지가 아니고 무엇인가. 여기서 열반(涅槃)이란 지금 타오르고 있는 번뇌의 불길이 꺼지는 깨달음의 경지를 말한다.

싯다르타는 마침내 어느 날 수도다나 왕과 야소다라에게 출가의 뜻을 전하게 된다. 두 사람은 싯다르타의 말에 큰 충격을 받는다. 왕위를 싯다르타 왕자에게 물려줄 계획을 하고 있던 수도다나 왕에게도, 또 첫아들을 낳아 미래의 희망에 가득 찬 아내 야소다라에게도 모두 충격적인 선언이었던 것이다. 그때 수도다나 왕은 싯다르타에게 말한다.

"싯다르타야, 난 보다시피 이렇게 늙었고, 너는 이 나라의 왕위를 계승해야 할 태자가 아니냐. 네가 출가를 하겠다니 그게 어디 말이나 되는 소리냐?"

국왕으로서 당연한 말이었다. 그러나 싯다르타는 냉정하게 말했다.

"아버님, 제가 이 세상에서 바라는 것은 한낱 풀잎의 이슬처럼 아침에 맺혔다가 사라지는 허망한 권력이나 부귀영화가 아닙니다. 저는 오직 세상의 모든 고통과 죽음으로부터 해탈하기를 원할 뿐입니다.

저는 이제 거짓된 나를 버리고 진실한 나를 찾아, 번뇌가 없는 진리의 세계에서 모든 중생들을 구하여 열반에 들게 할 것입니다. 아버님, 부디 제 뜻을 꺾지 마시옵소서."

수도다나 왕의 얼굴은 절망과 분노로 일그러졌다.

"오, 싯다르타!"

수도다나 왕과 야소다라는 싯다르타의 출가를 막을 길이 없다고 생각하자 비통한 생각밖에는 들지 않는다. 수도다나 왕은 다음 세대의 카필라 성을 이끌고 갈 왕자를 잃는 절망을, 아내 야소다라는 첫아들을 낳은 기쁨을 채 누릴 틈도 없이 사랑하는 남편과 헤어져야 하는 슬픔 속에 빠지게 된 것이다.

그날부터 카필라 성에는 희망의 봄기운이 사라지고 춥

고 쓸쓸한 절망의 겨울바람만 세차게 불어 닥치고 있을 뿐이었다.

고타마싯다르타가 출가를 선언한 지 며칠 지난 밤이었다. 그날도 궁전은 대연회가 벌어져 축제의 분위기로 떠들썩했다. 풍악이 크게 울렸으며 무녀들은 춤을 추고 많은 하객들은 술에 취했다.

화려한 잔치가 끝나고 사람들이 지쳐서 잠들었을 때 싯다르타는 한밤중에 깨어나 주위를 살펴보았다. 주변에는 술에 취해 잠든 무녀들이 여기저기 쓰러져 있었다. 달빛이 대낮같이 밝았다.

'지금이 바로 그 기회다.'

"찬타카야. 말을 가져오너라."

싯다르타는 마부를 불렀다.

찬타카는 싯다르타 왕자의 말을 듣고 크게 당황했다. 찬타카는 수도다나 왕으로부터 싯다르타 왕자에게 말을 내주지 말라는 명령을 받고 있었던 것이다.

"왕자님! 안 됩니다. 폐하의 명령입니다."

그러자 싯다르타는 크게 외쳤다.

"어서 말을 내오지 못하겠느냐. 명령을 거역하면 목을 베리라."

한동안 망설이던 찬타카는 할 수 없이 말을 몰고 왔다. 말의 등에 올라 탄 왕자 싯다르타는 마부 찬타카와 함께

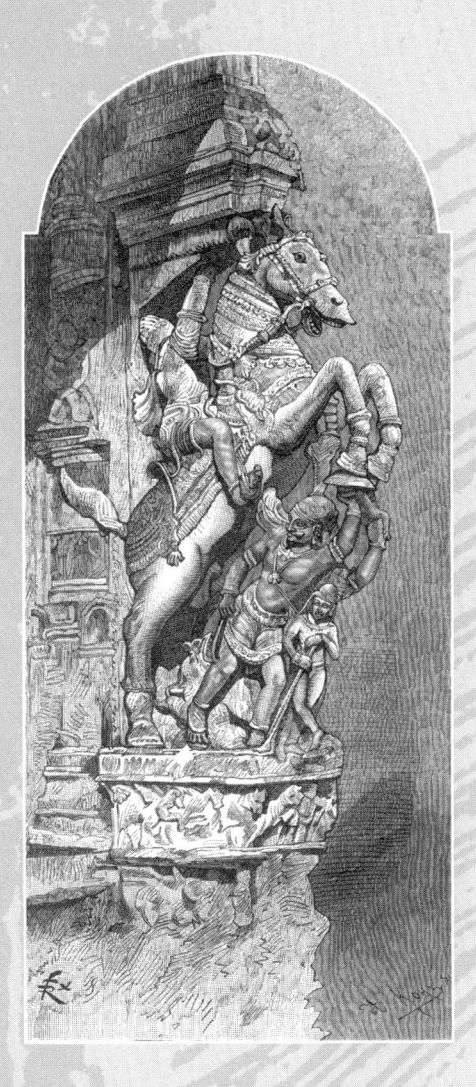

단숨에 카필라 성에서 벗어난다. 고타마싯다르타가 굳게
닫힌 카필라 성에서 탈출한 것은 곧 현실을 뛰어넘어 이상
의 세계를 향해 달리는 것을 뜻했다. 그래서 다음과 같은
시가 전해지고 있다.

> 내 마음속 깊이 새기나니,
> 진리의 단 이슬을 받아 마시리.
> 말을 몰아 어서 가자
> 영원의 땅으로

싯다르타는 자유의 몸이 되었지만 마음은 편하지 않았
다. 그는 카필라 성이 멀어지면서 궁전에 두고 온 부왕과
아내 야소다라와 어린 아들 라훌라의 모습들이 어느덧 까
마득하게 먼 추억의 과거로 변하고 있다는 것을 알았다.

그는 멀리 밤하늘에 우람하게 서 있는 아름다운 카필라
성을 연민의 눈으로 바라보았다. 그 순간 카필라 성은 지
금까지 자신과는 아무런 관련이 없었던 낯선 땅의 거대한
성벽처럼 느껴지는 것이었다.

'큰 깨우침을 이루기 전에는 결코 돌아가지 않으리라.
지난 세월의 시간들이 한낱 연기처럼 흩어져 지금은 흔적
도 찾을 수 없는 것처럼 나에게 이제 과거란 없다.'

싯다르타는 카필라 성의 아내와 어린 아들과 국왕과 이

모 마하파자파티의 앞날에 축복이 깃들기를 빌었다. 그는 다섯 시간 동안 쉬지 않고 밤길을 달렸다. 그가 탄 말은 마치 열반의 땅을 향해 달리는 듯 빨랐다. 마부 찬타카는 싯다르타 왕자와는 지옥이라도 따라갈 각오가 되어 있었다.

그들은 5시간을 달린 후에야 새벽녘에 바이샬리 교외의 아나바마 강이 흐르는 아누푸리아 숲에 도착했다. 그곳은 카필라 성에서 140킬로미터나 떨어진 먼 곳이었다.

하룻밤 사이에 그렇게 먼 곳까지 오리라고는 생각지도 못했던 일이었다. 싯다르타는 예전에 아누푸리아 숲에 온 적이 있었다. 강은 맑고 숲은 조용하고 망고 열매가 많이 매달려 있다.

싯다르타는 나무 그루터기에 앉아 밤하늘의 별빛을 바라본다. 그날따라 별들은 유난히 밝고 굵다. 아침에 싯다르타는 찬타카를 불렀다. 그는 칼로 머리칼을 한 움큼 베고, 몸에 지닌 보석을 찬타카에게 주면서 말했다.

"아버님께 이 머리칼을 전해드려라. 그리고 왕비와 야소다라에게도 안부를 전하거라."

그러자 찬타카는 눈물을 흘리며 말했다.

"아닙니다. 저도 이곳에 남아 왕자님을 모시겠습니다."

싯다르타는 다시 위엄 있는 목소리로 말했다.

"나는 이미 왕자가 아니다. 어서 내 옷으로 바꿔 입고 성으로 돌아가거라!"

찬타카는 흐느끼면서 말했다.

"왕자님, 부디 카필라 성을 잊지 마십시오. 깨달음을 얻으시면 반드시 돌아오겠다는 약속을 해주십시오."

싯다르타는 말머리를 쓰다듬으며 말했다.

"어서 가거라!"

싯다르타는 마부 찬타카의 옷으로 바꾸어 입고, 숲 속으로 걸어 들어갔다. 카필라 성의 왕자 싯다르타가 구도자의 모습으로 변해서 숲 속으로 들어간 그해가 바로 고타마싯다르타의 나이 29세 때였다.

아누푸리아 숲에서의 고행

'붓다가 되리라. 오직 그 집념만을 세우자.
결단코 큰 깨달음을 얻고야 말리라.'

축제의 날 밤에 싯다르타 왕자와 마부 찬타카가 사라지
자 카필라 성은 발칵 뒤집히고 만다. 국왕 수도다나와 야
소다라는 싯다르타가 드디어 출가를 결행했다는 것을 알
고 있었다.

그 후 8일 후에 마부 찬타카가 혼자 돌아오자 카필라 성
안은 큰 절망에 빠져버리고 만다. 특히 하룻밤 사이에 갔
던 길을 8일 걸려서 돌아온 찬타카의 자세한 보고를 듣게
된 수도다나 왕의 표정은 극도의 절망에 빠져 있었다.

"찬타카야, 어떻게 왕자를 그 험한 숲 속에 혼자 두고 왔
단 말이냐. 연약한 왕자가 어떻게 맹수와 독충이 들끓는
가시 덩굴 속에서 잠을 잘 수가 있단 말이냐."

특히 결혼한 지 12년 만에 아들을 낳은 싯다르타 왕자의
아내 야소다라 앞에 선 찬타카는 고개를 들 수가 없었다.
야소다라는 비탄에 잠겨 말했다.

"이제 나는 왕자님을 다시 만날 때까지 침대에 눕지 않을 것이며, 향물에 목욕하지 않을 것이며, 화장도 하지 않을 것이며, 좋은 옷을 입거나 보석이나 꽃으로 치장하지 않을 것이며, 맛있는 음식도 먹지 않을 것이다."

수도다나 왕은 싯다르타를 어떻게 하면 다시 데려올 수 있을까 묘안을 짜냈으나 방법이 없었다. 싯다르타를 다시 카필라 성으로 데려오는 일은 거의 불가능한 일이었다. 궁전의 대신들은 모두 수도다나 왕의 눈치만 보며 침묵을 지켰다.

이윽고 수도다나 왕은 마침내 코스타니야, 마하나마, 아파카, 밧데야, 아사지 등 다섯 명의 젊은 장군들을 불렀다. 그들은 수도다나 왕의 명령이라면 불 속에라도 뛰어들 충신들이었다.

"너희들에게 싯다르타 왕자의 경호를 맡긴다."

국왕은 그들 다섯 장군들에게 싯다르타 왕자를 보호하도록 명령을 내렸다. 다섯 명의 장군들은 왕의 의지를 받아들여 충성을 맹세하고 길을 떠났다.

훗날 이 다섯 명의 장군들은 붓다의 첫 번째 제자들이 되어 모두 아라한(阿羅漢)의 경지에 이른다. 아라한이란 사람들의 존경을 받는 성자, 혹은 깨달음을 끝낸 사람이라는 뜻으로 쓰인다.

수도다나 왕의 명령을 수행하기 위해 카필라 성을 떠난

다섯 명의 무사들은 카필라 성을 떠나 7일간을 헤맨 끝에 바이샬리 북부의 숲에서 고타마싯다르타를 마침내 찾게 된다. 무사들은 모두 무릎을 꿇고 싯다르타에게 간곡히 말했다.

"왕자님, 전하를 비롯한 왕궁의 모든 분들이 비탄에 빠져 왕자님을 기다리고 있습니다. 어서 저희들과 함께 카필라로 돌아가시옵소서."

다섯 무사 코스타니야, 마하나마, 아파카, 밧데야, 아사지가 마부 찬타카의 말대로 무릎을 꿇고 싯다르타에게 귀가를 재촉했으나 그들의 간곡한 청원도 싯다르타에게는 소용이 없었다. 다섯 무사는 할 수 없이 자신들도 각자 수행을 하면서 싯다르타를 보호하기로 했다.

싯다르타가 좌선에 들어간 지 7일이 지난 후에야 수행의 방법과 절차를 배우기 위해 스승을 찾아 나섰다. 싯다르타는 먼저 와크 선인이 운영하는 수행장을 찾아갔다. 그곳은 깨달음을 얻기 위해 전국에서 찾아 온 사람들로 장사진을 이루고 있었다.

와크 선인의 가르침은 한 마디로 마음의 평화를 죽은 후에 찾기 위해서 살아 있는 동안 육체적인 고행을 수행하자는 것이었다.

와크 선인의 제자들 가운데는 타오르는 불길에 육체를 태우며 고통을 견디는 자도 있었고, 벗은 몸으로 가시 위에서 뒹구는 자들도 있었다. 싯다르타는 그런 수행 방식에 회의를 느꼈다.

고통을 면하기 위해 참혹한 고행을 받아들인다? 과연 그것이 내세의 평화를 얻기 위해서란 말인가? 내세의 고통을 현세의 고통을 통해 면할 수 있을까? 윤회의 법칙을 깨닫지 못하는 와크 선인에게 크게 실망하고 사흘 만에 그곳을 떠났다.

브라만 가문의 자녀는 7, 8세가 되면 정해진 스승의 집에 살면서 베다와 제사법을 12년 동안 의무적으로 배워야 한다. 고타마싯다르타 역시 젊은 시절에는 두 바라문 학자에게 리그베다와 우파니샤드의 학문을 배우고 무예도 익혔다.

따라서 싯다르타의 입산 출가는 바라문들이 으레 거치는 단계인 슈라마나의 수행과 다를 바가 없었지만 그의 신분이 왕위 계승자였다는 점에서 특수한 상황으로 보아야 한다.

싯다르타는 가야 다나를 수행지로 정했다. 카필라 성을 떠난 지 수개월이 지난 후였지만 존경할 만한 스승을 찾지 못했기 때문이었다.

붓다는 두 번째로 당시 인도에서 가장 유명한 아라다 카라마 스승을 찾아갔지만 실망했다. 그는 무상의 경지에 이르기 위해서 오직 선정에만 몰입하기를 원했다. 그 방식도 싯다르타는 마음에 들지 않았으므로 새로운 해결 방법을 찾아야 했다.

싯다르타는 식사를 하고 탁발을 하고 강에서 목욕을 하는 것 외에는 거의 명상과 선정 삼매에 빠져 있었다. 싯다르타는 반다바 산의 동굴을 중심으로 수행을 하면서 라자그리하의 거리에 나가 탁발을 했다.

마가다국의 국왕 빔비사라 왕은 신앙심이 깊은 수행자들에게 늘 깊은 관심을 갖고 있었다. 빔비사라 왕은 수행자들 중에서 크샤트리아들을 뽑아 그들을 특별히 보살펴 주었다.

빔비사라왕은 싯다르타를 만나 성안에 묵기를 요청했지만 싯다르타는 거절했다. 싯다르타의 마음은 암흑처럼 어둡기만 했다. 왜 사는가? 그리고 어떻게 살아야 고뇌로부터 벗어날 수 있는가?

그 화두가 밤낮없이 싯다르타를 괴롭혔다. 생각이 행동보다 더 힘들고 어렵다. 이러다가 끝내 주저앉고 마는 것이 아닐까? 출가 이후 수행의 실마리를 잡지 못하자 초조한 마음까지 생겼다.

이제 싯다르타의 몸은 야위어 앙상한 뼈가 드러났다. 그때는 이미 카필라 성의 무사 다섯 명들도 함께 수행을 동반하고 있는 중이었다. 다섯 무사들은 이미 싯다르타처럼 수행자의 모습으로 바뀌어 있었다.

싯다르타는 때때로 카필라 성에서 살던 화려한 기억의 풀씨들이 머릿속에서 무수한 싹처럼 돋아나곤 했다.

싯다르타가 카필라 성에서 출가한 지 4년이 되던 해, 여름 장마철이 시작되었다. 싯다르타는 동굴 속에서 깊은 명상에 빠졌다. 동굴은 어둡고 습기가 가득 찼지만 명상은 깊게 이루어졌다.

장마 기간 동안 싯다르타와 다섯 무사들은 탁발을 할 수가 없어서 망고 열매로 끼니를 때우거나 동굴 속에서 나오는 벌꿀을 채취해서 먹기도 했다. 때로는 일주일 내내 돌소금과 물만으로 견딜 때도 있었다.

그렇게 굶주린 상황에서 참선은 어려운 일이다. 그것 역시 육체의 고행이었다. 그러자 다섯 무사 중에서 마하나마가 말했다.

"만일 사람이 굶어죽을 정도가 되어야 득도를 할 수 있는 것이라면 사람이 육체를 가진 것 자체가 이미 잘못된 것이 아니겠습니까?"

그때 고타마싯다르타는 생각한다. 마하나마의 말이 맞다. 육체는 태어나면서 이미 음식을 받아들이도록 만들어졌는데 이렇게 몸을 혹사시킨다는 것은 진실 그 자체를 거절하는 일이다. 그것이 문제다. 우리가 육체를 가지고 태어난 것은 분명 어떤 이유와 목적이 있을 것이다.

싯다르타는 그 의문을 반드시 풀어야겠다고 다짐한다.

싯다르타의 사촌 마하나마는 수행자로서의 자격을 잘 갖추고 있었다. 그가 카필라 성에 있을 때는 사람들로부터 늘 풍채가 좋은 장군이라는 말을 들었다. 그러나 이제 그도 힘든 고행으로 체격이 많이 쇠약해져 있었다.

그 즈음 마부 찬타카는 수도다나 왕의 명령을 받아 가끔씩 싯다르타의 수행처를 찾아왔다. 그때마다 찬타카는 옷과 음식, 약품들을 싣고 왔다. 그러나 싯다르타는 그것도 거절했다. 그런 도움들이 고행에 방해가 된다는 생각 때문이었다.

만일 우리가 찬타카의 도움을 받아 계속 배고픔과 헐벗음을 면하게 된다면 이런 곳에 와서 고행을 하는 의미가 무엇이냐. 그것은 고행의 뜻에 맞지 않을 뿐만 아니라 깨달음과도 거리가 멀어질 것이다.

그들은 수행의 기본 자세를 갖기 위해서 더 이상 수도다나 왕의 물질적 지원을 받지 않기로 했다. 무거운 짐 보따리를 힘들게 가져온 찬타카는 할 수 없이 그것들을 다시 카필라 성으로 가져갈 수밖에 없었다. 이제 찬타카가 다시 싯다르타의 수행터에 올 명분도 없어지고 말았다.

제2장
위대한 깨달음

가야금 줄을 너무 조이니 줄이 끊어지네.
가야금 줄이 너무 느슨하니 소리가 안 나네.'

수자타의 우유

'가야금 줄을 너무 조이니 줄이 끊어지네.
가야금 줄이 너무 느슨하니 소리가 안 나네.'

고타마싯다르타가 출가한 지도 어느 덧 6년. 싯다르타
는 그동안 여러 선인들을 만나서 수행 방식을 배웠고, 그
들이 가르치는 대로 혹독한 육체 고행도 해보았지만, 깨달
음의 실마리를 얻지 못했다.

인도에서 명성이 높은 최고의 선지식을 갖춘 스승들에
게서도 더 이상 배울 것이 없었다. 이제 그들의 수행 방법
은 젖은 나무로 물 속에서 불을 얻으려는 것처럼 무의미하
다는 것을 터득했다.

싯다르타에게 남은 것은 스스로 수행하여 혼자 깨달음
을 얻는 방법밖에는 없었다.

'그러므로 나는 몸과 마음을 정돈하고 말과 생각을 깨끗
하게 하며, 모든 탐욕을 버리고, 남을 의심하지 않고, 헐뜯
지 않으며, 스스로 칭찬하지 않고, 정진하여 깨달음을 이
루리라.'

싯다르타가 마음속으로 다짐한 확신이었다. 그의 수행 방법은 가부좌를 튼 채 정신을 집중하는 것이다. 마음의 집중은 호흡을 제압하며 몸 안에 열기가 차면 겨드랑에서 땀이 흐르고 이마 위에서도 빗방울 같은 땀이 떨어진다.

옷은 모두 헤어져 거의 알몸이나 다름없었으며 음식도 처음에는 하루 한 끼였다가, 점차 이틀에 한 끼, 사흘에 한 끼, 그리고 7일에 한 끼, 마침내 보름에 한 끼를 먹었다. 거의 단식 수준이었다.

그나마 음식은 채소와 풀잎, 뿌리와 열매였다. 그로 인해 영양실조가 왔으며 몸은 야위어 뼈가 마른나무처럼 살가죽 위로 앙상하게 드러났다. 단지 깊이 꺼진 눈빛만이 우물 속에서 반사되는 빛처럼 강렬했다.

싯다르타는 때때로 너무 심한 고통에 못 이겨 마른나무처럼 쓰러지기도 했다. 사람들이 보기에는 죽은 사람처럼 보였다.

싯다르타는 정신을 잃고 쓰러질 때마다 '내가 이렇게 육체를 버리고 정신만으로도 수행이 가능한가?' 하는 의심이 들었다. 정신이 육체와 관계가 끊어지면 곧 죽음이다. 죽음은 현세의 끝이다.

싯다르타는 출가 이후 거의 6년 동안 육체적인 고행을 자청했다. 그러나 깨달음은 오지 않았다. 육체적 고통을 극복하기 위해 노력하면 할수록 자신과의 내적인 투쟁에

말려들었다.

싯다르타는 어느 날 너무 기진해서 간신히 몸을 이끌고 네란자라 강가로 나간다. 바로 그때 어디선가 아름다운 여자의 노래 소리가 귀에 들려온다.

가야금 줄을 너무 조이니 줄이 끊어져버리네.
가야금 줄이 너무 느슨하니 소리가 안 나네.
가야금 줄은 알맞게 조여야 소리가 좋지.
가야금 가락에 장단 맞추어 춤을 추자.
둥글게 둥글게 손잡고 춤을 추세.

이 노래를 통해서 고타마싯다르타가 깨달은 것은 자신의 수행 방식이었다. 가야금 줄을 너무 조이면 줄이 끊어진다. 수행에서 육체를 너무 혹사시키면 죽는다. 그렇다고 가야금 줄을 너무 느슨하게 풀면 소리가 안 나는 것처럼, 수행에서 만족을 너무 채우면 명상에 빠질 수가 없다.

따라서 수행 자체도 극단의 고통이나 풍요는 안 된다. 중도를 지켜야 한다. 여기서 싯다르타는 그것을 깨닫고 마침내 수자타가 준 우유죽을 마시고 기운을 차리게 된 것이다.

이처럼 붓다가 어느 날 새벽에 큰 깨달음을 얻게 된 곳은 지금의 인도 비하르주 보디가야. 이곳에는 소녀 수자타를 기리는 '수자타의 절'(Temple of Sujata)이 세워져 있다.

이후부터 싯다르타는 단식을 하지 않는다. 바로 그때 싯다르타와 함께 수행을 하던 카필라 성의 다섯 장군들은 그 광경을 바라보고 크게 놀란다. 그 중 코스타니야가 큰소리로 외치며 말했다.

"비린내 나는 우유를 마시다니요, 수행을 포기하신 것입니까?"

그러자 싯다르타가 말했다.

"이대로 두면 나는 깨달음을 얻기 전에 죽는다. 죽은 후에 깨달음을 얻겠는가? 나는 뼈와 가죽만 남은 내 몸을 살리기 위해 우유를 마신 것이다."

다섯 무사들은 놀란 표정으로 서로를 바라보았다. 그러자 마하나마가 말했다.

"왕자님은 수행을 포기하셨군요. 당신이 그처럼 의지가 약한 사람인 줄 몰랐습니다. 당신이 수행을 포기했다면 우린 더 이상 당신을 모실 이유가 없습니다."

다섯 무사들은 서로 쑥덕거리고 싯다르타를 비난하고 떠날 채비를 했다. 그러자 코스타니야가 싯다르타에게 다가와 말했다.

"나 역시 오늘로 당신과는 끝났소. 지금까지는 도리를 지켜 당신을 섬겼지만 이제 당신은 왕자도 아니고 스승도 아니오. 이제 우리들은 떠날 터이니 당신 맘대로 하시오."

그들은 그 말을 남기고 싯다르타로부터 등을 돌려 버렸다. 싯다르타는 아무 말도 할 수가 없었다. 그들이 떠날 때 싯다르타는 우유죽을 마신 이유에 대해서 설명을 하려고 했지만 그들은 더 이상 싯다르타의 말을 들으려고 하지 않았다. 마침내 다섯 무사들은 싯다르타를 버리고 멀리 사라져 버리고 말았다.

싯다르타는 자신의 쇠약해진 건강을 회복해야 한다고 생각했다. 그날 우유를 마신 이후부터 싯다르타는 정상적으로 식사를 하기 시작했다.

그는 마을로 내려가 걸식을 하고 매일 네란자라 강기슭을 따라 걸으며 명상과 함께 육체의 건강도 소홀히 하지 않았다. 그때부터 싯다르타는 수행 방식을 바꾼 것이다.

보리수 아래서

'모든 고집과 편견과 집착을 버리니
이렇게 마음이 편한 것을!

그날 네란자라 강가에서 수자타가 준 우유죽을 마신 후,
다섯 무사들이 떠나 버리자 혼자가 된 싯다르타는 식사를
제대로 하면서 몸의 건강을 되찾았다.

그리고는 좌선할 수 있는 좋은 장소를 물색하기 시작한
다. 단지 안타까웠던 것은 수자타의 노래를 듣고 우유죽
을 마신 이유를 다섯 무사들에게 이해시킬 수 없었던 것
이었다.

'가야금 줄은 알맞게 조여야 소리가 좋다. 세상의 만물
도 그와 같다. 모두 제 몸에 어울리는 소리를 내기 위해서
는 극단적인 방법을 피해야 한다. 나의 수행도 알맞은 조
율이 필요하다.'

싯다르타는 수백 년간 자란 거대한 보리수 앞에 발길을
멈추었다.

'이곳이 좌선하기 좋겠구나. 이 보리수를 등지고 앉으면

짐승도 피할 수 있고, 푸른 잎은 그늘을 만들어 강한 햇빛을 가려 주겠다.'

보리수에서 30미터쯤 떨어진 곳에는 네란자라 강이 아름다운 평원을 가로질러 흐르고 있다. 참선에는 둘도 없이 좋은 곳이다.

'그렇다. 이 자리에서 깨달음을 얻자. 여기서 깨달음을 얻기 전에는 떠나지 않으리라.'

마침내 고타마싯다르타는 보리수 밑을 수행 장소로 정했다. 그러자 강가에서 꼴을 베던 목동 소년 스바스티가 싯다르타가 앉을 보리수 아래 한 다발의 풀을 깔아 준다. 싯다르타는 보리수를 세 번 돌고 풀 위에 앉았다.

싯다르타는 처음에는 깨닫기 전에는 절대 죽을 수 없다고 마음속에 다짐했지만, 그것도 욕심이니 버렸다. 깨달음에 대한 집착도 버려야 한다.

싯다르타는 사슴 가죽으로 만든 물주머니와 약간의 과실과 돌소금을 준비하고 해 뜨는 쪽을 향해 앉아서 소녀 수자타가 불렀던 그 노래를 머릿속에 떠올리면서 명상에 들어갔다.

모든 불교의 명상법은 비파사나(Vipassana)이다. 이 명상법은 붓다가 후에 제자들에게 가르친 방식으로 그 목적은 생로병사의 고뇌로부터 벗어나서 절대자유인 니르바나(열반)에 이르기 위한 것이다.

이 명상에 들어가기 위해서는 먼저 조용한 장소를 찾아야 하고 선의 자세를 취해야 한다. 선의 자세란 등뼈를 곧바르게 세워야 한다. 또 숨쉬는 코에 마음(의식)을 집중하고 들숨과 날숨을 코끝과 입술에서 느껴야 한다.

그리고 '지금 들숨이 들어오고 있다. 지금 날숨이 나가고 있다'는 것을 느껴야 한다. 호흡 도중에는 마음을 집중해야 한다. 들숨과 날숨이 길어지거나 짧아지면 그것을 의식해야 한다. 숨이 거칠어질 때와 부드러워질 때를 느껴야 한다.

이 비파사나에서 호흡의 주시법은 단전호흡법과는 다르다. 단전호흡은 호흡을 무리하게 작위적으로 조절함으로써 건강이나 초능력을 얻는 것이 목적이지만, 비파사나는 생로병사의 괴로움에서 벗어나는 해탈이 목적이다.

따라서 어떤 인위적인 호흡의 조작이나 강제가 있을 수 없다. 호흡의 리듬에 따라 자연스럽게 숨을 들이마시면서 배가 들어가고 나오는 것을 느낄 뿐이다.

이렇게 호흡을 중심으로 몸의 움직임과 감정과 생각의 흐름을 모아서 마음이 주시하는 것이다. 따라서 호흡을 통해서 건강이나 초능력을 얻으려는 단전호흡법의 수련은 잘못된 것이다.

싯다르타가 깊은 명상에 빠져 있을 때 이름 모를 새들이 손끝에 날아와 앉아서 맑은 목청으로 노래를 불렀다. 손바닥에 모이를 주면 새들이 내려앉아 쪼아 먹기도 했다. 새들은 싯다르타의 친구였다.

명상 중에는 원숭이도 나무에서 내려와 싯다르타 곁에서 놀다가 그의 등을 타고 올라가기도 했다. 어느 때는 숲에 사는 야생의 짐승들이 다가오기도 했다.

그러나 그는 모든 집착에서 벗어난 자유로운 상태였으므로 마음이 흐트러지지 않고 대자연과 하나의 마음으로 일체가 되었다.

밤에는 모닥불을 피워 놓고 명상을 했다. 명상이 깊어지면서 싯다르타의 눈앞에는 오래 전에 본 적이 있는 황금빛 광채가 가득 찼다. 처음에는 착각이라고 생각했지만 그것은 아니었다. 전에는 황금빛 광채가 나타났다가 눈을 뜨면 사라졌지만 이번에는 눈을 떴다 감아도 그대로 있었다.

그때부터 싯다르타의 명상을 방해하는 갖가지 장애물들이 나타나기 시작한다. 한번은 카필라 성의 야소다라가 나타나기도 했고, 별궁에 살던 아름다운 무희들이 춤을 추며 유혹의 눈길을 보내기도 했다. 그때마다 싯다르타는 소리를 버럭 질러서 그들을 내쫓았다.

마음이 어지러우면 지옥의 망령들이 마음에 거친 파장을 일으켰다. 싯다르타는 밤중에 그런 환각들이 일어나면 자신이 아직도 속세의 미련에서 벗어나지 못했기 때문에 악마들이 유혹하는 것이라고 믿었다.

어느 날은 파순이라는 마왕이 나타나 천둥과 번개 등 여러 가지 방법으로 참선에 든 싯다르타를 방해하기도 했다. 그러나 싯다르타는 강한 정신력으로 마귀들의 유혹과 방해를 물리치고 마음의 평화를 유지했다.

싯다르타는 지난 30년 동안 살면서 했던 말과 생각과 행위들을 하나씩 기억해 내면서 깊은 반성의 명상에 들어갔다. 모든 과거의 행적들을 모조리 기억해 낼 수는 없었지만 잊혀지지 않고 남아 있는 것들은 무수히 떠올랐다.

싯다르타는 하나하나 기억의 낟알들을 빼내어 잘못했던 것들을 반성했다. 과거에 저지른 죄에 대한 반성이 없으면 앞으로도 그런 잘못을 다시 저지르게 되며 죄는 계속 쌓이게 된다.

싯다르타는 끼니를 거르지 않았고, 잠도 제시간에 잤으며, 깨달음에 이르기 전에는 죽지 않겠다는 마음도 버렸다. 모든 고집과 편견과 집착을 버린 것이다.

'마음을 비우니 이렇게 편한 것을.'

싯다르타는 지금까지 깨닫지 못했던 그 단순한 사실 하나만으로도 큰 기쁨에 사로잡혔다.

언젠가 다섯 무사 중 하나인 마하나마가 "몸을 망쳐야 깨달음을 얻는 것이라면 애당초 태어난 것부터 잘못된 것이 아니겠습니까?"라고 묻던 말이 떠올랐다.

그때 싯다르타는 확실한 답변을 해줄 수가 없었다. 그러나 지금은 자신 있게 말해 줄 수가 있을 것 같았다. 몸의 소중함을 알았기 때문이었다.

사람의 몸은 저마다 기능을 가지고 있다. 눈, 코, 입, 위장, 대장 등 우리 몸의 각 기관은 필요 없이 존재하는 것은 하나도 없다. 그리고 각 기관들은 모두 다른 기관과 유기적인 연관 관계를 맺고 있어서 육체를 살아있게 해준다.

그런데 그처럼 선천적으로 갖고 있는 기능을 무시하면서 깨달음을 얻기 위해 육체에 고통을 준다는 것은 잘못이다. 깨달음은 건강한 육체와 정신 속에서 나온다. 병들어 의식이 흐릿한 사람이 어떻게 신과 가까이 할 수가 있겠는가.

대자연을 보면 그 뜻이 더 분명해진다. 해는 늘 빛과 열을 준다. 만일 태양이 건강한 빛과 열을 주지 못하면 태양은 이미 태양으로서의 역할을 못 하고 있는 것이다.

따라서 우리가 신과 가까이 하기 위해서는 건강한 몸과 마음을 지녀야 한다. 그것은 깨달음이 정신과 육체의 조화 속에서만 가능하다는 뜻이다.

싯다르타는 지금 마하나마가 옆에 있다면 그렇게 말해 주었을 것이다. 마하나마는 육체 고행에 대해 의문을 품었으나 싯다르타가 우유죽을 마셨다는 이유로 떠났다. 지금도 다섯 무사들은 어디선가 육체 고행을 고통스럽게 수행하고 있을 것이다.

수행자가 먹지 않고 육체를 혹사시키면 그 고통을 참느

라고 몸과 마음의 조화가 깨진다. 몸과 마음이 조화를 이루지 못하면서 어떻게 깨달음이 올 수 있겠는가.

그 즈음 싯다르타는 명상을 시작하면 의식이 황금빛으로 빛나게 된다. 그러나 눈을 뜨면 주위는 늘 어둠에 싸여 있었다. 명상 도중 현실로 돌아와 눈을 뜰 때마다 싯다르타는 정신이 번쩍 들었다. 명상 중에는 마음의 내면이 광채로 나타난다. 밝다는 것과 어둡다는 것은 선하다는 것과 악하다는 것을 의미한다.

따라서 선과 악이 무엇인지 깊이 따져 본다는 것은 깨달음의 본질에 가까이 다가가는 길이다. 그것을 깨닫는 순간 싯다르타의 두 볼에는 눈물이 흘렀다.

이제 우리가 늘 말하는 선과 악을 생각해 본다. 세상에는 빛이 있다. 빛은 태양으로부터 나와서 어둠을 밝힌다. 태양은 실제로 우리를 비추는 태양이 있고, 의식 세계를 비추는 태양이 또 있다.

현실의 태양은 크고 둥글다. 그 열과 빛은 모든 만물을 평등하게 골고루 비춰 주고 있다. 마음의 세계에서 황금빛을 비추고 있는 의식 세계의 태양도 자애로운 빛을 누구에게나 아낌없이 비춰 준다.

그런데 왜 마음의 태양은 자주 어두워지는 것일까? 구름이 덮이면 태양이 가려지는 것처럼, 마음의 태양도 구름 때문에 빛이 가려진다. 우리가 느끼는 모든 고통과 슬픔은 바로 마음의 태양을 가리는 구름이나 다름없다.

태어날 때의 마음은 깨끗하고 아름다운 호수처럼 밝았다. 그러나 슬픔과 고통이 오면 달빛이 비친 호수에 파문이 일듯이 마음도 파문으로 깨진다.

갓 태어난 아기는 슬픔이나 고통이 없지만 자라나면서 주변 환경의 영향을 받아서 점차 마음에 그늘이 생기게 된다.

그렇다면 마음의 그늘이란 무엇인가. 사람은 자기 생각에 맞으면 좋아하고 자기 생각과 다르면 싫어한다. 그래서 감정의 파문이 늘 일어난다.

이 세상의 모든 혼란은 자기 생각을 주변의 환경과 조건에 맞추려고 하지 않고 주변 환경을 자기 생각에 맞추려고 하기 때문에 생긴다.

태초의 자연은 조화롭고 아름다웠지만 인간의 이기적인 주장과 고집과 차별로 인해서 점차 세상은 조화를 잃고 있다.

'나는 왜 이 고통스러운 세상에서 태어났을까?'

모든 사람들이 그런 불평을 한 번씩 했을 것이다. 그러나 우리는 그저 막연히 혹은 우연히 이 세상에 태어난 것이 아니다. 이 세상에 태어났을 때는 분명히 어떤 목적이 있었다.

세상에 존재하는 모든 사물들을 하나씩 살펴보자. 내가

갖고 있는 물건조차 쓸모없이 갖고 있는 것은 하나도 없다. 만일 쓸모없는 것이라면 우리들은 당장 그것을 쓰레기통에 처넣었을 것이다.

그런데 하물며 존귀한 생명을 가진 인간이 아무 쓸모없이 이 세상에 태어났겠는가? 세상에 존재하는 아주 사소한 사물 하나도 이유 없이 존재하는 것이 없는데, 하물며 사람이 목적 없이 태어났을 리가 없다.

물론 사람은 누구나 늙고 병들어 언젠가는 반드시 죽는다. 그것은 절대불멸의 진리이다. 이 세상에서 죽음에서 벗어날 수 있는 사람은 아무도 없다.

나라를 다스리던 왕도, 불쌍한 노예나 거지도, 빈손으로 태어나 언젠가는 빈손으로 죽는다. 죽은 후에는 권력이나 명예나 재산은 아무 의미가 없다.

그러나 사람들은 살아 있는 한 욕망의 불길을 끌 줄 모른다. 인간이 육체의 다섯 감각 기관을 통해 느끼면서 사는 이 현실 세상은 결국 허무할 뿐이다. 그것을 우리는 무상(無常)이라고 말한다.

무상은 참으로 허무하다는 뜻이다. 우리가 결국은 모두 흙으로 돌아가기 때문이다. 그러나 인생이 무상하다는 것을 알면서도 사람은 욕심을 버리지 않는다. 인생이 무상하다는 것을 알았다면 고통을 주고 있는 욕망을 버리는 것이 순리인데 사람들은 욕망을 버리지 못한다.

우리가 만일 욕망을 버리지 못하고 괴로움 속에서 일생을 마친다면 그 괴로움은 죽음과 함께 사라지는 것이 아니라 다시 태어난 후에도 그 괴로움을 반복하게 된다. 괴로움의 반복은 인간에게 최대의 불행이다. 그렇다면 우리는 어떻게 괴로움에서 벗어날 것인가.

인도의 윤회사상을 체계적으로 설명하고 있는 것은 우파니샤드 문헌이 처음이었다. 이 문헌에 의하면 사람은 죽은 후에 달세계로 들어가 세상의 업보를 푼 후에 비가 되어 지상으로 되돌아오는 것으로 되어 있다.

이렇게 지상에 되돌아온 개체는 음식물로 섭취되어 남자의 정자가 되었다가 여자의 태내에서 신체로 재생된다. 이것이 우파니샤드에서 말하는 윤회의 체계이다.

여기서 사람은 태어나서 죽는 일이 영원히 되풀이되며, 사람은 그 윤회의 굴레에서 벗어날 수가 없다. 따라서 우리는 무슨 수를 써서라도 삶과 죽음의 굴레에서 벗어나야 하는 숙명적인 과제를 갖게 되었다.

인도의 철학과 종교는 바로 이 윤회에서 벗어나는 방법에 중점을 두고 있다. 이처럼 윤회에서 벗어나는 것을 해탈이라고 한다. 해탈(解脫)은 한자로 풀이하면 '쇠사슬을 푼다' 는 뜻이다.

즉, '감옥에서 탈출한다' 는 뜻으로 불교에서의 해탈은 인간의 궁극적인 목표가 되고 있다. 이렇게 괴로움에서 벗어나서 편안한 심경에 이르는 해탈의 길은 과연 무엇일까. 이 길을 찾는 것이 싯다르타의 목표였다.

인간은 눈을 뜨고 있는 동안은 괴로움을 느낀다. 그러나 잠들면 괴로움을 잊는다. 여기에 문제의 핵심이 있다. 괴로움의 원인은 육체에 있지 않고 마음에 있다는 뜻이다. 괴로움이 마음에 있다는 것은 바로 내 마음의 욕망에서 모든 괴로움이 만들어지고 있다는 뜻이다.

사람은 눈과 머리를 통해서 아름답고 흉하고 착하고 악한 것들을 구별해 낸다. 바로 그 구별이 괴로움을 만들어 내는 것이다.

어느 날 굶주린 두 사람이 들에서 사과나무를 발견했다. 사과나무에는 사과가 딱 한 개만 매달려 있었다. 두 사람은 그 사과를 자기가 먼저 찾았으니 자기 것이라고 싸우기 시작한다. 결국 힘센 사람이 약한 사람을 때려눕히고 사과를 먹어 버린다.

결국 사과로 인해 불행이 초래된다. 그런데 여기서 만일 두 사람이 싸우지 않고 사과를 따서 함께 나누어 먹었다면 두 사람은 폭력으로 인한 비극을 모면했을 것이며, 두 사람의 허기도 함께 면했을 것이다.

"가야금 줄은 알맞게 조여야 소리가 좋아."

여기서 싯다르타는 네란자라 강가에서 소녀 수자타가 불렀던 노래를 떠올린다. 두 사람이 싸우지 않는 방법은 사과를 서로 나누어 먹는 방법밖에는 없다.

혼자 사과를 독차지하면 한 사람은 먹지 못한다. 한 사람은 먹거나 한 사람은 못 먹는 극단적인 방법이 아니라 둘이 나누어 먹는 중용의 마음, 마치 가야금의 줄을 알맞게 조이는 것과 같은 조화의 방식이다.

그러나 사람은 자기의 눈을 통해서 얻은 체험과 지식이 자기 욕심이나 편견이 되기 때문에 중도의 마음을 잃는다.

이 세상의 모든 전쟁도 그 뿌리를 살펴보면 욕망의 극대화에 있다. 자국의 이익을 위해서 이웃 나라를 침략하는 것이다. 인류의 역사는 승리와 패배의 기록이다.

인간의 괴로움 역시 윤회한다. 우리에게 그 괴로움이 머물러 있는 한 그 괴로움은 영원히 반복 윤회하고 있는 것처럼 전쟁의 승리와 패배의 윤회도 마찬가지이다.

깨달음으로 가는 길

'중요한 것은 이기는 것이 아니라
마음의 평화를 지키는 일이다.'

싯다르타는 소녀 수자타가 부르는 노래 가사를 듣고 깨
우침을 얻고 우유죽을 마셨다. 극단적인 육체의 고통으로
는 몸과 마음의 조화를 통해야만 얻을 수 있는 깨달음을
이룰 수가 없다는 진리를 깨달은 것이다.

그 이후로 싯다르타는 육체를 혹사시키지 않았다. 물론
단식도 중단했다. 알맞게 조인 현악기 줄이란 다름 아닌
중용의 마음이다. 무슨 일이든지 극단적인 방식으로는 뜻
을 이룰 수가 없다. 흑이냐 백이냐 둘 중의 하나가 아니라
중간의 마음을 가져야 한다.

그것이 중용이다. 그럼 중용의 마음을 갖기 위해서 무엇
을 해야 하는가. 자기를 버려야 한다. 자기를 버린다는 것
은 먼저 욕심을 버리는 일이다. 모든 일에 욕심이 끼어들
면 객관적으로 볼 수 있는 눈과 귀가 사라진다. 중용은 마
음의 조화에서 이루어진다.

따라서 무슨 일이 발생하면 먼저 자기의 심리 상태부터 관찰해야 한다. 마음의 눈을 닦으라는 뜻이다. 불교 경전에서 '본다'는 말은 눈이 아니라 마음으로 '바로 본다'는 뜻이다.

바르게 보기 위해서는 먼저 바르게 생각하는 것이 중요하다. 바른 생각을 하지 않으면 바르게 볼 수가 없다. 우리가 어떤 사람을 하나만 나쁘게 봐도 그 사람의 모든 것을 나쁘게 여기게 되는 것만 봐도 알 수 있다.

모든 문제는 제3자의 입장에서 판단해야 한다. 사과 한 개를 놓고 싸운 두 사람의 얘기를 보자. 우선 두 사람은 사과를 보고 각자 '저 사과는 내 것'이라고 생각한다. 그것이 자기중심적 생각이다.

사과를 보고 내 배부터 생각하는 것은 바른 생각이 아니다. 사과를 보는 순간 '내가 저 사과를 혼자 갖게 되면 다른 사람이 못 먹겠구나.' 그런 생각이 저절로 들어야 한다. 그것이 바른 생각이고 중용의 마음이다.

그래서 '아! 저 사과는 둘이 나누어 먹으면 되겠구나.'라고 생각하는 습관을 길러야 한다. 이렇게 바른 생각에 자신을 길들여 놓으면 모든 일들이 바르게 보인다. 그것이 상대방의 행복을 바라는 마음이며, 그것이 곧 마음의 평화를 얻는 방법이기도 하다.

무슨 수를 써서라도 내가 사과를 혼자 먹겠다는 마음을

품고, 그 목적을 달성하기 위해서 애쓰는 것처럼 불행한 일은 없다. 거기에 폭력과 시기와 모함이 존재한다.

거기에는 마음의 평화가 있을 수 없다. 따라서 우리는 '나 혼자 사과를 먹겠다는 욕심'을 참아야 한다. 참는 것을 인내라고 말한다.

그러나 인내(忍耐)와 인욕(忍慾)은 다르다. '나만 참으면 편안한 것'이 아니다. 그런 인내는 마음의 독이 되어 질병의 원인이 된다.

나 혼자 참아서 그 스트레스(독기)를 풀지 못하고 쌓여서 병이 된 사람들이 많다. 현대인의 성인병은 대부분 스트레스가 원인이 되고 있다는 것은 과학적으로 증명되고 있다.

인내는 병의 원인이 될 수가 있다. 그래서 불교 경전은 인내보다는 인욕을 강조하고 있다. 인욕이란 미움이나 슬픔을 혼자 뒤집어쓰는 것이 아니다.

만일 다른 사람과 대화로 풀리지 않을 경우에는 그 목표를 포기해 버리는 것이다. 상대방의 평안을 빌어 주는 넓고 큰 아량을 베풀라는 뜻이다.

'사과를 나누지 않고 혼자 먹겠다면 잘 먹기 바란다.'

그렇게 사과를 포기하고 마음의 평화를 얻는 것이 싸우는 것보다 백 배나 낫다. 이렇게 대범하게 상대방을 품어 버리는 것을 인욕이라고 말한다. 인욕은 마음에 독을 만들지 않는다는 뜻에서 단순한 인내와는 다르다.

사과를 혼자 차지하려고 하거나 나누려고 하는 과정에서 얻게 되는 분노의 독기(스트레스)로 받는 마음의 상처는 너무 크다. 마음의 평화를 잃는 것이 사과를 잃는 것보다 크게 잃는 것이라는 사실을 사람들은 잊고 있다.

사과를 혼자 먹으면 자신의 독기와 남의 독기를 함께 먹는 셈이 되지만 사과를 포기한 사람은 마음의 평화를 얻는 더 큰 소득을 얻게 된다. 그것이 붓다의 마음이다.

마음의 평화를 얻으려면 늘 진실만을 말해야 한다. 진실을 말하면 당장은 손해가 나는 것 같지만 마음의 평화로 더 큰 소득을 얻는 셈이다. '솔직했더니 마음 하나는 편하더라.' 우리 주위에서 많이 듣는 말이다. 그 사람은 '솔직'이라는 값을 치르고 마음의 평화를 산 사람이다. 붓다는 그렇게 가르쳤다.

모든 농담 속에는 진담이 있다. 말은 마음을 담아내는 그릇이다. 말이 흔들리면 마음도 흔들린다. 내가 겸손하게 말하면 마음은 안정되고 내가 거칠게 말하면 나도 상대방도 마음이 심하게 파괴된다.

사람이 한 번 화를 버럭 내면 어항 속의 금붕어 네 마리를 즉사시킬 수 있는 양의 독기가 발생한다고 한다. 또 한 시간 내내 계속 화를 내고 있으면 쥐를 서른 마리나 죽일 수 있는 양의 독이 체내에서 발생한다고 한다.

나의 나쁜 말 한마디가 나와 상대방 마음의 평화를 깨뜨린다. 말할 때는 늘 상대방의 마음을 헤아려야 한다. 누가 욕을 하거나 거칠게 굴어도 거기에 대응해서는 안 된다. 같이 맞서면 맞설수록 마음의 평화는 더 크게 깨진다.

내가 잘했거나 잘못했거나 큰 소리 쳐서 손해나는 것은 나뿐이다. 내가 백 번 옳아도 반발해서 마음의 평화를 짓밟아서는 안 된다.

상대방을 제압하거나 내 결백을 주장하는 것보다 마음의 평화가 더 중요하다. 화낸 사람의 마음의 파장은 결국 그만큼 부메랑처럼 화낸 본인에게 돌아온다.

그것이 마음의 순환 법칙이다. 아무리 심한 비방이나 험담이나 노여움의 화살이 날아와도 마음이 흔들려서는 안 된다.

'한쪽 귀로 듣고 한쪽 귀로 흘려 버려라.'

모든 생각은 말이 된다. 사랑의 생각은 사랑의 말이 되고, 미움의 생각은 미움의 말이 되어 나온다. 바르게 말해야 하는 이유는 말의 그릇인 내 마음의 평화를 위해서라는 것을 잊어서는 안 된다.

싯다르타는 밝음과 어둠을 명상하는 가운데 정도(正道)에 이르는 세 가지 기준을 찾았다. 바르게 보고(正見), 바르게 생각하고(正思), 바르게 말하는(正言) 것은 마음의 평화를 유지하기 위한 방법이다. 이 세 가지가 중용을 이루는 기본 틀이라는 것을 깨닫게 된 것이다.

싯다르타는 계속 명상을 발전시켜 나간다. 우리는 이 세상에서 왜 살고 있는지 알아야 한다. 우리의 영혼은 나를 이 세상에 살도록 목숨을 준 신의 품 속에 존재하는 생명이다.

이 생명은 기나긴 윤회의 과정을 거치면서 지금까지 살아왔다. 지금 내가 이 세상에 살게 된 것은 전생에 지은 죄나 혹은 업보(業, 카르마)를 풀기 위해서라는 사실을 잊어서는 안 된다.

업이란 전생부터 지녀온 악의 상념을 말한다. 이것을 이 세상에서 풀지 않으면 다시 저 세상에 가서 풀어야 한다. 세상의 모든 불행의 원인은 나 자신에게 있다. 그런데 사람들은 자신의 불행을 '너를 잘못 만난 탓'으로 돌린다. 그래서 싸움은 더 커진다.

불교의 경전을 보면 부모와 나의 인연 역시 자신의 탓에서 비롯된다. 사람은 태어나기 전에 자신이 전생에서 지은 죄과에 따라 죄의 카르마를 이 세상에서 풀기 위해 가장 알맞은 조건과 환경을 스스로 선택하고 태어났다.

때문에 자기가 태어난 대륙과 나라와 지역과 가정은 자기가 이 세상에 사는 동안 그 죗값으로 풀어야 할 가장 알맞은 몫으로 선택한 것이다.

따라서 사람은 지금 태어난 환경과 조건을 잘 살펴서 그

것을 극복하고 이겨내면서 하나씩 반성하는 가운데 영혼의
발전을 이루고, 그 다음 윤회에서는 더 나은 세상에서 태어
나기를 바랄 수가 있다.

원죄를 바로잡는 일, 인생의 목적과 의의를 알고 사는 것,
그것이 곧 정명(正命)이다. 사람은 혼자 스스로 세상에 태
어난 것이 아니다. 낳아 준 부모님, 형제, 자매와 부부와
이웃, 친구와 선후배 직장의 동료 등 수많은 인간관계 속
에 얽혀 있다.

그뿐만 아니라 자연과도 떨어질 수 없는 관계에 있다.
우리가 사는 산과 물과 숲이 내 생명을 보호해 준다. 우리
가 더럽힌 물과 공기는 우리 자신을 해치는 독소이다.

자연은 당장의 자기 생명과 직결된 피할 수 없는 인연이
다. 나는 대자연과 친화 관계를 맺고 나와 인연을 가진 인
간과 화해 속에서 살아야 한다. 이것을 정정진(正精進)이
라고 한다.

그리고 나는 그런 환경과 관계 속에서 신의 뜻에 따르며
살고 있는지 늘 반성하면서 살아야 한다. 여기서 말하는
신불(神佛)은 마음의 조화를 이루고 사는 천사들의 세상
을 말한다. 신불과의 조화는 바른 상념과 행위로만 가능하
다. 그것을 정념(正念)이라고 한다.

우리는 전생의 나의 업보를 이 세상에서 죄의 값으로 치
르기 위해서 태어났다. 우리가 돌아가야 할 곳은 따로 있

다. 저승이다. 이 세상은 다음 세상에서 살기 위한 준비 단계일 뿐이다.

따라서 우리가 명상을 통해서 반성해야 하는 이유가 거기 있다. 정정(正定)은 반성이다. 시기, 질투, 미움과 비난하는 마음을 버리고 집착에서 벗어나기 위해서는 반성을 해야 한다.

이제 우리는 냉철하게 바라보고(正見), 사랑을 베풀며(正思, 正言, 正念), 서로 감사하고 도와주며(正業), 서로의 장점을 길러 주고 단점을 보완하면서(正命, 正精進), 늘 반성하고 기쁜 마음(正定)으로 살아야 한다.

싯다르타는 마침내 그 같은 여덟 개의 바른 도리, 즉 팔정도(八正道)를 밝혀내고 말았다. 여기 나오는 팔정도가 바로 우리가 이 세상에 살면서 지켜야 할 기본 계율이다.

연기(緣起)의 진실

'이것이 있으니 저것이 있고
이것이 없으니 저것도 없다.'

싯다르타는 좌선 명상을 하면서 제1선정(禪定)에서는
욕망과 악을 초월하는 기쁨을 얻었다. 선정이란 번뇌를 가
라앉히고 정신을 집중하여 수련하는 상태를 말한다.

싯다르타는 제2선정에서 마음을 가라앉혀 삼매의 기쁨
을 얻었다. 삼매 역시 마음이 고요해진 상태를 말한다. 제
3선정에서는 바르게 생각하고 바르게 아는 즐거움을 얻었
다. 제4선정에서는 즐거움도 괴로움도 근심도 없는 평화
를 얻게 된다.

싯다르타는 천안통(天眼通)을 얻어 인간 세계를 살펴보
았다. 천안통이란 마음의 눈이 열린 상태이다. 사람은 태어
나서 죽고, 죽어서 다시 태어나는 윤회가 계속되는 가운데
어떤 사람은 부귀영화를 누리고 어떤 사람은 깊은 고뇌 속
에서 산다. 그것이 각자의 업이라는 것을 깨닫는다.

싯다르타는 또 '악한 사람은 죽어서 다시 고통스러운 악

에서 살고, 선한 사람은 다시 안락한 곳에서 태어난다'는
것을 알았다. 싯다르타는 어떻게 사는 것이 지혜로운 것인
가를 알았다.

싯다르타는 다시 선정에 들어가 사람들의 전생을 볼 수
있는 숙명통(宿命通)을 얻었다. 자신의 수많은 과거세는
물론 다른 사람들의 무수한 과거세를 보게 되었을 뿐만 아
니라 우주의 생성 원리도 파악하게 되면서 인간이 윤회의
고뇌를 끊는 지혜를 생각해 내기에 이른다.

'사람들은 세상에 태어나 늙고 병들어 마침내 죽는다.
그리고 죽은 후에는 또다시 계속 태어난다. 사람은 생로병
사의 틀에서 벗어나는 방법을 모른 채 그저 운명에 따르고
있을 뿐이다.'

이 생로병사의 원인은 무엇인가. 마침내 싯다르타는 카
필라 성에서 왕자 시절에 가졌던 의문을 풀었다.

우리에게는 삶이 있기에 죽음이라는 것도 있다. 또 죽음
이 있기에 삶이 있다. 삶이 없다면 죽음도 없고, 죽음이 없
다면 삶도 없다. 그러므로 삶과 죽음의 고리는 하나로 이
어졌다.

이처럼 만물은 서로 의존하면서 생성과 소멸을 하는 관
계이다. 싯다르타는 보리수나무 아래서 바로 십이연기(十
二緣起)의 진리를 꿰뚫고 나서야 깨달음의 길을 열었다.
이것이 붓다의 제법무상(諸法無常)과 제법무아(諸法無我)

의 핵심이다.

여기 '연기' 라는 대목에서 시간적 연기의 제행무상과 공간적 연기의 제법무아라는 두 개의 세계관이 나온다. 제행무상이란 한마디로 '이 세상의 모든 존재는 반드시 변한다' 는 말이고, 제법무아란 '이 세상의 모든 존재는 절대적으로 자기의 실체가 없다' 는 말이다.

이 '연기' 는 붓다가 만든 것이 아니라 이미 이 세상에 있었던 실상을 붓다가 단지 터득하고 깨달은 것이다. 〈잡아함경〉 제12권 연기법경에 보면 붓다가 "연기법은 내가 만든 것이 아니라 있는 그대로의 세상이다" 라고 써 있다.

여기서 우리는 붓다의 연기설을 좀더 잘 이해하고 넘어가야 할 필요가 있다. 연기설은 불교 경전을 이해하는 가장 깊은 중심 사상이기 때문이다. 경전의 중심 사상이라는 것은 붓다의 깨달음을 이해하는 가장 핵심이 된다.

연기(緣起)란 글자 그대로 이 세상의 어떤 것도 저 혼자 스스로 존재하게 된 것이 없다는 뜻이다. 이 세상의 모든 존재는 본래부터 있었던 것은 하나도 없다. 모든 존재는 어떤 조건이나 환경이나 인연에 의해서 끝없이 생성되고 변하며 소멸된다는 뜻이다.

이것이 있어서 저것이 있고
이것이 없으니 저것도 없다.

아함경에 있는 이 말은 붓다의 핵심 사상이다. 즉, 이것은 이 세상의 모든 존재는 상호 의존적 연관 관계에 의해서 존재하고 있는 것이며, 저 혼자 스스로 독립된 존재는 없다는 뜻이다.

이 세상에 나 홀로 존재하고 있는 것은 아무것도 없다. 아름다운 연꽃도 저 혼자 핀 것이 아니며, 나뭇잎 하나도 저 홀로 존재한 것이 아니다. 돌 하나도, 먼지나 티끌 하나도, 새 한 마리나 사슴이나 코끼리 한 마리도, 홀로 존재한 것이 아니다.

잎새 하나, 혹은 물방울 하나가 어떻게 이 세상에 존재하게 되었는가? 그것들이 있게 된 조건에 대해 깊이 알아야 한다. 그것들이 어떻게 세상의 다른 것들과 깊은 관계를 맺고 살고 있는지 알아야 한다.

이것이 있는 것은 저것이 있기 때문이고, 저것이 없음은 곧 이것이 없기 때문이다. 이것의 태어남은 저것의 태어남 때문이며, 이것의 죽음은 곧 저것의 죽음 때문이라는 말의 뜻을 깨달아야 한다.

빛이 있기 때문에 어둠이 있다는 것을 깨닫게 된 것이며, 어둠이 있기에 빛이 있다는 것을 알게 되는 이치가 바로 그것이다. 빛과 어둠은 서로의 존재를 확인시켜 주는 확실한 상대이다.

이제 잎새 하나를 깊이 명상해 보기로 한다. 잎새는 가지가 있기 때문에 생겼다. 잎은 저 혼자 존재한 것이 아니며, 존재할 수도 없고, 존재해서도 안 된다. 가지가 없는 잎을 우리는 상상할 수가 없다.

그렇다면 잎과 가지는 서로에게 존재의 이유가 된다. 그럼 가지를 보자. 가지는 줄기에서 뻗어 나왔다. 가지 역시 줄기 없이는 존재할 수가 없다.

줄기는 뿌리가 있기에 있을 수 있었다. 뿌리는 흙, 곧 대지가 있었기에 뿌리를 내릴 수가 있었다. 뿌리는 어디서 나왔는가? 뿌리는 씨앗에서 나왔다. 씨앗은 흙과 대기와 물과 온도로 싹을 튼다.

그것은 씨앗이 흙과 물과 공기와 온도가 없이는 싹을 틔울 수가 없기에 저 혼자 존재할 수 없음을 뜻한다. 그렇다면 씨앗이 묻어 있는 대지란 무엇인가. 대지는 물과 함께 지구라는 행성을 구성하는 중요한 요소이다.

지구는 태양계의 일부이다. 태양계가 없이는 지구가 있을 수 없다. 태양계는 곧 우주의 일부이다. 만일 우주와 태양계가 없었다면 지구가 있을 수가 없고, 지구가 없었다면 대지와 흙이 있을 수 없으며, 뿌리와 줄기와 가지가 있을 수 없으니 하나의 잎새는 어떻게 존재할 수가 있겠는가.

그것은 하나의 잎새가 우주와 깊은 인연 속에 포함되어 있다는 뜻이다. 따라서 모든 하나는 다수의 포함이며, 다수는 하나를 포함하고 있다. 하나가 없으면 다수도 없다.

다수가 없으면 나는 있을 수 없다. 곧, 우주가 있으므로 내가 있다.

그렇게 우주와 나는 다른 것이 아니라는 생각, 즉, 우주즉아(宇宙卽我)의 사상은 홀로 존재하지 못함의 오묘한 진리를 잘 나타낸 말이다.

붓다는 우주즉아를 깨우쳤다. 따라서 불교의 주축을 이루는 두 개의 사상, '존재하는 것은 모두 변한다' '나는 반드시 죽는다'라는 시간적 개념의 제행무상(諸行無常)과 공간적 개념의 제법무아(諸法無我)가 불교의 중심 사상이 되는 것이다.

이 연기설은 독자들이 좀더 이해하기 쉬운 자연 현상이나 과학적이고 논리적인 예로도 접근이 가능하다. 먼저 붓다가 말한 '모든 존재는 저 홀로 있지 못함'의 원칙을 보자.

원자물리학에서는 물질의 기본 단위는 원자(atom)이다. 이 원자는 전자(electron)와 핵(nucleus)으로 구성된다. 원자도 홀로 존재하지 못하는 것이다.

또 핵은 플러스 전기를 띤 양자(proton)와 플러스도 아니고 마이너스도 아닌 중성자(neutron)로 구성되어 있다. 핵 자체도 홀로 존재하지 못하고 있다.

그런데 양자와 중성자에는 쿼크(quack)라는 미립자가 존재한다는 사실이 밝혀졌다. 이 쿼크를 발견한 학자들은 모두 노벨 물리학상을 받았다.

현재까지 발견한 쿼크의 종류는 모두 6개이다. 그런데 이 쿼크는 다른 입자들과 달리 서로 다른 성질을 갖고 있다. 따라서 쿼크도 저 홀로 존재하지 않고 있다는 것이 밝혀졌다.

이 쿼크가 몇 개 결합하면 소립자가 되지만 쿼크는 결합하지 않은 상태로는 존재하지 않을 뿐만 아니라 입자나 파동(wave)으로 나타나고 있다.

물질의 최소 단위가 쿼크라고 하면 이 세상은 얼마나 많은 쿼크로 이루어져 있겠는가? 우리는 단지 불교에서 말하는 항하사(恒河沙), 즉 수천 킬로미터나 된다는 인도의 갠지스 강의 모래알 수를 제곱한 수, 즉 마하(가장 큰 단위의 숫자)로 표현할 수 있을 뿐이다.

우리는 원자뿐 아니라 세포 한 개도 현미경이 아니면 볼 수 없지만 눈으로 볼 수 있는 최소의 단위를 씨앗 한 톨, 혹은 티끌이나 먼지로 표현한다. 이 티끌이나 씨앗 하나도 얼마나 많은 원자로 구성되어 있는지 헤아릴 수가 없다.

그렇다면 씨앗도 홀로 존재하지 못하는 것이다. 공중에 떠다니는 먼지 하나도 저절로 생긴 것이 아니라 어느 존재에서 떨어져 나와 날아다니고 있는 것이다.

신라의 고승 의상대사의 법성게 중에 일미진중함시방(一微塵中含十方)이라는 말이 있다. 하나의 먼지 속에도 우주가 들어 있다는 뜻이다. 이제 그 말이 무슨 뜻인지 이해가 될 것이다.

그렇다면 우리 인간의 생명 구조를 보자. 인간이야말로 홀로 존재함과는 너무나 거리가 멀다. 인간을 구성하고 있는 세포는 대략 10조 개로 되어 있고, 그 세포 하나 속에는 세밀하고 정교한 DNA의 설계도면이 있다.

또 세포 핵 속에는 30억 개가 넘는 유전자 정보가 담겨 있다. 또 성인의 유전자 수는 60조 개로 밝혀졌다. 이처럼 인간의 생명체는 어마어마한 수의 세포가 상호 의존적으로 관련을 맺고 있다.

그렇다면 가장 큰 물질의 단위라고 할 수 있는 우주는 어떤가? 우리의 태양이 속해 있는 은하계에는 약 1,000억 개의 별들이 존재하고 있다고 한다.

이 은하계의 지름은 약 10만 광년의 크기이다. 1광년은 빛의 속도로 1년 가는 거리이고, 빛의 속도는 초속 30만 킬로미터이다. 그 거대한 공간 속에서 1천억 개의 별들이 은하의 핵을 이루며 질서 있게 운행하고 있다.

그렇다면 우리가 속해 있는 은하계가 우주의 전부인가? 아니다. 이 우주에는 대략 1천억 개의 은하계가 존재하고 있는 것으로 추정하고 있다.

불교의 경전에 나타난 10만억 세계를 지나서 있는 극락 세계는 다른 은하계이며, 대략 대우주 안의 별의 수는 약

10의 22제곱이 된다. 이처럼 쿼크 단위에서 대우주 단위까지 모든 현상계의 본질은 불생불멸이다.

쉽게 말해서 우주 안에 존재하는 물질은 단지 결합과 분리가 있을 뿐이지, 먼지 한 톨도 사라지는 것이 없다는 뜻이다. 질량불변의 법칙이 그것이다.

불교에서 말하는 겁(怯)의 시간 개념은 어떤 것인가. 수학적 개념의 일 겁은 갠지스 강의 모래 수를 두 번 곱한 수의 삼천대천세계가 닳거나 깨져서 하나의 티끌로 되돌아갈 때까지의 시간을 일 겁으로 계산한다. 겁의 시간은 상상할 수도 없는 세월인 것이다.

또 나는 스스로 혼자 태어난 것이 아니다. 부모가 있었고, 부모는 또 조부모가 있었고, 조부모는 역시 위로 선조와 선조들이 있었기에 나의 존재가 있는 것이다.

그렇다면 나는 수십, 수백, 수천, 수만, 수억 명의 선조들과의 상호 연관관계를 통해 생명을 얻게 된 존재라는 것을 깨닫게 된다.

또한 나는 부모 이외에 형제자매와 친척, 그 밖에 많은 이웃들과 사회적 관계와 긴밀한 상호 의존적인 관계를 유지하고 있다.

또한 우리는 자연 속에서 자연을 섭생하며 살고 있다. 그러므로 우리는 물과 공기 등 대자연과 뗄 수 없는 상호 의존적 관계를 갖고 있으며, 지구와 태양계, 나아가서는 수천 억 개의 별과 은하수를 포함한 대우주와 연관 관계를 맺고 있다는 것을 알 수 있다.

이렇게 나는 이 세상의 모든 존재와 어떤 인연의 방식과 조직과 체제에 의해서 깊이 어우러져서 살고 있는 우주적인 존재인 것이다.

인간의 생명 역시 붓다의 제행무상의 법칙에 의해 생과 사의 윤회를 거듭하고 있다. 우리는 이 같은 자연의 법칙에서 벗어날 수가 없다. 자연의 법칙이란 변화를 의미한다.

그렇다면 변화란 무엇을 뜻하는가. 예를 들어 10킬로그램의 얼음이 있다고 하자. 이 얼음은 냉장고에서 나오면 계속 녹아서 물로 변한다. 고체의 액체화이다. 그리고 그 물은 계속 수증기로 변한다.

그러나 애초의 10킬로그램의 얼음은 물로 변하든 수증기로 변하든 H_2O의 속성은 변하지 않고 형체만 바뀌면서 줄지도 않고 붇지도 않은 채 세상에 남아 있다.

그렇다면 사람도 생과 사를 거듭하면서 제4차원의 존재인 영혼은 그대로지만 제3차원의 존재인 이 세상의 물질로 구성된 육체는 형체만 바뀌면서 삶의 윤회를 계속하고 있다는 결론이 나온다.

이것은 바로 우리들의 죽음 역시 소멸이 아니라 변화라는 사실을 잘 보여 준다. 사람은 윤회의 법칙에 의해서 반드시 다시 태어난다. 이것이 붓다의 과학적인 세계관이다.

존재의 조건

'두 개의 부싯돌이 부딪치면서
존재하지 않았던 불이 생겼다.'

그렇다면 왜 고뇌가 있는 것일까. 인간의 고뇌는 태어나고, 살아가면서 나이를 먹고, 늙어가고 그리고 결국은 죽기 때문에 일어난다. 만일 우리가 태어나지 않고, 살지도 않고, 늙지도 않으며, 죽지도 않는다면 고뇌할 일이 무엇인가.

그럼 왜 사람은 태어나서 살고 늙어서 병들고 결국은 죽는 것일까. 그것은 우리가 세상에 태어났기 때문이다. 우리가 만일 태어나지 않았다면 늙지도 않고 죽지도 않기 때문에 고뇌도 없을 것이다. 태어나지 않은 사람에게는 고뇌가 없다는 뜻이다.

그래서 사람들은 태어난 것이 죄라는 말을 하기도 한다. 이렇게 사람이 태어나 살게 된 것은 삶이라는 기본적인 생명의 집착에 의해서 생긴 것이다. 삶에 대한 본능적인 욕구가 생명에게 없다면 구태여 태어나지 않았을 것이다.

이렇게 모든 생명의 탄생은 존재에 대한 강렬한 삶의 본능적인 집착 의지에 의해서 생겼다. 그리고 이 집착은 갈망 때문에 생긴 것이다. 그렇다면 갈망은 어디서 생긴 것인가.

그것은 느낌에 의해서 생긴다. 그 느낌은 어디서 오는가? 몸에서 온다. 우리의 몸에는 여섯 개의 감각기관, 즉 감각을 인식하는 접촉 기능이 있다. 그것을 불경에서는 육근(六根)이라고 말한다.

눈은 보는 기능이 있고, 코는 냄새를 맡고, 귀는 듣는다. 혀는 맛을 보고, 다른 신체는 촉각을 느끼며, 그것들을 인식하는 정신은 뇌에 있다.

원시 생물체인 단세포 동물의 인식은 촉각만 있었고, 고등동물로 분류될수록 미각, 청각, 후각이 발달된다. 인간은 감각기관 중에는 시각이 가장 뛰어나게 발달되어 있다. 따라서 인간은 모든 정보의 대부분을 시각을 통해서 얻게 된다.

이 감각기관 가운데 촉각은 고체를 느끼는 데 가장 민감하며, 미각은 액체를, 후각은 기체에 민감하다. 그러나 청각은 물질을 느끼는 것이 아니라 물질의 파동을 귀로 접촉하고, 시각은 짧은 파장을 느끼고 뇌의 뇌파는 극초단파를 느낀다.

인간의 여섯 개 감각기관 가운데 다섯 개의 기관은 감각을 차단시킬 수 있지만, 뇌파가 느끼고 전달되는 거리는 무한대로 알려져 있다. 더구나 뇌의 정신적 기능은 인간만이 가진 유일한 감각으로 정신력이 발달할수록 인간은 뇌파만 가지고도 다섯 개의 다른 감각을 감지할 수 있게 된다.

바로 그 능력을 불교 경전에서는 육신통이 열린 상태라고 말하고 있다. 따라서 육신통이 열린 사람은 방 안에 앉아서도 모든 인식 기능을 사용할 수가 있다.

사람은 뇌의 용량을 평생 10%도 사용하지 못하는 것으로 알려져 있다. 그러나 만일 우리가 뇌의 10%만 쓸 수 있더라도 다른 사람의 마음을 읽을 수 있는 염력이나 텔레파시 등 초능력을 발휘할 수 있을 뿐만 아니라 다른 사람의 전생도 환히 볼 수 있다는 것이다.

사람이 가진 여섯 개의 감각기관의 접촉 대상을 불경에서는 육경(六境)이라고 말한다. 각기 감각의 접촉 기능이 여섯 개라는 뜻이다. 눈은 색깔과 모양을 보고, 귀는 소리를 듣고, 후각은 냄새, 미각은 맛을, 촉각은 감촉을, 뇌는 법(法)을 판별한다.

모든 사물은 이렇게 육근(감각기관)과 육경(감각대상)의 만남을 통해서 여섯 가지를 인식하게 된다. 그것을 육식(六識)이라고 한다. 육근이 없거나 육경이 없거나 둘 중 어느 하나라도 없으면 사람은 느낌을 감촉할 수가 없다. 이처럼 모든 사물의 존재는 육근과 육식의 연관관계로 발생한다.

부싯돌을 예로 들어 보자. 부싯돌이 부딪치면 불꽃이 일어난다. 그런데 불꽃은 부싯돌에 있었던 것이 아니며 공기 중에 있었던 것도 아니다. 그런데 두 개의 부싯돌이 부딪치면서 전에 존재하지 않았던 아주 새로운 존재인 불이 생긴 것이다.

이렇게 불은 두 개의 부싯돌이 만난 조건이 관련된 인연으로 새롭게 존재하게 된 것이다. 즉, 불꽃은 어딘가 숨어 있다가 갑자기 나타난 것이 아니라 두 개체의 연관 관계로 존재하게 된 인연에 의해 태어난 것이다.

사람과 사람의 만남, 남녀의 인연에 의해 자녀가 태어나는 것도 이 같은 연기의 법칙이다. 이렇게 연기설로 보면 인간 역시 육체와 영혼(정신)의 만남, 즉 인연의 결합으로 존재하고 있다. 육체만으로는 인간이 아니고, 정신만으로도 인간은 존재할 수가 없지만 두 개체가 만나 인간이 존재하게 된 것이다.

그렇다면 정신과 육체는 왜 있는가. 그것은 내가 정신(命)과 육체(色)가 있다는 것을 인식할 수 있기 때문에 존재한다. 그렇게 인식이 없으면 모든 존재는 없다. 내가 그것을 인식할 수 있게 된 것은 행위가 있었기 때문이다.

그리고 행위는 우리들의 존재에 대한 근본적인 무지를 뜻하는 무명(無明), 즉 어리석음에 대한 근본적인 번뇌에 의해서 발생한다. 우리의 모든 번뇌는 무명이 없어야 사라진다는 사실을 깨닫게 된다.

싯다르타는 그래서 다시 번뇌를 없애는 방법을 생각하기 시작했다. 번뇌를 없애기 위해서는 무명이 없어야 하고, 무명이 없어지려면 행위가 없어져야 하고, 행위가 없어지려면 안다는 것(識)이 없어져야 하고, 안다는 것이 없어지려면 정신과 육체가 없어져야 하고, 여섯 가지 감각기관이 없어져야 접촉이 없어지고, 접촉이 없어지려면 느낌이 없어야 하고, 느낌이 없어지려면 욕망이 없어지고, 욕망이 없어지려면 갈망이 없어져야 한다.

또 갈망이 없어지려면 집착이 없어져야 하고, 집착이 없어지려면 '나'라는 존재가 없어져야 할 것이며, '나'가 없다면 늙는 일도 죽음도 없다. 결국 집착이 없는 곳에는 삶이 없고, 삶이 없으면 늙음과 죽음과 근심과 괴로움도 없다는 것을 깨달았다.

싯다르타는 이처럼 12단계(十二緣氣)를 다시 역순으로 관찰했다. 그렇다면 사람은 태어나지 않아야 고뇌가 없고 무명도 없다. 그럼 어떻게 해야 태어나지 않을 수 있는가. 그것은 해탈을 해야 한다. 그렇다면 해탈은 어떻게 할 수 있는 것일까.

첫째, 사람은 벗어날 수 없는 실존의 괴로움이 있다는 것을 인정해야 한다. 둘째, 괴로움의 원인은 욕망과 갈등에서 생기며, 그것은 사람이 무명에 싸여서 맹목적으로 욕망을 추구하기 때문이다. 무명에 싸였다는 뜻은 깨닫지 못했다는 뜻이다.

그렇다면 깨달았다는 것과 깨닫지 못했다는 것의 차이는 무엇인가? 가령 사람들이 각자 어떤 창고에 들어갔다고 가정해 보자. 그런데 창고는 캄캄한 암흑이어서 한 치 앞도 볼 수가 없다. 그런 상황에서는 시각 장애와 다를 바 없다.

사람들은 각자 주위를 더듬기 시작한다. 어떤 사람은 창고 안에서 곡괭이를 잡고, 어떤 사람은 그릇을 잡고, 어떤 사람은 쌀가마니를 잡았다고 치자.

그때 사람들은 각자 창고 안에서 더듬어 잡은 것밖에는 알 수가 없다. 그래서 사람들은 자기가 잡은 것이 창고 안에 있는 전부라고 주장한다. '이 창고 안에는 곡괭이만 있다.' 그러나 그릇을 잡은 사람은 '이 창고 안에는 그릇만 있다' 고 말한다. 그러나 쌀자루를 잡은 사람은 '이 창고는 쌀 창고' 라고 주장한다.

경전에서는 이런 경우를 스님들이 각자 자기가 깨달은 진리만을 고집하거나, 자기가 좋아하는 경전에만 집착하여 그것만이 진리라고 주장하는 어리석음을 비유한 얘기지만, 우리들이 인생을 깨닫는 것도 그와 다를 바가 없다.

그러나 그 순간 그 창고에 불이 켜졌다고 가정해 보자.

그때서야 사람들은 자기 손에 잡힌 것이 창고 안에 있는 물건들의 지극히 작은 일부분이거나 하나라는 것을 알게 되고, 자기 주장과 고집이 전부가 아니라는 사실도 깨닫게 된다. 깨달았다는 것과 깨닫지 못했다는 것은 그렇게 큰 차이가 있다.

싯다르타는 인간의 존재가 괴로움(苦)이라는 것을 아는 것을 가장 먼저 해야 할 일이라고 생각했다. 먼저, 사람은 탄생의 고통이 있다. 어머니의 뱃속에 아주 편안히 있던 아기가 갑자기 밖으로 끌려나온다. 아기는 냉혹한 세상 밖으로 나가지 않으려고 결사적인 저항을 한다.

그래서 모든 세상의 어머니는 출산 고통을 심하게 겪는 것이다. 아기는 보통 산모가 입덧을 느낄 때 입혼(入魂)을 한다. 입혼이란 어느 정도 육체가 형성된 모태 속에 아기의 영혼이 들어가는 과정을 말한다.

이때 산모는 입덧을 심하게 한다. 산모의 에너지 파장 속에 새로운 아기의 에너지가 들어오면서 조화를 이루는 과정에서 오는 시련이다. 아기는 모태 속에서는 아직 이 세상의 중력을 받지 않기 때문에 그 영혼은 본래대로 무한히 자유롭다.

그러나 아기는 세상에 나오면서 생활환경의 공간, 즉 육체의 감옥과 그가 살아야 할 시대인 시간의 감옥에 들어오므로 아기의 탄생은 그 자체를 고통으로 본다.

그 다음에는 늙고, 병들고, 죽는 고통이 있다. 또한 사랑하는 사람과 헤어지는 고통(愛別離苦), 미워하는 사람과 함께 살아야 하는 고통(怨憎會苦)이 있고, 갖고 싶은 것을 못 갖는 고통(求不得苦), 욕망을 참을 수 없는 고통(五陰盛苦)이 있다.

이러한 괴로움의 원인은 집착, 혹은 잘못된 소유욕에서 나온다. 이처럼 집착과 잘못된 소유욕으로서의 집(集)이 있는 한, 우리는 계속 좌절할 수밖에 없다.

따라서 집착과 소유욕이 없는 상태, 즉 집(集)이 완전히 소멸된, 절대자유의 경지인 멸(滅)이 와야 한다. 이 소멸의 상태를 니르바나(Nirvana, 涅槃)에 이른다고 말한다.

그렇다면 소멸의 상태에 이르기 위해서는 어떻게 해야 하는가. 그 구체적인 방법을 제시하는 것이 도(道)이다. 그 방법은 8정도(正道)의 수행 방법으로 가능하게 된다. 이것을 고집멸도(苦集滅道), 즉 네 개의 진리라는 뜻으로 사성제라고 말한다.

별들의 이야기

'이 세상은 물질세계와 의식세계가
계속 윤회하고 있다.'

보리수 아래 앉은 지 닷새째 되는 밤이었다. 고타마싯다
르타는 명상을 시작하자 갑자기 자신의 몸이 엄청나게 커
지면서 보리수나무 위로 벗어나기 시작했다. 그의 의식 세
계는 더욱더 크게 확대되어 대지가 발 아래로 까마득하게
멀어졌다.

그가 앉아 있던 보리수와 우루벨라 숲과 가야 다나의 대
지가 한눈에 들어온다. 싯다르타의 의식 역시 점차 커지고
빨라졌으며, 지상에서는 멀리서 깜박이던 별들이 어느덧
자신의 발밑에서 빛나고 있었다.

그런데도 싯다르타의 육신은 여전히 보리수 아래에서
명상에 들어간 모습 그대로였다. 단지 의식만 우주로 벗어
난 것이다. 우주는 평화롭고 고요하며 모든 생명의 숨결들
이 손바닥에서 느껴졌다. 숲, 강, 도시, 지구와 별들은 신
의 뜻대로 숨쉬고 있는 하나의 영상이었다.

"아아! 드디어 깨달음이 왔구나."

싯다르타는 가슴이 벅차올랐다. 36년 동안 쌓인 어두운 상념의 구름들이 순식간에 빛으로 변해 버렸다. 싯다르타는 마침내 우주와 하나가 된다. 그날이 싯다르타가 35세 되던 해의 4월 8일, 우리가 부처님 오신 날로 정한 그날이다.

고타마싯다르타는 깨달음을 얻은 후에 우주의 탄생과 인간과 신의 존재와 윤회의 방식에 대해 더욱 확실히 깨닫게 되었다. 이제 고타마싯다르타는 우주와 인간 존재의 신비를 깨닫게 되었다. 신은 자신의 뜻을 세워 우주를 만들면서 보이는 세계와 보이지 않는 세계를 만들었다.

끝없는 윤회

'내 영혼은 육체의 나룻배를 빌려 타고
인생의 강을 건너가고 있다.'

인간은 본래 우주 크기의 의식을 지니고 살았으나 육체를 갖고 세상에 태어나면서 그 우주가 아주 작게 굳어져서 우리 속에 있었던 우주대의 의식을 상실해 버렸다.

그렇지만 신은 인간의 생존에 필요한 환경을 만들어 주고 있다. 인간은 괴로워하고, 방황하고, 악의 유혹에 빠져 악행을 저지르지만, 신은 중도에서 참을성 있게 기다리면서 끝내는 구원의 손길을 내민다.

태양, 물, 공기, 대지, 식물 등 자연은 신이 인간에게 준 것들이다. 신은 자녀를 걱정하는 부모처럼 인간을 걱정하고 자비와 사랑을 베풀고 있다. 인간은 신의 자비에 감사하는 마음을 가져야 한다. 감사와 보은은 마음속 깊은 곳에서 살아 숨쉬는 신성을 자각하게 만든다.

싯다르타는 인간의 가치를 깨달았다. 인간과 자연은 본래 신이 창조했을 때부터 한 몸이었다. 자연은 인간이 함

께 숨쉬는 공간과 시간이었다. 따라서 인간은 자연을 떠나
살 수 없는 존재이다. 그러기에 인간은 자연과 조화를 이
루고 살아야 한다.

인간이 창조될 때 의식세계인 영혼과 물질세계인 육체
가 결합된 것은 의식과 물질은 둘이 아니라 하나이며 자연
의 평화가 영혼의 평화를 가져온다는 것을 뜻한다.

싯다르타는 여러 천사들로부터 보호를 받는 것이 기뻤
다. 그가 진리를 깨닫자, 주변은 온통 황금빛으로 눈부시
게 변했다. 하늘에서는 노랫소리가 웅장하게 들렸다. 싯다
르타의 깨달음을 축하하는 노래였다.

싯다르타는 기쁨에 젖었다. 싯다르타는 우주가 자기 몸
처럼 느껴졌다. 싯다르타는 명상을 멈추고 현실의 육체로
돌아왔다. 하늘은 투명하고 텅 비었다. 우루벨라의 숲 속
으로 햇빛이 보리수의 작은 잎새를 비추고 있었다.

"누가 지금 나의 깨달음을 이해할 수 있을까?"

이제 고타마싯다르타의 깨달음을 정리해 본다. 우리의
영혼은 신이 의식세계에서 창조한 영원불멸의 존재이다.
한번 창조된 내 영혼은 영원히 소멸되지 않고 그 모습이
살아 있게 된다. 단지 내 영혼이 지구상에 살기 위해서는
육체라는 물질과 결합해야만 존재할 수 있다.

따라서 지금까지 수많은 전생을 살아온 나의 인생은 죽
어서 또 하나의 전생를 보태는 셈이 된다. 그러기에 내 영

혼은 지금 이 세상에서 육체라는 나룻배를 빌려 타고 인생의 강을 건너가고 있다는 뜻이다. 그리고 배가 강의 건너편에 닿으면 배를 버리는 것처럼 우리는 죽음에 이르러 빌려 탄 육체를 버리고 떠난다.

결국 불교의 경전에서 말하는 전생과 윤회란 살다가 죽어서 다시 태어나고, 또 죽은 후에 다시 태어나는, 삶과 죽음의 영속적인 윤회가 계속되고 있다는 뜻으로 해석된다. 사람은 육체만 바뀔 뿐 한 영혼은 불멸의 존재라는 뜻이다.

우리가 죽어서 다시 태어나는 곳은 지금의 우리 육체가 살 수 있는, 바로 대지와 물과 산소가 있는 지구의 대기권이라는 뜻이다. 우리 생명이 다시 태어나 살 곳이 대기권 밖의 어느 혹성이나 혹은 만화나 영화 같은 상상 속의 별천지라고 상상할 수가 없다.

전생이란 이렇게 불교적 윤회의 개념일 뿐만 아니라 에너지 순환의 법칙이기도 하다. 그래서 마음의 문이 열린 육신통의 능력을 지닌 붓다의 눈에는 다른 사람의 전생을 훤히 꿰뚫어볼 수가 있었다. 지금 붓다의 깨달음은 다른 사람의 전생은 물론 우주를 장악하는 관자재보살의 경지에 와 있다.

인간의 고통은 스스로의 마음과 행동이 빚어낸 것이다. 그 이유는 자연의 법칙이자 신의 존재 방식인 중도를 벗어나면서 생긴다. 싯다르타는 자신이 깨달은 이 우주의 섭리를 많은 사람들에게 전해 주고 싶었다. 그러나 과연 몇 사람이 자기 말을 이해하고 깨달을지 걱정되었다.

싯다르타는 마침내 보리수나무에서 몸을 일으켰다. 그가 숲을 거닐자 새들이 날며 따라왔다. 그 새들은 싯다르타와 오랜 시간을 함께한 동반자들이었다. 새들은 싯다르타에게 말을 건넸다. 새들도 감정이 있어서 대우에 따라 태도가 달라진다.

싯다르타는 네란자라 강으로 내려갔다. 깊고 조용히 흐르는 강은 여전히 변함이 없다. 물이 허리까지 찼다. 그는 얼굴을 닦았다. 이 네란자라 강은 바다로 흘러가 일부는 수증기로 변하여 구름이 되고 다시 비가 되어 네란자라 강물이 된다.

이것이 물의 윤회의 법칙이다. 강에 있거나 구름으로 떠 있거나 비가 되어도 물의 본질은 변하지 않는다. 물을 구성하고 있는 산소와 수소는 결합하면 물이 되지만 떨어지면 산소와 수소가 된다. 산소의 본질과 수소의 본질은 변하지 않는다. 단지 둘이 결합하면 모양이 바뀔 뿐이다.

싯다르타는 물 속에서 자신이 대자연의 큰 흐름과 계획 속에 있는 것처럼 느껴졌다. 그는 강물의 흐름을 가로막으며 강물의 시간을 헤아리고 있었다. 물의 흐름 속에 시간이 흐르고, 과거, 현재, 미래도 시간의 흐름 속에 있다. 그것을 깨닫기 위해서는 반성이 필요하다.

싯다르타에게 위대한 깨달음을 안겨준 감격적인 밤이 떠올랐다. 해가 지자 싯다르타는 마른 풀로 모닥불을 피웠다. 연기가 하늘로 천천히 피어올랐다. 바람이 잦은 조용한 밤이었다. 싯다르타는 망고 껍질을 벗기면서 지난 날 네란자라 강가에서 만났던 소녀 수자타가 불렀던 노래를 낮게 흥얼거렸다.

"가야금 줄은 알맞게 조여야 소리가 좋아."

그의 얼굴에는 한없는 평화와 자유가 넘쳤다. 싯다르타는 깨달음을 얻은 후 일곱 곳에서 7일간씩 49일 동안 해탈의 기쁨을 확인했다. 49일 동안 싯다르타는 자신의 깨달음을 사람들에게 전해야겠다는 생각을 했다. 많은 신들이 싯다르타가 깨달음을 얻은 것을 축하하자 그는 노래로 화답했다.

이제 어둠은 영원히 사라졌네.
어둠의 흐름도 다시는 없네.
이제 다시 생사의 길을 따르지 않으리.

신들은 꽃을 뿌려 싯다르타를 축복했다. 모든 어둠은 사라지고 세상은 기쁨으로 가득 찼다. 싯다르타의 머리에 보석의 하늘이 열리고 그 찬란한 빛은 온 누리에 비추었다. 모든 부처와 보살들은 새로 태어난 부처를 축복했으며 모슨 신들과 마왕들까지도 꽃가루를 뿌리며 축하했다.

싯다르타가 깨달음을 얻은 지 스무하루가 되었지만 그는 마음의 조화를 이룬 후에는 명상에서 깨어나고 싶지 않았다. 할 수만 있다면 그대로 세상을 떠났으면 싶었다.

그때 싯다르타의 눈앞에 브라흐만이 나타난다. 브라흐만은 싯다르타에게 지금의 깨달음으로 마음의 빛을 잃은 많은 사람들에게 불법의 등불을 밝혀 줄 것을 원했다.

문헌 자료에는 싯다르타가 깨달음을 얻은 후 죽고 싶었을 때 브라흐만이 중생을 구원하도록 권유하는 대목들이 많이 등장한다. 마침내 싯다르타는 브라흐만에게 최선을 다해 진리의 법등을 밝혀 사람들을 구원하겠다는 약속을 한다.

실재계와 현상계

'한국의 갑돌이가 죽어서
미국의 제니로 태어난다?

이 세상이 물질세계와 의식세계로 나누어져 있다는 것
은 앞에서 이미 말했다. 물질세계는 눈에 보이는 3차원의
세계, 즉 현상계(이승)라고 말하고, 의식세계는 눈에 보이
지 않는 4차원의 세계, 즉 실재계(저승)라고 한다.

실재계에서는 영혼만 단독으로 존재할 수 있지만, 현상
계에서는 영혼이 3차원의 세계인 물질과 결합해야만 존재
가 가능해진다. 그래서 영혼이 지상에 살기 위해서는 육체
가 필요하다.

인간의 탄생은 이렇게 지상에 살기 위해 임시로 옷을 빌
려 입은 것이며 죽음이란 빌려 입은 옷을 벗고 그 영혼이
본래 있던 실재계로 복귀하는 것을 의미한다.

이 과정을 인간의 입장에서 보면 탄생과 죽음이다. 이것
이 인간의 삶과 죽음의 원리이며 윤회의 법칙이다. 따라서
인간의 탄생은 영혼과 육체의 결합을 의미한다.

그렇게 영혼이 육체를 빌리기 위해서는 부모가 필요하게 된다. 그런 측면에서 보면 부모의 자녀 잉태는 한 영혼을 지상에 살리기 위한 절차라고 말할 수 있다. 우리가 이 세상에 살게 된 배경에는 이처럼 저 세상에서 계획된 불멸의 비밀이 존재하는 셈이다.

모래 속에 자석을 넣으면 철분이 붙어 나온다. 자석과 철분이 동질의 에너지로 흡착력을 갖게 되는 것처럼 우리의 영혼도 똑같은 법칙에 의해 지상에 태어난다. 실재계에서 현상계로 오기 전에 한 영혼은 사전에 부모와 지상에서 태어날 약속을 하게 되고, 그 영혼은 치밀한 약속에 의해 부모를 선택한다.

한국의 갑돌이로 살았던 영혼이 육체를 지상에 반납하고 실재계로 돌아와 있다가 다시 현상계로 윤회하기 위해 부모를 선택하면서 미국의 제니를 낳게 될 부모를 선택한다는 뜻이다.

그렇다면 전생에 갑돌이로 살았던 제니는 왜 하필이면 그렇게 많은 사람들 가운데 제니의 부모를 선택하게 된 것일까? 그것은 전생의 갑돌이가 모든 전생 동안 지은 죄의 값을 치르기에 가장 알맞은 삶의 조건이 제니로 태어나는 것이기 때문이다.

미국의 제니로 태어나야 전생의 카르마를 풀 수가 있다. 여기서 우리는 제니의 삶의 조건이나 환경이 어떤지 알 수

가 없지만, 영혼이 실재계에서 현상계로 윤회할 때 무작위로 오는 것이 아니며, 면밀하고 정교한 계획을 세워 자기가 살아야 할 조건을 확실히 정하고 온다고 믿어야 한다.

그때 부모를 선택하는 조건은 이 세상에서나 바라는 권력이나 부귀영화가 아니다. 모든 기준은 철저히 자기의 업(카르마)를 벗기 위해 알맞은 영혼의 수행처일 뿐이다.

그래서 전생의 갑돌이는 미국이나 유럽이나 아프리카나 아시아 대륙을 먼저 선택하고, 그 다음 나라를 정하고, 부모를 정해서 허락을 받고 약속 날짜를 정해서 태어나는 예정된 모든 절차를 거친다.

따라서 가난하고 어려운 환경을 선택한 영혼은 그 힘든 환경과 조건을 통해서 인내와 극복 의지를 배우고, 또 부잣집을 선택한 영혼은 겸손과 자비를 배워야 하며, 고통 속에 태어난 영혼은 그 고통을 통해 자신이 지은 죄의 대가를 치러내야 한다.

따라서 지금 내 영혼이 선택한 부모와 환경과 이웃들과의 인연은 스스로 선택한 것이므로 소중하게 여겨야 한다. 우주와 대자연의 법칙이 한 치의 오차나 무질서도 허용하지 않는 것처럼, 우리들의 삶 역시 치밀한 연기(緣起)에 의해 얽힌 필연적인 운명이다.

그래서 경전에서는 사람이 소매 끝만 스쳐도 3생의 전생을 거친 인연이라고 말하고 있다. 만일 우리가 이 세상에서 그것을 극복하지 못하거나, 그것으로 더욱더 큰 죄악을 보탠다면 그 영혼은 실재계로 돌아갔다가 다시 현상계로 돌아올 때는 더 큰 죄업을 풀어야 하므로 삶은 더욱더 괴로울 수밖에 없다.

우리의 영혼은 수많은 과거세를 살아온 기억들을 보존하고 있으므로 그가 전생에서는 어디서 무엇을 했는지 어떤 삶을 살았는지 선명하게 알 수가 있다. 모든 전생은 잠재의식 속에 고스란히 기록되어 재생될 수가 있다.

고타마싯다르타는 깨달음을 이룬 후에는 자신의 전생을 모두 기억해 낼 수 있었다. 싯다르타는 태어난 지 일주일 만에 세상을 떠난 어머니 마하마야가 보살계(菩薩界)에 살고 있다는 것을 알았다.

사람은 탐욕에 눈이 어두우면 먼 훗날 고통스러운 영혼의 수행을 겪어야 한다. 육체의 만족에만 사로잡힌 인생을 살았기 때문이다.

우리 육체에는 독충 마라, 아수라, 긴나라, 마고라, 나가 같은 악령들이 집을 짓고 살려고 애를 쓴다. 그 육체의 독충들은 신체의 불행을 뜻하는 마귀들이다. 싯다르타는 그 독충의 악령들도 겸손과 사랑 앞에서는 기운을 잃는다는 것을 알았다.

물론 지상에서 악마의 지배를 받아 악을 저지른 사람들은 죽은 후 저승에서 참담한 지옥 훈련의 수행 과정을 거

치게 된다. 그 훈련을 거쳐서 다시 깨끗하게 태어난다 해
도 현상계에서 다시 악에 물드는 것은 자기 잘못도 있지만
악령의 유혹도 크다. 싯다르타는 이런 사실을 사람들에게
알려주어 자비의 마음이 정말 소중하고 위대하다는 것을
깨닫게 해야 한다고 생각했다.

싯다르타는 우루벨라에서 스무하루 동안 큰 변화를 겪
었다. 지난 36년간 살았던 모든 회의와 고뇌를 끝낸 것이
다. 다시 해가 밝았다. 범천의 세계에서 볼 수 있었던 해가
보리수나무 위로 떠올랐다. 그때 목동 스바스티가 다가와
합장하면서 말했다.

"싯다르타님께서는 지난 6개월 동안 이 나무 아래서 명
상에 잠기신 이후 어젯밤에 드디어 깨달음을 얻으셨습니
다. 마가디의 말로 깨달은 사람을 붓다(Buddha)라고 합
니다. 이제부터 저희가 스승님을 붓다라고 불러도 되겠습
니까?"

그 말을 듣고 있던 고타마싯다르타는 고개를 끄덕였다.

"그래, 그렇게 불러라."

"붓다님, 이 보리수는 숲에서 가장 아름다운 나무입니
다. 이제 우리가 이 나무를 '깨달음의 나무' 라 불러도 되겠
습니까?

"그래, 그렇게 불러라."

붓다는 그렇게 말했다. 이후부터 고타마싯다르타는 붓

다가 되었다. 깨달음을 이룬 붓다는 이 세상 사람들이 너무나 깊은 영혼의 무지 속에서 살고 있다는 것을 알았다.

그는 다시 고뇌에 빠진다. 사람들은 이 진리의 길을 아무리 얘기해도 깨닫지 못할 것이다. 붓다는 자신의 깨달음을 사람들에게 빨리 전하고 싶어졌다.

"이 깨달음을 도대체 누구에게 먼저 전한단 말이냐?"

싯다르타가 지난 6년 동안 만난 수행자들은 아주 많았다. 가장 먼저 그가 3개월간 머물렀던 아름다운 아누푸리아 숲에 있는 바이샬리 마을의 아라라 카라마 선인이 떠올랐다. 그는 당시 3백 명의 제자를 거느리고 있었다.

싯다르타는 마음의 조화를 통해 명상에 들어갔다. 그러자 아라라 카라마 선인이 있던 바이샬리 마을이 눈앞에 선명하게 드러났지만 그는 이미 세상을 떠나고 제자들도 모두 흩어지고 없었다.

싯다르타가 그를 만났을 때 선인의 나이는 120살이었다. 붓다는 매일 네란자라 강가에 나가 목욕을 한 후에 아름다운 숲 속을 거닐면서 명상에 잠겼다.

그는 잠시 고향 카필라 성이나 라자그리하의 빔비사라왕을 만나 볼까 생각했으나 문득 수행 초기에 함께 고행을 했던 다섯 무사 크샤트리아가 떠올랐다. 그들은 지금도 어디선가 수행을 계속하고 있으리라는 생각이 들었다. 붓다는 눈을 감았다.

드디어 붓다의 명상 속에서는 다섯 크샤트리아들이 수행하고 있는 미가다야가 나타난다. 붓다는 이미 깨달음을 얻었으므로 관자재력(觀自在力)으로 그들을 볼 수 있는 능력을 갖추었다.

관자재력이란 과거와 현재와 미래의 삼계(三界)를 시간적으로나 공간적으로 꿰뚫어볼 수 있는 초능력 아포로키티슈바라의 경지를 말한다.

붓다는 어둠 속에서 헤매는 사람들에게 왜 사는지 또 어떻게 살아야 하는지 알려주고, 고통을 덜어 주는 일을 할 것이라고 마음에 새긴다. 그는 우루벨라 숲을 떠날 준비를 했다. 바리와 사슴가죽체와 대나무통 물그릇과 며칠분의 식량을 꾸렸다.

붓다는 20여 일 동안 정 들었던 보리수를 떠나 다섯 크샤트리아들이 있는 미가다야로 발길을 옮겼다. 그는 깨달음의 과정에서 만난 브라흐만과의 대화, 악마와의 대결, 우주와 하나가 된 놀라운 체험 등을 그들에게 어떻게 이해시킬 수 있을지 걱정이었다.

우루벨라 숲에서 벗어난 붓다는 동북쪽 마가다 국경의 강가 강을 따라 서쪽으로 갔다. 그곳에는 캇시국의 수도 마라나시가 있고, 다섯 무사들이 수행하고 있는 이시나파다가 나온다.

붓다는 이른 아침에 갠지스 강에 도착했다. 강에는 나룻배가 있었지만 사공은 붓다가 뱃삯이 없다고 배를 태워 주지 않았다. 붓다는 그때 강을 뛰어 건넜다는 기록이 있다.

이처럼 강을 뛰어 건넌 것은 속세를 뛰어넘은 뜻을 상징하면서 현실의 이쪽 언덕에서 이상의 세계인 저쪽 언덕(彼岸)으로 넘어가 열반의 세계에 도달한 것을 상징하기도 한다.

제3장
승단 조직과 제자들

'사랑하는 사람과는 헤어져야 하고
미워하는 사람과는 함께 살아야 한다.'

최초의 제자

'사랑하는 사람과는 헤어져야 하고
미워하는 사람과는 함께 살아야 한다.'

붓다는 거지 행각으로 끼니를 때우며 계속 걸어서 라자
그리하에 도착했다. 이곳은 마가다국의 수도다. 도시는 6
년 전 그대로 변함이 없었다. 많은 수행자들이 여전히 육
체 고행에 매달려 있었다.

많은 사람들이 붓다가 처음에 그랬던 것처럼 육체에 가
해를 하고, 그 고통과 번뇌를 이겨내어 구원을 받겠다는
의지로 가득 차 있었다.

붓다는 이제 깨달음을 이룬 경지에 올라 마음의 눈으로
사람을 본다. 사람마다 뿜어내는 광채가 다르다. 사람의
몸에 보이는 빛은 마음의 모습이다.

화나거나 시기와 질투에 사로잡혀 있거나 집착과 불만
에 싸여 있는 사람은 붉거나 검은빛 또는 회색빛이 나타난
다. 그러나 사랑과 자비와 겸손을 가진 사람은 황금빛이나
녹색 혹은 자색빛이 보인다. 마음의 눈이 열린 사람에게는

속마음을 감출 수가 없다.

붉거나 검은 빛, 또는 회색빛이 나타나는 사람은 마귀나 지옥, 동물의 영혼을 불러들여 병이 들었거나 사건을 일으킨다. 황금빛과 녹색빛이 보이는 사람은 아름답고 평화가 깃들어 천사들이 이끌어 준다. 지금 라자그리하에서 육체 고행을 하고 있는 수행자들은 마귀와 동물, 죽은 영혼들로 들끓고 있었다.

붓다는 수행자들에게 육체 고행이 얼마나 무의미한 것인지 말해 주고 싶었지만 그들을 잘 설득시킬 자신이 없었다. 깨달음도 시간의 인연이 필요하다.

붓다는 강 건너 바이샬리 마을에 도착했다. 그곳은 붓다의 어린 시절 추억이 서려 있는 마을이었다. 거리는 옛날과 변함이 없었다.

붓다는 다시 바라나시에 도착했다. 그곳 집들은 대부분 흙으로 지었으며 창이 작았다. 길옆에는 잡상인들이 특산물인 비단을 팔고 있었다. 붓다도 어린 시절에 캇시산 비단옷을 입고 살았다.

바라나시는 북쪽 바루나 강과 남쪽 아시 강 사이에 위치한 곳으로 지금은 순례의 성지 캇시라고도 한다. 붓다는 어린 시절에 이곳에서 나는 유명한 캇시산 비단 옷을 입었다. 이 도시는 지금도 연간 1백만 명의 순례자들이 방문하고 있는 유명 관광지로 지금도 I.C.I. 실크 공장에서 캇시

실크를 생산해 내고 있다.

힌두 신앙에 의하면 바라나시 강에서 목욕을 하면 5백 생에 지은 죄가 씻기고, 여기서 죽어 재를 강가에 뿌리면 윤회에서 해탈된다는 말이 전해 내려와 많은 순례자들이 강으로 몰려와 목욕을 하고, 시체를 화장하여 강물에 뿌린다. 바라나시에 있는 화장터 마니카르니카 가트는 지금도 유명하다.

지금도 바라나시는 많은 사람들이 몰려드는 혼돈의 도시지만 붓다 당시도 다를 바가 없었다. 당시 바라나시에는 바라문 정통파들이 많이 살았다. 좋은 비단옷을 입은 사람들은 대부분 특권 계급층에 속하는 바라문들이다.

붓다의 옷은 낡고 땀에 절었으며 소매도 닳아서 너덜거렸다. 게다가 살갗은 검게 그을렸으며 수염도 텁수룩해서 누가 봐도 걸인이었다. 다섯 무사는 바라나시의 교외 지역 수행장에 있었다. 그들의 수행 방식은 여전히 육체 고행이었다.

미가다야는 기후가 따뜻하고 햇살이 부드럽고 밀림이나 습지대도 없다. 수행자들은 맹수의 공격을 받을 염려가 없었으며 동굴이나 바위가 아니더라도 들이나 평지에서도 참선을 할 수가 있었다.

붓다는 이번이 미가다야에 처음 온 것이었다. 붓다는 그들이 지금 어떻게 살고 있는지 알고 있었다. 미가다야의 수행장에는 깨끗한 냇물이 흐른다. 코스타니야를 비롯한 다섯 사람은 물가 가까운 숲 속에 자리 잡고 있었다.

붓다가 그들이 있는 곳으로 다가가자 코스타니야가 먼저 붓다를 알아보고 흠칫 놀란다.

"오랜만이구나!"

붓다를 본 그들은 모두 냉담하기만 하다. 다섯 무사들은 이미 붓다가 그날 네란자라 강가에서 소녀 수자타의 우유죽을 받아 마신 후로는 수행을 포기한 것으로 알고 있었다. 따라서 그들은 붓다에게 배반감을 느끼고 더 이상 상대하고 싶은 마음이 없었던 것이다.

그들은 약속이라도 한 듯 서로가 귀엣말을 속삭이며 붓다를 따돌렸지만 붓다의 위엄 있는 태도에 어쩔 수 없이 자리에서 일어나 예를 갖추었다.

그때 다섯 무사 주위에 있던 사람 중 하나가 붓다 앞에 방석을 내놓았고, 어떤 사람은 붓다의 발을 씻을 물을 떠오기도 했다. 붓다의 몸에서 황금빛 광채가 빛나는 것을 보고 예사로운 일이 아니라고 생각했던 것이다.

다섯 무사들도 붓다의 피폐하던 얼굴이 아주 맑고 밝게 변했으며 온몸에서 광채가 나는 것을 보고 속으로 놀랐다.

"코스타니야, 내 말을 들어라. 나는 마침내 깨달음을 얻어 붓다가 되어 너희들을 찾아온 것이다."

그러자 코스타니야가 입을 열었다.

"당신은 이제 우리들의 왕자가 아니고 스승도 아닙니다. 우리들의 수행을 방해하지 말고 어서 가시오. 수행을 포기한 타락한 자와 얘기를 나누는 것조차 부끄럽습니다."

그러나 붓다는 조금도 개의치 않고 말했다.

"코스타니야, 나를 보아라. 나는 이미 예전의 고타마싯다르타가 아니다. 나는 깨달음을 이룬 보살이다. 너희들은 이제부터 나를 붓다라고 불러야 한다.

너는 조금 전에 아사지에게 '싯다르타가 겁이 나서 우리를 찾아왔나 보다. 아무도 싯다르타를 상대하지 마라. 우린 이미 카필라 성의 무사가 아니다.' 그렇게 말하지 않았느냐? 너는 '싯다르타는 왕자도 아니고 스승도 아니니 저자를 돌볼 생각은 눈곱만큼도 없다. 제멋대로 하도록 내버려두자.' 그렇게 말했다. 그렇지 않은가?"

아사지와 밧데야가 놀라서 동시에 대답했다. 그들 중에 가장 생각이 깊은 코스타니야는 고개를 숙인 채 말이 없었다. 그들은 싯다르타가 어떻게 자기들이 귓속말로 속삭인 말들을 하나도 틀리지 않고 말하고 있는지 놀랐던 것이다. 이어 붓다가 입을 열었다.

"나는 이제 슈바라이다. 너희들이 우루벨라를 떠난 것은 슈바라가 되기 위해 떠난 것이 아니냐. 하지만 지금 너희들 마음속에는 큰 의문의 바위 덩어리 하나만 자리 잡고 있을 뿐이다.

만일 너희들이 깨달음을 얻었다면 내가 누군지 알아볼 수 있는 능력이 있어야 한다. 그런데 너희들 중에 내가 붓다라는 것을 알아보는 자가 아무도 없다. 내 말이 틀렸는가? 코스타니야, 너는 지금 마음이 몹시 불안하구나."

붓다의 말에 코스타니야의 마음은 얼어붙는다. 붓다가 자기 마음속을 훤히 들여다보고 있는 것 같아서 무섭기도 했다. 코스타니야는 붓다를 다시 바라보았다. 그의 위엄 있는 말투와 분위기는 분명 예전의 왕자 고타마싯다르타가 아닌 것은 분명했다. 그러자 코스타니야는 갑자기 마음이 어린아이처럼 유순해졌다.

"우린 왕자님이 수행을 포기하고 타락했다고 생각했습니다."

붓다가 말했다.

"너희들이 내 곁을 떠났기에 나는 수행을 잘할 수 있었다. 우리가 함께했던 6년 동안의 수행은 가혹한 육체 고행이었을 뿐, 모두가 헛수고였다. 만일 내가 그런 수행을 지금도 계속했더라면 끝내 굶어죽고 말았을 것이다."

붓다는 침착하게 말했다. 아사지와 밧데야는 붓다의 말에 고개를 끄덕거렸지만, 코스타니야는 아직 붓다의 말에 믿음이 가지 않았다.

"이해가 안 됩니다. 얼마 전까지만 해도 싯다르타 님은 한낱 평범한 수행자에 불과했습니다. 더구나 싯다르타 님은 지금까지도 호사스럽게 살고 있고 노력도 하지 않았던 것 같습니다. 그런데 어떻게 깨달음을 얻었다고 말하십니까?"

"코스타니야, 넌 아직 교만해서 날 믿지 않고 있다. 내가 호사스럽게 살고 노력도 하지 않았다는 것은 틀린 말이다. 이제부터 내가 하는 말을 귀담아들어라.

너희들은 무슨 일이든 극단에 치우쳐서는 안 된다. 관능에 따른 욕망의 쾌락에 빠져서도 안 될 것이며, 극단의 육체적 고통을 초래해서도 안 될 것이다. 너희들은 이제부터 중도(中道)가 무엇인지 깨달아야 한다.

이 중도야말로 우리들에게 지혜를 주고, 마음에 평화를 주며, 통찰력을 주어 적멸(寂滅)과 함께 깨달음의 열반에 이르게 할 것이다.

사람에게는 누구나 늙고 병들어 죽는 괴로움이 따른다. 사랑하는 사람과 헤어져야 하는 괴로움과 미워하는 사람과 함께 살아야 하는 괴로움도 있다. 또한 탐욕에 빠지고 기쁨만을 따르는 데서 오는 괴로움이 있으며, 애욕과 갈망에 대한 집착도 역시 괴로움을 가져온다.

이처럼 괴로움에서 벗어나기 위해서는 모든 집착을 버려야 한다. 그러기 위해서는 팔정도의 진리를 실천해야 한다. 나는 괴로움을 철저히 인식하고, 그 원인이 어디 있는지 찾아냈으며, 괴로움을 없애는 길을 찾아서 실천함으로

132

써 마침내 붓다가 되었다.

세상의 만물은 지은 업보에 따라 다시 태어나지만, 나는
이제 윤회에서 벗어나 참된 해탈을 했다. 나는 지금의 이
생애를 마지막으로 이후에는 다시 태어나는 일이 없을 것
이다."

다섯 명의 무사들은 모두 귀를 열고 붓다의 설법을 들었
다. 그들은 인간의 마음을 순식간에 읽을 수 있는 아포로
키티슈바라의 경지가 어떤 것인지를 바라문의 경전인 베
다와 우파니샤드를 읽어서 잘 알고 있었다. 그때 붓다에
대한 의문이 남아 있던 코스타니야가 다시 물었다.

"붓다께서는 지난번 우루벨라 숲에서 규칙을 어기고 우
유죽을 마신 후에 수행을 포기하신 걸로 알고 있습니다.
그런데 지금 슈바라의 경지에 오르셨습니다. 하나 저희들
은 수행자의 규칙을 어기지 않고 심한 육체 고행을 견디며
지금까지 정진을 계속했습니다만 왜 슈바라가 되지 못한
것입니까?"

붓다는 이미 다른 네 무사도 똑같은 의문을 갖고 있다는
것을 알았다.

"나 역시 너희들과 똑같은 의심을 품었던 적이 있었다.
그러나 이제 너희들은 그 의문을 곧 풀게 될 것이다. 이제
부터 너희들은 나를 싯다르타라고 부르지 말고, 붓다라고
부르거라."

"알겠습니다."

그들은 모두 한목소리로 대답했다. 석양이 물든 시간이었다. 그때 붓다는 무사들을 향해 말했다.

"너희들은 지금까지 너무 극단에 치우친 수행을 해왔다. 미가다야의 나무를 보아라. 줄기가 굵으면 그 뿌리도 깊다. 뿌리에서 줄기가 나오고 줄기에서 나온 가지에서 잎이 나와 나무가 되고, 나무들이 모여서 무성한 숲을 이룬다.

만일 나무의 잎이 가지보다 무겁고 가지가 줄기보다 크고 뿌리가 줄기보다 가늘다면 어떻게 되겠느냐? 나무는 뿌리와 줄기와 가지와 잎들이 알맞은 크기로 조화와 균형을 이루고 있다. 때문에 폭우가 불어도 뿌리가 버티는 한 나무는 쓰러지지 않는다.

이렇게 나무의 안정은 우리에게 중도의 마음이 무엇인가를 가르쳐 준다. 사람의 길도 똑같다. 마음이라는 줄기와 법이라는 뿌리를 잃고 오관(五官)이라는 잎사귀의 번뇌에 사로잡혀 있어서 바로 걷지 못하고 있다면 어떻겠느냐?"

다섯 무사들은 고개를 숙인 채 붓다의 말을 마음에 깊이 새기고 있었다.

"나는 어린 시절에 중도에서 벗어난 삶을 살았다. 왕자로 태어나 호의호식하며 원하는 것은 다 가졌고, 하고 싶은 일은 다 하면서 살았다.

그러나 마음의 평화는 없었고, 세상에 대한 의문만이 커져갔다. 성 밖의 사람들은 굶주리는데 성안에서는 먹을 것이 넘쳐났으며, 궁전은 백성들의 배고픔을 아랑곳하지 않고 자기들 배를 채우며 호사스럽게 살았다.

똑같은 사람인데 누군 주인이고 누군 노예였다. 이 불공평한 제도는 누가 만들었는가. 태양은 아무도 차별을 하지 않는다. 거지나 부자나 식물이나 동물이나 공평하게 빛을 주고 있다.

나는 왕비가 친모가 아니라는 사실을 알고 큰 충격을 받았다. 그 후에 나는 나를 낳고 돌아가신 어머니에 대한 그리움이 너무 깊었다. 카필라 성은 약소국이어서 이웃 나라들의 끊임없는 침략에 시달렸으므로 나는 늘 불안에 떨며 살아야 했다.

나는 화려한 궁전과 별장에서 사랑스러운 아내 야소다라의 사랑을 받으며 풍족하게 살았지만 그렇게 살아서는 안 된다는 자각이 들었다. 그렇게 살아서는 삶에 대한 내 의문이 풀릴 수 없다고 생각했다. 너희들과 함께 카필라 성을 떠나 6년을 함께 보내면서도 힘든 줄은 몰랐었다.

그러나 여러 수행장을 찾아다니며 육체 고행을 하고 스승도 만났지만 실망만 늘어날 뿐이었다. 너희들도 알다시피 나는 번뇌를 극복하기 위해 육체 고행에 빠졌다.

그러나 고행을 할수록 쇠약해지는 육체에 집착이 커지

면서 회의가 깊어갔다. 너희들이 우루벨라를 떠난 후 나는 혼자 명상을 하는 동안 육체 고행을 통해서는 깨달음에 이를 수 없다는 것을 알았다."

붓다는 다섯 무사들의 마음속으로 들어가 그들이 수행을 잘못했다는 것을 깨닫도록 했다. 그들은 모두 눈을 감고 명상에 빠진 채 지금까지의 수행을 반성하기 시작했다. 이윽고 붓다가 코스타니야에게 물었다.

"가야금 줄은 왜 조율하는지 아느냐?"

"소리를 잘 내게 하기 위해서입니다."

"어떻게 조여야 하느냐?"

"너무 세게 조여도 안 되고, 너무 느슨하게 조여도 안 됩니다."

"바로 그것이다. 수행도 그와 같다. 혹독한 육체 고행은 번뇌를 없애는 것이 아니라 오히려 또 다른 번뇌를 만든다. 육체는 쇠약해지고 마음은 집착으로 가득 차게 되지 않았느냐?

나는 마음의 평화를 찾아 너희들과 6년 동안 우루벨라 숲에서 엄격한 수행을 거쳤다. 그러나 번뇌로부터 벗어날 수 없었다.

어느 날 수자타라는 소녀가 준 우유죽을 마시게 되었다. 그때 너희들은 내가 수행을 포기했다고 내 곁을 떠났다. 나는 네란자라 강에서 멀어져 가는 너희들을 보면서 마음이 아팠다.

　몸이 망가진 후에는 어떻게 수행을 할 수가 있겠느냐? 나는 음식을 먹고 건강을 회복한 후에 죽음을 각오하고 보리수 밑에서 수행을 정진한 결과 죽음의 집착에서 벗어날 수 있었다.

　그리고 생로병사는 하나의 괴로움에 지나지 않으며, 인간이 괴로움에서 벗어나는 길은 팔정도의 중도를 행동의 지침으로 삼아야 한다는 것을 깨닫게 된 것이다."

　붓다의 설법을 듣던 다섯 명의 무사들은 큰 감동에 사로잡혔다. 코스타니야와 아사지, 밧데야는 눈물을 흘렸다. 그들은 모닥불을 피웠다. 그들의 얼굴에는 생기가 돌았고, 불안에서 헤매던 표정은 기쁨에 넘치고 있었다. 붓다의 등 뒤로는 밝은 후광이 빛나고 있었다.

　"붓다께서는 황금 빛깔에 감싸여 계십니다."

　아사지가 놀라서 소리쳤다.

　"아사지, 네 눈에 빛이 보이느냐? 네가 보는 그 빛은 사람마다 다르게 나타난다. 너희가 세상의 모든 집착에서 벗어나 조화의 마음을 얻게 되면 빛에 휩싸이게 된다. 너희들에게도 빛이 있다. 잘 보아라."

　아사지는 밧데야의 머리 둘레에서 빛을 보았다. 네 사람의 머리 둘레에도 둥근 황금빛이 부드럽게 빛나고 있었다. 아사지는 울음을 터뜨렸다.

마음의 문을 열다

'야생 짐승들은 배가 부르면
더 좋은 먹이가 있어도 덮치지 않는다.'

모닥불이 타고 있고, 붓다의 설법은 계속된다.

"우리들의 영혼은 각자 이 세상에 태어나기 전에 이미 면밀한 계획을 세웠다. 나는 어느 대륙, 어느 나라, 어느 집의 부모에게서 태어날 것인가를 스스로 선택했다. 다만 그것은 실재계에서 선택한 것이기에 현상계에서는 잠재의식에 갇혀 기억하지 못할 뿐이다.

우리가 이 세상에 태어날 때 어느 집 부모의 자녀로 태어날 것인지 사려 깊게 선택하지 않고 무작위로 출생할 수는 없는 일이다. 우리가 지금 여기 사는 것은 이미 예정된 나의 계획이며 대자연의 질서 속에 함께 있는 것이다.

사람이 자신의 출생 환경을 정했다는 것은 수많은 전생에서 저지른 각자의 업을 풀기에 가장 알맞은 부모와 환경을 선택했다는 뜻이다. 우리는 단지 부모만 정해서 태어난 것이 아니라, 사랑하는 사람이나 친구와 수많은 이웃들,

그리고 세상의 모든 사람들과의 인연도 선택했다.

자연의 법칙에 우연이 없듯이 우리의 인생 역시 치밀한 연기(緣起)로 얽혀 있다는 것을 깨달아야 한다. 우리는 지금 이 세상에 살기 이전에 이미 수많은 전생을 살아왔으며 매번 삶을 통해 쌓은 업을 계속 풀어나가고 있는 중이다.

우리가 만일 이승에서 업을 풀지 못하면 그 업은 고스란히 다시 태어나는 삶에서 풀어야 한다. 자기가 쌓은 업이 크면 클수록 그 업을 풀기 위해서는 다음 생에는 지금보다 더 힘들고 괴로운 삶을 선택할 수밖에 없다.

만일 어떤 사람이 이 세상에서 살인죄를 저질렀다면 그는 이승에서도 재판을 받아 살인죄에 해당하는 형벌을 받는다. 그것은 사람이 만든 법과 제도에 의해서 받는 죄의 대가이다.

그러나 법정에서 받은 대가 말고도 그가 이승에서 저지른 죄업은 죽은 후에 다시 태어날 때 스스로 그에 해당하는 죄의 대가를 풀 만한 조건과 환경을 선택해서 태어난다.

따라서 우리가 이 세상에 살면서 가장 중요한 일은 사랑하고 성공하고 잘사는 일이 아니라 맑고 깨끗한 영혼을 유지하며 사는 일이다. 우리는 이 세상에서 영원히 사는 것이 아니라 제각기 살 만큼만 살고 끝내는 처음에 빈손으로 태어난 그대로 빈손으로 떠나야 하기 때문이다.

우리는 죽을 때 이 현상계에서 작은 먼지 하나 가져갈

수가 없지만 세상에 살면서 영혼이 지은 죄악이나 덕망이 나 선행만은 가져간다.

너희들은 가장 먼저 이 사실을 깨달아야 한다. 괴로움에서 벗어나기 위해서는 자기 마음을 묶은 쇠사슬을 풀어야 하며 비뚤어진 생각과 행동은 버려야 한다.

지금 너희들이 살고 있는 이 미가다야의 자연을 둘러보아라. 산과 하늘, 나무, 어느 것 하나 조화롭지 않은 것이 있느냐? 만일 저 자연이 조화와 질서를 갖추지 않았다면 우리는 한순간도 살 수가 없다.

그리고 너희들은 야생동물들을 수없이 보아 왔다. 그들은 서로 으르렁거리며 약육강식하는 것 같지만 그들은 욕심을 부리지 않는다. 맹수 하이에나는 배가 부르면 더 좋은 먹이가 코앞에 와도 덮치지 않는다. 그리고 내일의 먹이도 걱정하지 않는다. 그들은 다음에 먹을 먹이를 미리 잡아두는 법이 없다.

그러나 사람들을 보아라. 그들은 배가 불러도 창고를 못 채워 안달을 한다. 사람들은 이웃을 속이고 약탈하고 죽인다. 인간이 동물보다 나은 것이 무엇이냐?

내가 말하고 있는 법은 대자연의 모든 생명이 하나의 끈으로 연결되어 조화를 이루고 있는 것처럼 인간 사회도 이기심과 욕심을 버리고 인류는 모두 한 형제라는 것을 느끼고 도우며 살아야 한다는 것이다.

이제 너희들은 중도의 길을 걷기 위해서 살아온 길을 되돌아보아야 한다. 인간의 도리에 벗어난 일을 했는지, 반성을 통해 마음의 때를 벗겨야 한다. 자신과 철저하게 대화를 해야 한다.

나는 지난 36년간 내가 태어나서 살아온 행동 하나 하나의 기억을 되살려 낱낱이 반성했으며, 그것으로 마음의 구름을 벗고 일체의 집착에서 벗어났다.

나는 그래서 깨달음을 얻을 수 있었다. 너희들도 지금까지 살아온 인생의 길을 처음부터 되돌아보고 팔정도에 어긋난 생각과 행동이 있었다면 신에게 용서를 빌고 두 번 다시 같은 잘못을 저지르지 않겠다고 맹서해야 한다.

반성은 수행자에게 준 신의 크신 자비이다. 짐승들에게는 반성할 능력이 없지만 인간에게는 바로 그 능력이 주어졌다. 왜 그런지 알겠는가?"

가장 먼저 코스타니야가 울기 시작했다. 그의 굳은 마음에 붓다의 자비가 자리를 잡았다. 곧이어 네 명의 무사들도 감격해서 운다.

"너희들은 잘못을 솔직하게 인정해야 한다. 그것이 가장 중요하다."

붓다는 오른손으로 코스타니야에게 자비의 빛을 넣어주었다. 그들 다섯 무사들은 모두 우루벨라에서 붓다에게 의심을 품은 잘못을 깨달았다.

"지금의 말씀을 잊지 않고 중도를 마음의 척도로 삼아 수행하겠습니다. 부디 저희를 이끌어 주십시오."

아사지가 일어나 붓다에게 말했다.

"저희들은 지금부터 지난날들을 반성하겠습니다."

아사지를 비롯하여 밧데야, 마하나마도 명상의 장소를 찾아 제각기 붓다의 곁을 떠났다. 코스타니야만이 붓다의 곁에 남아서 명상을 시작했다.

붓다의 다섯 제자들은 스승의 가르침에 따라 팔정도를 마음의 척도로 삼고 태어나서 지금까지 자신들이 살아온 삶의 전 과정을 되돌아보며 반성을 시작했다.

먼저 코스타니야는 카필라 성에서 가장 무술이 뛰어난 장군이었다. 그래서 그에게는 남을 멸시하는 거만한 성격이 자리 잡고 있었다. 또한 무사들이 늘 그렇듯이 상관에게는 허리를 굽히는 대신 하급 병사들에게는 함부로 대했다. 붓다의 곁에서 반성에 들어간 코스타니야는 계속 눈물을 흘리며 자신의 잘못을 반성했다.

다른 제자들 역시 코스타니야와 똑같이 과거를 반성하고 신에게 용서를 빌며 다시는 같은 잘못을 되풀이하지 않겠다고 다짐했다. 그러자 다음날 저녁쯤에 그들의 몸에서 나오는 후광이 더욱 환하게 빛났다. 마음의 구름이 벗겨지자 빛이 흘러든 것이다.

사람마다 후광이 있지만 그 크기는 마음의 조화도에 따

라 다르다. 조화는 반성하고 겸손한 마음을 가질 때 이루어진다. 어떤 보석도 세공하지 않으면 빛이 나지 않는 이치와 같다. 다섯 제자들은 붓다의 주위에 모여 앉아 각자의 반성에 대해 얘기를 나누었다.

"코스타니야, 지금까지 네 괴로움은 교만이 만들었다. 마음속에 불만이 가득 차 있는 한 좋은 방향이 잡히지 않는다. 다른 사람을 관대하게 바라보면 불만은 일어나지 않는다. 마음의 불화는 대부분 자기 주장과 고집 때문에 일어나는 것이다."

사람들은 모두 어두운 창고 속에 들어 있는 것과 같다. 눈앞이 캄캄하기 때문에 남을 바라볼 수가 없는 눈 먼 장님과 다를 바 없다. 인간과 인간이 조화를 이루지 못하는 것은 바로 거기에 원인이 있다. 모든 슬픔이나 괴로움의 기준을 자기의 잣대로만 재기 때문이다.

따라서 무슨 일이든 바른 기준을 가지고 자신의 그릇된 생각과 행위의 원인을 철저하게 파헤쳐 잘못을 되풀이하지 않아야 한다. 그래야 괴로움에서 벗어날 수가 있다. 그것은 내일로 미루어서는 안 된다. 당장 실천해야 한다.

우리들의 삶은 언제 죽음이 찾아올지 모른다. 오늘 일은 오늘 깨끗하게 정리해야 한다. 붓다는 설법을 마치고 다섯 사람을 쳐다보았다. 그들은 붓다의 설법을 마음에 깊이 새겼다. 그때 마하나마가 입을 열었다.

"붓다님, 저도 깨달음을 얻을 수 있을까요? 저는 하인들을 오만한 심술로 다스려 그들을 사람 취급도 하지 않았습니다. 나에게는 관대하면서 남에게는 엄격했습니다. 그런 저 자신을 돌아보면 제가 싫습니다. 어떻게 참회해야 할까요?"

"마하나마, 너는 잘못을 빨리 찾아냈구나. 잘못을 깨닫고 참회하는 일이 가장 중요하다. 사람은 재산이나 능력에 따라 인격이 구별되는 것이 아니다. 인간은 누구나 평등하게 태어났다. 가난하게 살아도 마음이 부자인 사람이 있으며, 부자로 살면서도 마음이 메마른 사람이 있다. 너는 겸손해야 한다."

"명심하겠습니다."

마하나마는 말을 마치고 그 자리에 엎드려 울었다. 다섯 명의 제자는 붓다가 이끄는 대로 반성의 명상에 들어갔다. 다섯째 날에 코스타니야가 먼저 마음의 문이 열렸다. 그는 붓다의 제자 중에서 가장 먼저 아라한이 되었다.

그 다음 날에는 아사지가 마음의 문을 열었으며, 이어 밧데야가 뒤를 이었다. 남은 아파카와 마하나마는 7일 만에 아라한의 경지에 올랐다. 붓다의 다섯 제자들을 일주일 동안의 반성과 실천으로 마음의 문이 열려 아라한의 경지에 이를 수 있게 되었다.

우리는 여기서 붓다가 미가다야에서 한 설법에 깊이 주

목할 필요가 있다. 인간과 자연의 조화 문제다. 현재 세계는 극심한 자연 환경 파괴로 인간이 살 땅이 사라질 위기에 놓여 있다.

인간은 자연의 품속에서 살고 있고, 자연은 또한 인간을 품에 안고 있다. 자연이 없다면 인간이 없고, 인간이 없다면 자연 역시 의미가 없다. 붓다가 자연의 소중함이 바로 우리들 생명 그 자체라고 한 말은 오늘날 우리가 새겨들어야 할 말이다.

꽤 오래된 글이지만 아메리카의 인디언들이 백인들의 생태계 파괴를 경고한 글은 오늘날 우리들에게 귀감이 되고 있다. 환경 문제가 이슈로 등장하던 1970년대에 시나리오 작가 테드 페리의 작품 속에 나오는 '시애틀 추장의 연설문' 일부를 여기에 싣는다.

"여러분, 워싱턴의 백인 추장이 우리 땅을 사고 싶다는 말을 전해왔습니다. 하지만 우리는 그 말을 이해할 수가 없습니다. 어떻게 하늘과 땅의 온기를 사고 팔 수가 있습니까? 바람의 신선함과 물의 생기는 본래 우리가 소유한 것도 아닌데 어떻게 그것을 돈으로 사겠다는 것입니까?

이 땅의 구석구석은 모두가 우리들에게 신성한 것입니다. 반짝이는 솔잎 하나하나, 바닷가에 깔린 모래, 깊은 숲 속의 안개, 그 모두를 우리는 신성한 것으로 기억하고 체험해왔습니다. 우리는 흙의 일부이고, 흙은 우리의 일부입니다. 향기로운 꽃은 우리의 자매이며 사슴과 말과 독수리는 우리의 형제입니다.

나는 미개인에 불과합니다만 나는 달리는 기차에서 백인들이 총을 쏘아 죽인 수천 마리의 들소를 본 적이 있습니다. 짐승들 없이 사람이 살 수 있습니까? 아마 짐승들에게 생긴 비극이 머지않아 인간에게도 일어날 것입니다.

우리가 우리 아이들에게 그랬듯이, 당신들의 아이들에게도 땅은 인간의 어머니임을 가르쳐야 할 것입니다. 땅에게 닥치는 운명은 땅의 자식들에게도 닥칠 것입니다.

이 세상의 생명의 망은 인간이 짠 것이 아닙니다. 우리는 그 한 가닥에 불과합니다. 인간이 그 생명의 망에 대고 무슨 일을 하든 그것은 바로 우리 자신에게 하는 것이나 마찬가지입니다."

야사의 슬픈 사랑

'사랑은 사랑 그 자체만으로 소중한 것
그 이상도 이하도 아닌 것.'

그 즈음 바라나시 교외에 큰 부자 우파사카가 살고 있었다. 우파사카에게는 외아들 야사가 있었다. 야사는 결혼하여 아름다운 아내가 있었지만 젊은 시녀들과 어울려 애욕과 방탕한 생활에 빠져서 살고 있었다.

야사는 어느 날 마을에 찾아온 아름다운 댄서와 열정적인 사랑에 빠져서 미래를 약속까지 하는 관계로까지 발전했다. 그런데 어느 날 밤 야사는 댄서의 집에 찾아갔다가 놀라운 장면을 목격하게 된다. 사랑하는 여자가 같은 악단 출신의 악사와 애욕에 빠져 있었던 것이다.

야사는 그 광경을 목격하자 큰 충격을 받았다. 굳게 믿었던 여자로부터 배신감을 느낀 야사는 너무 절망한 나머지 살아갈 힘을 잃었다. 이 같은 삼류 멜로드라마는 오늘날에도 흔히 있는 일이다. 사랑의 배신은 옛날에도 있었고, 지금도 우리 주위에 흔히 있는 통속극이다.

그러나 당한 사람은 하늘이 노랗다. 야사는 밤길을 마구 달려 강가로 갔다. 그의 열정이라면 투신자살도 충분할 정도였다. 그는 강물에 뛰어들기 전에 신발을 벗어 나란히 놓았다.

　바로 그 시간에 붓다는 미가다야에 있었다. 그곳에 와서 세 번째 보는 보름달이었다. 그는 달빛이 밝은 강가를 거닐고 있다가 웬 젊은 청년이 금빛 나는 신발을 가지런히 벗어 놓고 서 있는 광경을 목격하게 된다. 붓다는 청년의 마음을 읽었다.

　"여보게 젊은이, 잠시 마음을 가라앉히고 나를 보게."

　강물로 뛰어들려던 야사는 깜짝 놀라 고개를 들었다. 그리고 평온하고 인자한 붓다를 바라보았다. 그의 얼굴에는 깊은 평화와 고요가 깃들어 있었고, 그의 목소리는 한없이 맑고 부드러웠다.

　야사는 그 자리에서 자신이 왜 강물에 뛰어들려고 했는지를 울면서 숨김없이 고백했다. 야사의 말을 듣고 난 붓다가 고개를 끄덕거리며 조용히 말했다.

　"야사, 네 주위를 한번 돌아보아라. 아름다운 나무들과 조용한 강물에 달빛이 비치고 있다. 흐르는 강물 속에는 달 그림자가 빠져 있다. 이 세상이 얼마나 아름답고 경이로운가. 너는 이렇게 아름다운 대자연을 한 번도 깊이 느껴 보고 감탄해 본 적이 없었다.

너는 지금 강물에 빠져죽으면 모든 것이 해결되고 네 고통도 끝난다고 생각할 것이다. 하지만 그건 아니다. 네 괴로움이 어디서 어떻게 시작되었는지 다시 한 번 깊이 성찰해보아라. 사람은 누구나 한순간의 격정에 휩싸여 목숨을 버릴 수가 있다. 그리고 그것으로 고통이 해결된다고 생각할 수도 있다.

그러나 네 괴로움은 죽은 후에도 계속된다. 죽음은 괴로움의 끝이 아니라 오히려 시작이라는 것을 너는 모른다. 이제 너는 괴로움을 피할 생각을 하지 말고 왜 너에게 이런 일이 일어났는지 똑바로 볼 필요가 있다. 지금 네게 발생한 문제가 어디서 왜 시작되었는지 다시 생각해 보아라. 그러면 반드시 문제가 해결될 것이다."

야사는 붓다의 말이 가슴속 깊이 다가왔다. 마침내 야사는 몸을 일으키고 옷깃을 단정히 여미면서 붓다 앞에 무릎을 꿇었다.

"브라흐만이시여, 너무 괴롭습니다. 부디 저를 살려 주십시오."

야사는 밤새도록 강가에서 헤맨 탓인지 몹시 지친 표정이었다. 그의 얼굴에는 고뇌의 그림자가 짙게 깔려 있었다. 고생을 모르고 부유하게 자란 야사는 사랑하는 여자의 배신을 참을 수가 없었다.

그는 이미 죽음을 결심하고 세상에 대한 집착을 버렸기

때문에 붓다가 브라흐만으로 보였다. 붓다는 엎드려 우는 야사를 위로하며 말했다.

"나는 브라흐만이 아니라 붓다이다. 너는 부잣집 외아들로 태어나 고생을 모르고 살아왔구나. 네 고뇌는 마음속에 있으니 밖에서 찾아서는 안 된다. 사람들은 마음 안에 있는 고통의 원인을 밖에서만 찾는다. 그래서 고통에서 벗어날 수가 없는 것이다. 지금부터 너를 고통스럽게 한 원인이 무엇인지 네 마음을 자세히 들여다보아라."

야사는 곧 붓다에게 자신이 여인으로부터 받은 사랑의 배신을 어떻게 해야 옳은지 물었다. 이제 우리는 여기서 붓다가 야사에게 한 충고를 통해서 사랑의 배신으로 얻은 고통에서 벗어나는 지혜를 배울 수 있다.

"사랑은 아름답고 고귀한 것이다. 하지만 너는 그동안 맹목적인 사랑에 빠져서 올바른 판단을 할 수 있는 눈을 잃고 말았다. 사랑에 빠진 사람은 이성적인 판단 능력을 잃게 된다.

모든 사람들은 대체로 이루어질 수 없는 사랑과 욕망에 더욱 매달리고 끌려 다니는데, 너 또한 그 중 하나이다. 네가 사랑하는 여자의 배신을 목격하고 죽으려고 한 것은 네가 네 자신의 마음을 욕망의 깊은 늪 속에 빠뜨렸기 때문이다.

사람의 마음은 수시로 변하는 변덕꾸러기라는 것을 너

는 인정할 수 있느냐? 오늘 본 아름다운 꽃도 내일 보면 다르다. 오늘 밉게 보이던 여자도 내일은 예뻐 보인다. 네가 아름다운 여자를 사랑한 것은 죄라고 할 수가 없다. 하지만 네 사랑의 방식에는 문제가 있었다.

너는 그 여자를 좋아하고 사랑하는 것에만 만족한 것이 아니라, 그 여인을 네 것으로 소유하려는 욕심까지 있었다. 그 욕심이 너로 하여금 그 여자의 행위를 미워하게 만들었으며 배신했다고 믿게 된 것이다.

사랑은 사랑 그 자체만으로 소중한 것일 뿐, 그 이상도 이하도 아니다. 네가 그 여자를 사랑했다면 그것으로 족한 것이다. 사랑은 사랑했으면 된 것이다. 그 여자가 다른 남자를 사랑한다면 그것으로 모든 것은 끝난 것이다. 그리고 네가 다른 남자를 사랑하는 그 여자를 용납할 수 없다면 또한 그것으로 끝난 것이다.

너는 그 여자를 사랑하면서 동시에 소유하려는 탐욕을 가졌기에 너 스스로 마음속에 죄와 고통을 더욱 크게 만들었다. 그 여자는 네 것이 아니다. 마음을 상실한 사람들은 잠시 동안의 쾌락에 몸을 맡겨 고통이나 슬픔에서 벗어나려고 하지만 시간이 흘러 다시 제자리에 돌아왔을 때 그 고통은 더 커질 뿐이다.

너는 지금부터 그 여인을 알기 전의 마음으로 돌아가야 한다. 네가 그 여인을 만나기 전에는 지금 같은 고통과 슬픔이 없었고, 마음은 평화로웠다. 바로 그 전의 상태로 돌아가야 한다. 눈을 크게 뜨고 세상을 보아라. 아무리 아름다운 꽃도 철이 지나면 시드는 것처럼 아름다운 젊은 여인들도 늙으면 초라하게 변한다.

네가 사랑하는 그 여인도 마찬가지다. 네 눈에 보이는 것들은 곧 사라진다. 사람이 눈으로 바라본 것, 귀로 들은 것, 몸으로 느낀 것들은 모두 변하는 것들이다. 네가 몸으로 느낀 세상의 형상들은 모두 변하고 사라진다.

따라서 너는 현상 뒤에 숨어 있는 세상의 실상을 더 잘 이해하여 보다 지혜로운 자신을 만들어야 한다. 오관은 믿을 것이 못 된다. 육체는 영원한 것이 아니다. 그러나 육체를 지배하고 있는 마음은 영원한 자기 자신이라는 점을 명심해야 한다.

네가 사랑한 그 여인은 비록 지금은 아름답지만 네가 눈으로 본 것이니 언젠가는 변하고 사라질 것이다. 네가 변하고 사라져 끝내는 버리고 말지도 모를 여인 때문에 지금 죽어야 한다는 것은 얼마나 어리석은 일이냐.

네가 죽을 때 저 세상으로 가져갈 수 있는 것은 네가 살았던 이 세상의 경험과 마음의 기록들뿐이다. 때문에 너는 늘 마음을 평화롭게 지켜야 하며 어떤 일이 있어도 변하지 않는 마음을 갖는 일이 중요하다."

그 순간 야사의 눈빛은 빛나기 시작했다.

"붓다여, 이제야 제 눈이 밝아지는 것 같습니다. 저는 그 여자가 제 것인 줄 알았습니다. 제가 얼마나 쾌락과 탐욕에 빠져 어리석었는지 이제야 깨닫게 되었습니다. 제발 저를 제자로 삼아 주십시오."

야사는 붓다의 설법에 눈이 띄었다. 고뇌에 빠졌던 야사의 눈은 광채를 되찾았으며 괴로움은 곧 기쁨의 눈물로 바뀌었다. 붓다는 야사를 데리고 움막의 거처로 돌아왔다. 움막 속의 다섯 제자는 붓다와 야사가 함께 돌아오는 것을 보았다.

"코스타니야, 이 청년은 야사이다. 앞으로 좋은 수행의 친구가 되어라."

코스타니야는 야사를 자신의 움막으로 데리고 가서 머리를 깎아 주고 가사를 입혀 주었으며 탁발하는 법과 좌선과 명상의 자세를 가르쳐 주었다. 그때 야사의 아버지 우파사카와 마을 사람들이 야사를 찾아 붓다의 움막까지 오게 되었다.

"우리는 우파사카 주인님의 귀한 외아들을 찾고 있는 중입니다. 혹시 얼굴이 하얀 청년을 근처에서 보지 못했습니까?"

붓다는 사람들이 찾는 청년이 야사라는 것을 알았다.

"야사, 네 가족들이 너를 찾아왔다. 집에 가고 싶으면 지금 가거라."

그러자 야사가 애걸했다.

"저는 이미 강물에 빠져 죽었습니다. 붓다께서 제 목숨을 구해 주어서 저는 다시 태어난 것입니다. 여기 살게 해 주십시오."

야사는 좀처럼 일어날 생각을 하지 않았다. 붓다가 밖으로 나갔을 때 우파사카와 마을 사람들은 강가에서 발견한 야사의 금빛 신발을 보고 죽은 줄 알고 슬퍼하고 있었다. 붓다는 잠시 당황했지만 야사가 있는 곳을 말해 줄 수가 없었다. 야사의 뜻을 들어주어야 했기 때문이었다.

붓다는 야사에게 집에 가서 부모님들을 안심시킨 후에 허락을 받고 돌아오도록 했지만 야사의 마음은 조금도 흔들리지 않았다.

그러던 어느 날 우파사카는 야사가 죽은 것이 아니라 미가다야 숲에서 수행 중이라는 소문을 듣고 아들을 찾아 나섰다. 붓다는 우파사카가 움막으로 오는 것을 알고 야사에게 말했다.

"나는 네 아버지가 여기 온다 해도 신통력으로 너를 볼 수 없도록 할 것이니 그리 알고 그대로 앉아 있거라."

이윽고 우파사카가 움막에 들어왔다. 그러나 작은 움막 안에는 붓다 혼자 앉아 있을 뿐이었다.

"제 아들 야사가 여기 있다는 말을 듣고 찾아왔습니다. 어디 있는지 알려 주시겠습니까?"

그러자 붓다가 입을 열었다.

"앉으시오. 잠시 후에 그대의 아들 야사를 만날 수 있을 것이오."

우파사카는 붓다에게 예의를 갖추고 앉았다. 그는 붓다의 모습을 보는 순간 마음이 편안해졌다.

붓다는 곧이어 그에게 사람이 태어나 사는 이치와 사람이 살면서 지켜야 할 일들과 모든 욕망에는 고통이 따른다는 것과 미혹에서 벗어나는 것이 사람의 사명이며, 세상의 모든 만물은 인연에 의해서 모이고 그 인연들은 모두 변하고 사라진다는 설법을 폈다.

우파사카는 설법을 듣고 곧 법을 얻게 되면서 의심하거나 망설이지 않고 확신을 갖고 붓다를 믿게 되었다.

"붓다여, 제 어둠에 불을 밝히듯 진리를 깨닫게 해주셔서 감사합니다. 이제 저는 평생 당신의 가르침에 따르겠습니다. 부디 저를 받아 주십시오. 저는 오늘부터 목숨이 다할 때까지 집에서 말씀을 받들고 살겠습니다."

이렇게 해서 붓다의 가르침을 깨달아 귀의하고 붓다의 설법에 따르고 실천하여 스님에게 귀의하는 삼귀의(三歸依)가 최초로 이루어졌다.

이로써 우파사카는 붓다가 인정한 최초의 재가신도(在家信徒)가 된다. 재가신도란 집을 떠나 출가한 것이 아니라 집에서 불법을 지키며 사는 불교 신자를 말한다.

붓다는 이제 야사가 집에 돌아가도 예전처럼 환락과 욕망에 사로잡혀 살지 않을 것이라는 확신이 섰다. 붓다가 신통력을 거두자 마침내 우파사카의 눈에는 움막 속에 앉아 있는 아들의 모습이 보였다. 그때 야사는 붓다를 올려다보고 있었다.

"야사야, 네가 여기 있었구나! 어머니가 몹시 걱정하고 계신다."

우파사카가 놀라서 말했다.

"알겠습니다. 어머님을 안심시켜 드리기 위해 집으로 찾아가겠습니다. 하지만 저는 붓다를 따라 수행자가 되기로 결심했습니다."

그러자 붓다가 조용히 말했다.

"우파사카여, 야사는 그대가 내 설법을 듣는 동안 직관에 의해 이미 법을 깨달아 마음의 번뇌로부터 벗어나 해탈에 이르렀습니다. 이제 야사는 집에 돌아가도 예전과 같이 살지 않을 것이오."

"제 아들이 세상의 집착과 번뇌에서 벗어나 해탈을 이루었다면 그보다 더 좋은 일이 어디 있겠습니까. 이 경사스러운 일을 보고 가만히 있을 수 없습니다. 부디 저의 집에 오셔서 공양을 받아 주십시오."

붓다는 말없이 침묵으로 그 뜻을 허락했다. 우파사카가 아들을 만나 보고 돌아간 후 야사는 붓다에게 자신의 결심을 밝혔다.

"저는 출가하여 세존께 계를 받고 싶습니다."

"알겠다. 네 뜻을 허락하겠다."

야사는 곧 붓다로부터 계를 받아 아라한이 되었다. 다음 날, 붓다는 다섯 제자와 야사를 데리고 우파사카의 집에 가서 음식을 대접받고 그들에게 재가의 제자들이 실천해야 할 다섯 가지 계율을 설법했다.

"첫째는 살생을 금합니다. 생명 있는 모든 것들은 죽음을 두려워합니다. 우리는 사람의 생명뿐만 아니라 동물의 생명도 보호해야 합니다. 이 계율로 우리는 동정심과 분별력을 갖게 됩니다.

둘째는 도둑질을 해서는 안 됩니다. 우리에게는 다른 사람의 돈이나 재산을 가질 권리가 없습니다.

셋째는 성적 학대를 해서는 안 됩니다. 그것은 다른 사람의 권리와 의무를 욕되게 하는 일입니다.

넷째는 거짓말을 하지 마십시오. 진실을 왜곡하거나 증오를 일으키는 말을 해서는 안 됩니다. 또 잘 알지도 못하면서 남의 말만 듣고 나쁜 소문을 옮겨서는 안 됩니다.

다섯째는 술이나 마약에 빠지지 마십시오. 그 해독은 잘 알 것입니다. 이 다섯 계율을 지키면 당신들은 행복한 인생을 누릴 수 있습니다."

야사의 어머니는 붓다의 말을 듣고 크게 감동을 받았다.

그녀는 남편이 붓다에 의해 속세의 제자로 받아들여진 것을 알고 기뻐하면서 그녀 역시 속세의 제자가 되겠다고 말했다. 이렇게 해서 야사의 어머니는 최초의 여자 신도가 되었다.

바라나시에 사는 상류층의 자제들과 야사의 친구들은 야사가 붓다의 계율에 따라 머리를 깎고 승복을 입은 것을 보고 큰 충격에 사로잡혔다. 야사의 친구 비말라와 수바후와 푼나지 등은 모여서 이렇게 말했다.

"야사가 수행승이 되었다면 그 스승은 비범한 분이 틀림없을 것이다."

그들은 모두 모여 야사가 있는 미가다야로 가기로 약속했다. 야사는 친구들의 방문 소식을 듣고 그들을 맞으러 나갔다. 그날 붓다가 만난 120명의 야사 친구들 중에서 50명이 제자가 되었다.

붓다는 야사를 포함한 여섯 제자들과 함께 사람들에게 불법을 전할 계획에 대해서 얘기를 나누었다. 우선 붓다는 빠른 시일 안에 라자그리하로 떠날 계획을 세웠다. 장마철이 지나고 붓다가 라자그리하로 떠날 무렵에는 붓다의 설법을 듣고 불자가 된 사람은 80여 명이나 되었다.

붓다의 제자가 되기 위해서는 몇 가지 조건이 있었다. 붓다는 원하는 사람마다 무조건 제자로 받아들이는 것이 아니라 한 달간의 여유 기간을 두고 믿음이 깊어질 때까지 기다렸다. 또 몸과 마음의 조화를 갖추지 못한 사람이나 세상을 구제해 보겠다는 의무와 책임감이 없는 사람은 제자가 될 수 없었다.

특히 깨달음을 얻기 위해서는 마음가짐이 강해야 한다. 용기와 결단력이 있어야 하고 부지런해야 하며, 늘 끝없이 자기 자신을 다스릴 수 있는 힘이 있어야 한다.

그리고 대략 일주일간은 산 속에 들어가 자신이 살아온 과거의 생애를 반성하여 마음이 깨끗해져야만 제자로 받아들였다.

당시 캇시와 마가다국에 살고 있는 많은 사람들이 붓다의 소식을 소문으로 듣고 미가다야로 몰려들었다. 그러자 붓다는 모든 제자들을 모아 놓고 말했다.

"계를 받기 위해서 꼭 이곳에 와야 할 필요는 없다. 너희들이 전교를 하는 도중 누구나 비구가 되기를 원하는 사람을 만나면 현장에서도 수계를 해주어라."

그러자 아사지가 붓다에게 말했다.

"저희들에게 수계의 절차를 가르쳐 주십시오. 붓다께서 수계식을 하시면 그 자체만으로도 권위가 있지만 저희들에게는 형식이 필요합니다."

그때 붓다가 대답했다.

"좋은 말이다. 그런 사람에게는 '붓다에 귀의하겠는가, 가르침을 받겠는가, 승단에 들어오겠는가' 세 가지를 묻고 서약을 받으면 된다."

그 세 가지가 곧 불(佛), 법(法), 승(僧)에 대한 맹세였으며, 붓다의 제자가 되기 위한 필수 조건이 되었다. 제자들은 그 후 비구가 되기를 원하는 사람들에게 머리를 깎아 주고 가사 입는 법을 가르쳐 준 다음 무릎을 꿇게 하고 합장하면서 서약서를 세 번 암송하게 되었다. 이것을 불교에서는 삼귀의(三歸依)라고 한다.

승단의 탄생

'죽음 후의 저 세상이란
지금 이 세상을 말한다.'

붓다는 예정대로 미가다야를 떠난다. 라자그리하에 있
는 배화교(拜火敎)의 교주 우루벨라 캇사파를 만나기 위
해서다.

배화교란 글자 그대로 불의 신을 섬기는 신앙이다. 당시
마다가국은 빔비사라 왕이 통치하고 있었는데 그 나라는
종교가 번성한 나라였다. 국왕 빔비사라 왕은 물론 우루벨
라 캇사파의 세 형제들은 배화교의 지도자들이었다.

맏형 우루벨라 캇사파는 제자 5백여 명을 거느리고 있
었고, 둘째 나디 캇사파는 3백여 명, 셋째 가야 캇사파는
휘하에 2백여 명의 제자들이 있었다.

그들 형제를 존경하고 따르는 신도들은 대략 1천여 명
으로, 그들은 모두 바라문 가문에서 태어나 출가한 수행승
들로 사람들은 그들을 머리 묶은 행자라고 불렀다.

붓다는 제자들과 헤어진 지 닷새째 되는 날 우루벨라에

도착했다. 닷새 동안은 혼자만의 시간이었다. 붓다는 자신이 깨달음을 얻었던 보리수에 오자 나무를 등지고 앉아서 수행 당시의 나날들을 회상하고 조용히 흐르는 네란자라 강으로 내려가 몸을 닦기도 했다.

수행 중에 친구가 되어 주었던 새들이며 새끼 사슴은 보이지 않았다. 이미 9개월이나 지났으니 그들은 모두 이곳을 떠났을 것이다.

붓다는 곧 산 위로 올라갔다. 그곳에는 배화교의 수행자들이 많이 모여 있었다. 그들은 모두 명상에 빠져 있거나 거꾸로 물구나무를 서서 버티거나 불에 팔뚝을 태우며 견디는 육체 고행자들이었다. 불의 축제는 질병과 마귀를 쫓는 행사였다. 붓다는 사람들에게 우루벨라 캇사파를 만나게 해달라고 청했다.

그러나 그들은 붓다의 거지 행색을 보고 들은 체도 하지 않았다. 붓다는 당시 인도인들의 평균 키보다 작은 편이었으며 체격도 크지 않았다. 카필라 성의 고타마싯다르타 시절에는 체격이 좋았지만 수행 중에 몸이 약해졌다.

물론 초기 육체 고행 시절에 비하면 지금의 붓다는 체력이 상당히 회복되어 정상을 되찾은 셈이었지만 젊은 시절과 같을 수는 없었다.

붓다는 할 수 없이 혼자 교주 캇사파가 있는 곳을 찾아야 했다. 축제가 벌어질 광장 한가운데에 설치된 큰 제단에는 장작더미가 산더미처럼 쌓여 있었다. 기도가 시작되면 그 장작더미에 불을 붙여 거대한 불길이 솟구치게 될 것이다.

배화교는 불을 우주의 기본 원리로 삼는다. 베다 경전에도 불의 숭배에 관해서 언급한 부분이 있다. 불은 삶의 원천이다. 불 없이 생명은 존재하지 않는다. 불에는 태양열도 포함된다. 태양열은 우주에 존재하는 에너지 입자를 만드는 원초적 물질이며 모든 생명체를 살게 하는 원천이다.

당시 태양열이 만물의 근원이라는 사상은 너무나 당연한 진리로 통했다. 사람은 늘 물질에 사로잡혀 살기 때문에 물질 중에 가장 중요하고 강력하며, 열과 빛과 바람을 일으키고 물질을 변화시키는 불을 섬기는 것은 이상한 일이 아니었다.

그러나 붓다는 불을 숭배하는 배화교의 사상과 교리의 잘못을 지적할 수밖에 없었다. 붓다가 불의 축제에 온 것도 바로 그런 이유에서였다.

붓다는 캇사파가 머물고 있는 천막에 찾아가 면담을 요청했지만 허락이 떨어지지가 않았다. 석양은 잿빛으로 물들고 어두워지면서 추위가 몰려왔다.

사람들이 여기 저기 모여서 모닥불을 피워놓고 둘러앉아 이야기를 나누기 시작했다. 오랜 시간이 지나서야 캇사파가 제자를 데리고 붓다 앞에 모습을 나타냈다. 캇사파는

좋은 체격에 온화한 얼굴을 갖고 있었다. 붓다는 자리에서 일어나 캇사파를 맞았다.

"나는 라자그리하의 반다바에서 수행하고 있는 고타마 싯다르타입니다."

붓다가 정중하게 말했다.

"잘 오셨소. 싯다르타의 이름은 소문으로 이미 들어서 알고 있소."

마침내 붓다와 캇사파의 단독 대담이 시작된다. 두 사람은 숙소 밖의 나무 그루터기에 마주 앉았다. 캇사파는 오래전 빔비사라 왕으로부터 싯다르타가 슈바라가 되었다는 소식을 들어 알고 있었다.

캇사파는 붓다가 베다 경전에 관한 지식과 역사, 그리고 교리와 브라만에 관해 지극히 해박하다는 것을 알게 되었다. 그들의 대화는 계속되었다. 캇사파는 붓다에게 불의 신성에 관한 주장을 폈다.

"그렇다면 캇사파 대사문님, 물에 대해서는 어떻게 생각하시는지요?"

붓다가 물었다. 그러자 캇사파가 정색을 하고 말했다.

"잘 아시다시피 물은 아래로만 흘러내리고 땅으로 스며듭니다. 물은 우리 영혼을 구할 수 없습니다."

"불이 왜 사람의 영혼을 구원한다고 생각하십니까?"

"불은 위로 타 올라 우리의 영혼을 하늘로 끌어올려 죽음의 연기를 통해 천상에 오르게 합니다."

캇사파의 말에 붓다는 다시 말했다.

"하지만 물도 계속 증발하여 위로 오릅니다. 하늘에 떠 있는 구름들은 실제로 모두 물입니다. 사문님께서는 만물의 순환 원리를 잘 아시지 않습니까? 만물의 기본 본질은 하나이며 모두 본질로 돌아갑니다."

"계속 얘기해 보시오."

캇사파는 붓다의 말에 크게 놀라면서 심각한 표정을 지었다. 지금까지 아무도 그런 놀라운 말을 한 사람이 없었다. 그러자 붓다는 옆에 있는 나무에서 푸른 잎사귀 하나를 따서 손바닥에 올려놓았다.

"대사문님, 여기 나뭇잎 하나가 있습니다. 이 잎은 가지에 매달려 있었습니다. 가지가 없었다면 이 잎이 나올 수 없었습니다. 가지가 있었기에 잎이 있었고, 잎이 있었던 것은 가지가 있어서였습니다. 잎과 가지는 이처럼 존재의 인연입니다.

그렇다면 가지는 어디서 나왔습니까? 줄기가 있었기에 나왔습니다. 줄기가 없었다면 가지도 없었습니다. 줄기는 뿌리에서 나왔습니다. 뿌리는 어디서 나왔지요? 씨앗이 땅에 뿌리를 내렸습니다.

그러기에 뿌리나 잎은 또한 잎과 깊은 인연으로 닿아 있습니다. 씨앗이 트기 위해서는 흙과 물이 필요합니다. 흙과 물은 우리가 사는 육지와 바다를 이루고 있는 이 세상을 말합니다.

잎은 또 자라나는 시간이 필요하고, 햇빛과 공기와 알맞은 온도가 있었기에 존재할 수가 있었습니다. 잎은 잎이 있다는 것을 깨닫는 대상, 즉 인식이 있어야 합니다. 그들 중에 단 하나만 없더라도 잎은 세상에 존재할 수가 없습니다.

그렇게 잎 하나는 수많은 인연들이 얽혀서 존재하게 된 것입니다. 따라서 잎은 저 혼자 스스로 존재할 수 없었습니다. 잎뿐만 아니라 세상의 모든 존재는 홀로 있을 수 없으며 모든 것들과 상호의존적인 인연 관계와 법칙에 의해 존재하고 있습니다.

네가 있어야 내가 있고, 내가 있어야 너도 있으며, 네가 없으면 나도 없고, 내가 없으면 너도 있을 수 없는 것, 이것이 세상의 진리입니다.

모든 만물의 존재 근원은 지금 말씀드린 그 모든 것이라고 말할 수 있습니다. 사람도 그와 똑같습니다. 그 속에 저와 캇사파 대사문님도 포함되어 있습니다."

두 사람은 한동안 말이 없었다. 캇사파는 깊은 충격 속에 빠져 있었다. 캇사파는 할 말이 없었다. 붓다와 캇사파는 연못가를 거닐면서 대화를 계속했다. 캇사파는 다소 긴장한 어투로 붓다에게 물었다.

"그러나 세상의 모든 존재들은 끝내 소멸하고 맙니다.

사람들도 태어났다가 죽습니다. 당신도 나도 죽음에서 벗어날 수 없겠지요. 그렇다면 존재는 어디로 갑니까?"

붓다는 캇사파의 질문을 기다린 듯 말했다.

"잎은 가을에 낙엽이 되지만 다음 봄에 새 잎이 나는 것처럼 우리 인간도 죽은 후에는 다시 태어납니다."

"그렇다면 나, 캇사파는 죽은 후에 다시 이 세상에 태어난다는 뜻입니까?"

"사람들은 지금까지 '나'는 독립된 영원한 존재(아트만)이며 우리는 몸이 죽어도 아트만은 계속 존재한다고 믿어 왔습니다. 말하자면 인간 캇사파는 저승에 가서도 여전히 인간 캇사파로 산다고 믿었습니다.

그러나 이 세상의 캇사파는 이승에서 살 때만 캇사파일 뿐, 당신의 영혼은 죽은 후에 다른 몸과 다른 이름으로 살게 될 것입니다. 이 세상에서 전혀 다른 사람으로 살게 된다는 뜻입니다.

그때 캇사파로 살았던 이승의 모든 기억은 전생이 되어 잠재의식 속에 갇혀 버립니다. 모든 사람들은 비록 눈으로는 볼 수 없으나 전생과는 전혀 다른 몸을 지닌 채 살고 있다는 사실을 잊어서는 안 됩니다."

여기서 붓다는 캇사파에게 윤회설에 관한 은밀한 비밀을 일러주고 있다. 우리는 흔히 지금 세상을 '이 세상'이라고 하고 죽은 후의 세상을 '저 세상'이라고 말한다. 그렇다면 붓다가 말하는 저 세상이란 어디인가. 붓다가 말하는 저 세상은 다른 이름으로 태어나 사는 이 세상이다.

캇사파가 다시 붓다에게 묻는다.

"그럼 사람은 무엇으로 이루어졌습니까?"

"사람은 몸과 감정과 지각과 정신과 인식, 이들 다섯 가지가 결합되어 이루어졌습니다. 그것들은 어느 것도 각자 홀로는 존재할 수 없습니다. 그들은 홀로 존재할 수 없기 때문에 서로가 결합하여 한 인간으로 존재하게 된 것입니다. 그것이 우리가 존재할 수 있는 인연이 된 것입니다."

캇사파는 깊은 한숨을 쉬었다. 그날부터 매일 오후에 붓다와 캇사파는 숲이나 연못을 거닐면서 많은 시간을 토론하면서 보냈다. 캇사파는 붓다에게 숙식을 제공하며 잘 돌보아 주었으므로 붓다는 마을로 탁발을 하러 가지 않아도 되었다.

어느 날 오후 캇사파는 붓다와 네란자라 강가를 거닐면서 물었다.

"지난번에 말씀해 주신 것들은 대부분 이해하게 되었습니다. 하지만 만일 독립된 자아가 없다면 인간이 이승에서 양심을 지키며 살아야 할 이유가 어디 있겠습니까? 또 영혼을 깨끗하게 지키거나 수행을 해야 할 이유가 없지 않겠습니까?"

그때 붓다가 물었다.

"대사문님께서는 괴로움을 인정하십니까?"

"인정합니다."

"그 괴로움에는 원인이 있다는 것을 인정하십니까?"

"그렇습니다."

"괴로움에는 반드시 원인이 있습니다. 그래서 괴로움의 원인을 없애면 괴로움이 없어질 것입니다. 그런데 괴로움의 원인은 대부분 무지에서 오고 있습니다. 무엇을 모른다는 뜻이겠습니까? 당연히 진리나 진실을 모른다는 뜻입니다.

바로 이 세상의 모든 만물은 변하고 영원한 것은 아무것도 없다는 것을 사람들이 모른다는 것입니다. 물론 내 목숨도 잠시뿐이라는 것조차 모릅니다. 이처럼 무지하기 때문에 탐욕과 미움, 질투, 두려움 등 끝없이 괴로움이 나오게 됩니다.

내일 당장 죽는다고 생각해 보십시오. 탐욕은 부려서 무엇을 할 것이며, 또 미워해서 무엇을 하겠습니까. 죽음 앞에는 탐욕도 증오도 허무할 뿐입니다.

그렇다면 진리는 단 하나입니다. 인간이 괴로움으로부터 벗어날 수 있는 길은 이 세상의 모든 것들은 변하며(諸行無常), 이 세상의 모든 것들은 홀로 존재하지 못한다(緣起)는 진리를 깨닫고 인정해야 합니다.

그러기 위해서는 사물을 깊이 바라보아야 합니다. 잎사

귀 하나 돌 하나 물방울 하나도 자세히 바라보고 그것들이 잠시 머무는 것이라는 사실을 인정해야 합니다.

나는 반드시 죽는다. 우리 목숨도 이 세상에 잠시 머무는 것이다. 그것을 인정해야 합니다. 이것이 무지로부터 벗어나는 일이며 그때야 비로소 괴로움이 극복됩니다. 이것이 진정한 구원에 이르는 길이 됩니다."

"명상을 통해 사물을 직시하면 구원을 얻을 수 있다고 칩시다. 그렇다면 모든 의식과 기도는 쓸모가 없습니까?"

"캇사파 대사문님, 강을 건너기 위해서는 어떻게 해야 합니까?"

"헤엄을 치거나 배를 타야겠지요."

"헤엄도 안 치고 배도 안 타고 강을 건너가게 해달라고 기도만 하는 사람을 어떻게 생각합니까?"

"어리석은 사람이라고 말할 수 있지요."

"그렇습니다. 인간은 무지로부터 벗어난 후에 자기 앞에 닥친 현실적인 어려움에 맞서 싸우지 않고 한평생 기도만 드려서는 구원에 이르는 맞은편 강가인 열반(涅槃)에 갈 수가 없습니다."

그 순간 캇사파는 갑자기 울음을 터뜨리며 붓다의 발밑에 엎드리고 말았다.

"오! 성자여, 저는 제 인생의 너무나 긴 세월을 허송하고 말았습니다. 부디 저를 제자로 받아 주시어 해탈로 이끌어

주십시오."

"좋습니다. 우루벨라 마을 사람들은 모두 나를 붓다라
부릅니다."

붓다의 말에 캇사파는 고개를 끄덕거리며 말했다.

"저 역시 이제부터 당신을 붓다로 부르겠습니다."

캇사파는 살아온 과거를 반성하는 동안 마음에 큰 불빛
이 켜지는 것을 느꼈다. 캇사파는 붓다에게 그동안의 무례
에 대해 용서를 빌었다.

"저는 스스로 아라한을 사칭했습니다. 이 늙은 수행자를
용서해 주십시오."

캇사파는 이제야 비로소 진지한 수행자의 자세가 되어
무릎을 꿇고 말했다.

"알겠소. 하지만 스승을 잃은 당신의 제자들을 어떻게
할 것이오?"

붓다가 슬픔에 빠져 있는 캇사파를 타일렀다.

"그 일은 제게 맡겨 주십시오."

이어 캇사파는 500여 명에 이르는 제자들을 모아 놓고
말했다.

"여러분, 내 말을 잘 들으시오. 나는 지금부터 불의 신
아그니를 버리고 붓다의 제자가 되기로 했소. 붓다의 가르
침으로 나는 진리에 눈을 뜨게 되었소. 이제 여러분들이
나를 따르겠다면 붓다에 귀의해야 할 것이오."

캇사파의 제자들은 놀라서 서로를 쳐다보며 웅성거리기 시작했다. 오랫동안 아그니를 믿고 교조를 따르던 제자들은 캇사파의 말에 충격을 받았다. 경전에 의하면 그 당시 붓다는 캇파사와 그 제자들을 설득시키기 위해 무려 3천5백 가지의 기적을 보여주었다고 전하고 있다.

그것은 캇사파가 스스로 아라한을 자처하는 것을 보고 아라한이 되려면 실제로 어떤 공덕과 위력을 가져야 하는지 보여주기 위해서였다.

이어 캇사파의 세 형제와 제자들을 합친 970명의 수행자들은 모두 삭발을 하고 노란 승복으로 갈아입고 라자그리하의 마을로 대이동을 시작했다.

제4장
전도여행

'모든 존재는 인연으로 만나며 모든 인연은 끝내 소멸된다.'

빔비사라 왕의 귀의

'모든 존재는 인연으로 만나며
모든 인연은 끝내 소멸된다.'

불의 교조 우루벨라 캇사파가 붓다에 귀의한 후로는 각
처에서 수행하던 사문들과 사마나들이 그 소문을 듣고 반
다바산을 찾아오기 시작했다. 붓다는 반다바산에서 그들
을 모아 놓고 첫 설법회를 열었다. 붓다의 목청은 산 위까
지 쩌렁쩌렁 울렸다.

"여러분들의 눈빛은 모닥불처럼 정열에 가득 차 있습니
다. 눈에 정열이 번뜩이면 사물을 올바로 볼 수가 없습니
다. 욕망의 눈으로는 마음의 평화를 얻지 못합니다. 여러
분들의 귀 역시 은근한 유혹, 달콤한 권유와 탐욕의 말들
에 사로잡힙니다. 그런 귀로는 남의 말을 바르게 판단할
수가 없습니다.

또한 여러분의 입은 늘 증오로 불타면서 천박한 감정을
드러내고 상대방과 논쟁을 합니다. 말 속에 자비로움이 없
다면 남의 마음에 불을 지르고, 그로 인해 마음의 평화를

잃게 됩니다.

냄새도 똑같이 마음속에 불을 지릅니다. 달콤한 향기에 끌려 악의 유혹에 빠져들면 본성을 잃게 됩니다. 육체의 오관은 마음에 불을 지릅니다.

그러면 우리는 마음의 평화를 잃고 우리가 죽은 후에 다시 살게 될 다음 생애 역시 고뇌와 슬픔의 늪으로부터 벗어날 수가 없게 됩니다. 우리의 고뇌는 육체 고행만으로는 벗어날 수가 없습니다.

바로 저 욕망의 불길을 가라앉히는 길은 팔정도를 수행하는 길밖에 없습니다. 여러분은 언젠가는 이 세상을 건너가는 이승의 나룻배에 불과한 육체를 버리고 떠나야 합니다. 따라서 육체에 마음을 두어서는 안 됩니다.

다시 말씀드리지만 여러분은 죽은 후에도 지금과 똑같이 다른 몸으로 다른 곳에서 태어나 살게 된다는 사실을 잊지 마십시오. 그것은 마치 나뭇가지에 피어나는 잎새들이 가을에 떨어진 그 자리에서 봄이 되면 새로운 잎이 태어나는 것과 같습니다.

그처럼 사람은 끝없이 윤회하는 것입니다. 여러분은 비록 그 사실을 볼 수가 없지만 나는 그것을 압니다. 그것은 붓다만이 알 수 있습니다."

붓다의 설법은 엄숙하면서도 자비가 넘쳐흘렀다. 그의 설법은 빛의 물결처럼 파장을 이루며 반다바산을 퍼져나갔다. 그의 말을 듣고 있는 숲도 빛에 싸여 아름답게 빛나고 있었다. 수행자들은 그의 말에 모두 평화를 느꼈다. 캇사파 형제들은 붓다의 설법을 듣고 감격의 눈물을 흘렸다.

"여러분이 죽은 후의 저 세상이라고 말하는 그 저승이란 지금의 우리 영혼이 단지 다른 몸으로 바뀌어 다른 부모의 몸에서 태어나는 것입니다. 그리고 아무 원칙도 없이 새로운 부모가 정해지는 것이 아니라 미리 서로 약속된 인연에 의해 태어난다는 사실도 잊지 말아 주십시오.

사람의 몸은 이 세상의 환경과 조건에만 적응하고 살수 있기 때문에 지구가 아닌 저승이란 따로 있을 수가 없습니다.

여러분은 여기 오실 때 걷거나 말을 타거나 코끼리를 타고 오셨습니다. 무엇을 타고 오셨거나 모두들 라자그리하에 오셨습니다.

사람도 다르지 않습니다. 여러분의 영혼은 이승에서 저승까지 인생이라는 세월의 강을 건너기 위해 육체라는 교통수단을 이용하고 있을 뿐입니다. 도착하면 교통수단을 버려야 하는 것처럼 우리 몸도 버려야 합니다.

그런 뜻에서 수십 년 동안 섬겨온 불의 신앙을 버리고 나의 제자가 된 캇사파 형제는 참으로 용기 있는 훌륭한 수행자들입니다. 그처럼 욕망의 불꽃을 포기하고 새 몸과 마음으로 바른 길을 가는 자에게 신은 자비의 빛을 내려

줄 것입니다."

붓다의 설법이 끝나자 수행자들은 모두 기쁨이 넘쳐흘렀다. 이렇게 붓다의 설법을 들은 수행자 수는 1천여 명이 넘었다. 캇사파 세 형제가 모두 붓다의 제자가 되었다는 소문은 마가다국은 물론 많은 바라문 수행자들에게 큰 충격을 주었다.

불의 신 아그니를 섬기던 교조 우루벨라 캇사파는 당시 많은 사람들이 제자가 되기를 원했을 뿐만 아니라 마가다국의 빔비사라 왕도 국가의 행사에는 늘 캇사파를 신관의 신분으로 초청하여 제사를 주관하도록 했었다.

당시 우루벨라 캇사파는 나이가 150세였고, 두 동생들도 모두 100세가 넘는 원로들이었다. 그런 그들이 36세의 젊고 이름도 없는 고타마싯다르타의 제자가 되었으니 놀라는 것은 당연한 일이었다.

붓다의 설법으로 많은 사람들이 인생의 목적을 깨닫게 되고 불치의 환자들도 낫는 기적들이 일어나자 붓다의 제자가 되겠다고 출가하는 사람들이 더욱 늘어났다. 특히 붓다는 불평등한 계급제도를 인정하지 않았기 때문에 농부와 상인과 장인들은 모두 일손을 놓고 몰려들었다.

그로 인해 많은 가정주부들이 붓다를 원망했다. 코스타니야는 수행자들에게 가정과 가족을 버리고 출가한 자들은 모두 귀가하라고 종용했지만 아무도 그의 말을 따르는 자가 없었다. 그러자 붓다가 말했다.

"일터와 집을 버리고 가족에게 고통을 주는 것은 정법이
아니다."

붓다는 누구나 차별 없이 교단에 받아들이고 싶었지만
출가로 인해서 발생하는 불평을 외면할 수가 없었다. 그러
는 동안 바라문 수도자들이 붓다를 찾아와 제자들을 빼앗
겼다고 거칠게 항의하는 사태도 일어났다.

그 당시 붓다는 사람의 몸에서 나오는 후광을 모두 볼
수가 있었다. 그 후광은 마음의 상태에 따라 적색, 청색,
자색, 분홍색, 회색 등으로 수시로 변했다.

예를 들어 회색의 후광이 보이는 사람은 우울한 기분에
사로잡혀있기 때문에 가능한 한 밝은 화제를 잡아서 얘기
를 해야 한다. 붓다는 이렇게 후광을 통해서 그 사람의 마
음에 맞추어 얘기를 나누었다. 이것을 불교에서는 대기설
법이라고 한다.

"사문들이여, 남의 언동에 휩쓸리지 말고 마음을 다스려
야 한다. 화난 사람에게 큰 소리를 치면 언쟁이 커진다. 큰
소리는 남에게 독을 던져 주는 것과 같아서 큰 괴로움과
슬픔을 만든다.

바라문 수도자들의 공격을 받아도 성난 감정을 받아들
이지 말고, 참고 기다려야 한다. 어떤 치욕을 당하더라도
맞서 싸우지 말고 마음에 악을 만들어서는 안 된다. 마음

의 악은 독이다. 독을 품고 이겨서 뭘 어쩌겠다는 것이냐. 늘 중도의 마음을 잃지 말고, 마음의 평화를 유지하는 것을 잊지 말아라."

당시 붓다의 제자들은 바라문 수도자들이 찾아와 수시로 항의하는 일들이 자주 일어나 마음이 흔들리고 있을 때였다. 마음을 기쁨에 맡겨서도 안 되고, 슬픔에 맡겨서도 안 되며, 감동에 사로잡혀서도 안 된다.

감동하고 기뻐하는 감정과 슬퍼하는 감정은 출구가 다르다. 분노는 감정의 표면 부분에서 생기지만, 감동은 감정의 가장 깊은 부분에서 나오며 지성이나 이성과 연결되어 있다.

붓다의 제자들은 가르침에 따라 새벽에는 마을로 내려가서 탁발을 하면서 감사하고 만족하며 은혜를 베푸는 생활을 계속했다. 낮에는 숲 속에서 명상에 빠졌고, 밤이면 모닥불가에 모여 하루의 잘못을 반성했다. 이렇게 붓다의 승단 조직은 질서정연하게 운영이 되어 갔다.

붓다는 마침내 마가다국의 빔비사라 왕의 초대를 받게 되었다. 빔비사라 왕은 오래 전 붓다가 싯다르타 시절에 깨달음을 얻어 슈바라가 되면 반드시 만나기로 한 약속을 잊지 않고 있었다.

붓다는 오래 전 왕과의 약속을 지키기 위해 보름날 제자 1천2백50명을 거느리고 반다바산을 떠났다. 왕은 붓다와 제자들을 환영하기 위해 꽃과 등불로 길을 장식했다.

붓다가 마가다국의 라자그리하 성에 도착했을 때 빔비사라 왕은 6천여 명이나 되는 시종들과 1백여 명의 브라만 고위층과 지식인들을 대거 동행했다. 그래서 붓다를 환영하는 마차들은 꼬리를 물었다.

그날의 환영식은 대단히 성대하게 베풀어졌던 것으로 기록되고 있다. 붓다가 도착하자 빔비사라 왕은 성밖에서 손수 수레에서 내려 붓다를 정중하게 맞이했다.

붓다가 마가다국에서 대중 집회를 가졌을 때는 12만여 명의 바라문과 장자들이 운집했다는 기록이 있다. 그때 바라문들이 가장 궁금하게 여겼던 것은 당대 배화교의 원로 교조이자 150세인 우루벨라 캇사파가 어떻게 이름도 없는 36세의 청년 붓다의 제자가 되었을까 하는 의문이었다.

붓다가 캇사파와 함께 집회장에 나타났을 때 12만여 명의 군중들은 캇사파가 젊은 붓다를 스승으로 모시고 있는 것을 보고 놀랐다. 그들은 소문은 그렇게 났으나 실제로는 붓다가 캇사파의 제자인지 아니면 스승인지 알 수가 없어서 수군거리기 시작했다.

그 분위기를 알아챈 캇사파는 붓다 앞에 합장을 하고 서서 "깨달음을 이루신 붓다여! 저 우루벨라 캇사파는 당신의 제자입니다. 당신에게 저의 가장 깊은 존경심을 표하오니 허락하시옵소서"라고 소리치면서 붓다 앞에서 세 번 절을 했다.

그러자 붓다는 곧 캇사파를 일으켜 세웠다. 한동안 깊은 침묵이 흘렀다. 캇사파가 붓다의 제자라는 것을 공개적으로 선언한 자리가 된 것이다. 그것을 본 브라만들은 더 이상 의심하지 않았다. 이어 빔비사라 왕은 붓다에게 합장을 하고 말했다.

"붓다여, 저희들을 위해 설법을 해주십시오."

붓다는 마침내 설법을 시작했다. 붓다는 이 세상의 모든 만물은 계속 변하고 있으며 세상의 모든 존재는 홀로 존재할 수 없다는 연기설의 본질을 말하고 인간이 깨달음을 얻기 위해서 지켜야 할 계율이 무엇인가를 설명했다.

그리고 인간에게는 영혼과 육체라는 두 개의 내가 있으며 육체는 영혼이 태어나서 죽기까지 이승의 긴 강을 건너가는 수단인 나룻배에 불과하다는 것과 팔정도의 뜻을 설명했다.

붓다는 남에게 베푸는 보시(布施)에 관한 이야기와, 사람이 태어나서 죽는 이유와 살아가면서 반드시 지켜야 할 일, 인간의 욕망이 죄의 화근이 된다는 것, 유혹과 괴로움에서 벗어나는 일이 왜 중요한가를 가르쳤다.

빔비사라 왕과 그곳에 모인 12만 명에 이르는 바라문과 장자들은, 그때서야 처음으로 진리가 가슴에 스며들어와 법을 깨닫는 눈을 떴다. 그들을 가장 감동시킨 것은 '세상

의 모든 존재는 인연으로 만나서 존재하게 되었으며 모든
존재는 끝내 소멸된다' 는 진리였다.

붓다의 설법이 계속되면서 사람들의 감동은 점차 커졌
다. 그때 많은 사문들은 붓다의 몸에서 황금빛이 번쩍이는
것을 보고 놀라서 합장을 했다. 빔비사라 왕도 붓다의 황
금빛을 직접 확인했다. 빔비사라 왕은 붓다의 설법에 크게
감동을 받았다.

붓다의 가르침은 라자그리하 사람들의 마음을 환하게 밝
히는 법의 등불이 되었다. 설법이 끝나자 많은 사람들이 자
리에서 일어나 붓다에게 경의를 표하며 예의를 갖추었다.

죽림정사를 짓다

정법은 대자연을 통해서 배우는
올바른 삶의 한 방식이다.

마가다국에서 온 상인 가란타는 붓다의 설법을 듣고 감동을 받아서 이렇게 말했다.

"저는 라자그리하에 사는 장사꾼입니다. 제게는 베루바나에 넓은 대나무 숲이 있습니다. 붓다께서 원하신다면 그 땅을 기증하여 정사(精舍)를 지어 올리겠습니다. 부디 제 뜻을 받아주시기 바랍니다."

붓다는 잠시 생각했다. 그에게는 일정한 수행처가 필요하긴 했다. 특히 장마철이나 추운 겨울에는 제자들이 수행할 수 있는 일정한 장소가 있어야 했다. 붓다는 가란타의 진심을 알고 그 뜻을 받아들였다. 가란타는 붓다가 자신의 뜻을 받아들이자 너무나 기뻐서 어쩔 줄을 몰랐다.

일부 자료에는 첫 가람인 죽림정사(竹林精舍)는 빔비사라 왕이 지어 헌납한 것으로 되어 있다. 그러나 죽림정사는 가란타촌의 한 장자가 붓다에 귀의한 후에 땅을 바쳤고, 절은 빔비사라 왕이 지은 것이다. 붓다는 당시 수행제자들과 공동생활을 할 수 있는 장소와 포교에 필요한 거점이 절실한 상황이었다.

붓다를 찾아온 사람들 중에는 바라문뿐만 아니라 상인이나 군인과 노예도 있었다. 그러나 붓다는 계급이나 빈부를 차별하지 않았으므로 그들이 함께 생활하자면 조직적인 훈련과 교육이 필요했다.

붓다의 인간 평등 사상은 처음부터 확고했다. 사람은 누구나 영혼의 전생 윤회를 거치는 과정에서 각자 이 세상에 정착하는 조건을 선택해서 살고 있기 때문에 우열이 있을 수가 없는 법이다. 우열은 지상의 가치관에 의해서 차별화된 것이지 태어날 때부터 구별된 것이 아니다.

인간은 신 앞에서 누구나 평등하다. 그것은 마치 태양이 온 세상을 공평하게 비추는 것과 같다. 당시 인도 사회는 카스트제도에 의해 바라문은 평생 바라문 계급으로 살았으며 한번 노예는 자자손손 노예였다.

당시 어느 종교단체에서도 노예를 받아들인 교단이 없었다. 또 노예에게는 구원이 없다는 이론도 강했다. 붓다는 이 불평등한 제도를 과감히 없앴다. 노예도 인간이다. 차별은 없다. 붓다의 교단은 인종 차별이나 계급도 없었다. 그것은 당시 사회로 보면 파격적인 혁명이었다.

대략 1백 에이커쯤 되는 울창한 대나무 숲 속에 죽림정

사가 완공되기 전에 붓다와 제자들은 이미 베루바나 숲에
들어와 오두막을 지어 장마기에 안거를 시작했다. 이렇게
우기 3개월 동안 안거하면서 불교의 안거 전통이 시작되
었다.

　이후 인도의 불교도들은 4월 15일(혹은 5월 15일)부터
3개월 동안 장마 때는 동굴이나 절에서 수행에 전념했다.
이것을 우안거라고 한다.

　오늘날에도 선종에서는 4월 16일부터 7월 15일까지 여
름 안거, 10월 16일부터 다음해 1월 15일까지 겨울 안거
를 지키고 있다. 당신 안거 기간 동안에는 속가의 제자들
이 수행자들에게 음식은 물론 기타 생활에 필요한 개인 용
품들을 제공했다.

　새벽 4시에 기상을 알리는 종이 울리면 수행자들은 얼
굴을 닦고 정오가 될 때까지 명상을 계속한다. 정오가 되
면 수행자들은 베루바나 숲의 한가운데 있는 호수로 모여
똑같은 분량의 음식을 받아먹는다.

　그들은 호숫가에서 음식을 먹은 후에 그릇을 닦고, 붓다
의 주위에 모여 설법을 듣는다. 때로는 붓다의 수제자가
나와서 대신 설법을 할 때도 있다.

　설법이 끝나고, 휴식 후에 오후 종이 울리면 좌선과 명
상을 계속하여 자정에 끝난다. 그때 붓다는 대나무 평상에
앉거나 호숫가를 거닐면서 명상에 잠겨 있었다.

그것이 베루바나에서의 하루 일정이었다. 죽림정사가 완공되자 붓다는 사람들을 모아 놓고 설법을 했다.

"이 절을 지어 주신 국왕과 땅을 기증해 주신 가란타 님께 진심으로 감사드립니다. 이 같은 보시는 우리들 마음속에 있는 욕심의 뿌리를 제거해 줍니다.

사람들은 돈이 행복을 가져온다고 생각하고 또 어떤 사람은 지위와 명예를 행복이라고 믿기도 합니다. 그러나 그것들은 인간의 욕망을 더 자극하는 것들이지 행복을 가져다주는 것들은 아닙니다.

재물이나 명예나 권력은 삶의 한 도구일 뿐이지 마음의 기둥이 아니기 때문입니다. 이 세상에서 우리 눈에 보이는 것들은 세월이 지나면 모두 변하고 사라지는 것들입니다. 그런데 우리들의 욕망은 바로 그처럼 무상한 것들만 쫓아다니며 괴로움과 슬픔에 사로잡힙니다.

이제 우리가 마음의 평화를 갖기 위해서는 바로 그 욕망이라는 이름의 유혹을 없애야 합니다. 정법은 선한 마음을 소중히 가꾸어 나가는 일입니다. 선한 마음에는 평화가 머물러 있지만, 욕망으로 가득 찬 마음에는 불평불만만 가득차 있을 뿐입니다.

그러나 여러분들이 팔정도를 기준으로 삼고 살아가면 마음의 평화를 유지할 수 있을 것입니다. 현재의 자기 자신에게 불만을 갖기보다는 만족하도록 노력하고 인욕을 갖추는 지혜를 발휘한다면 누구나 마음의 문을 열 수가 있습니다.

이 세 가지가 깨달음에 이르는 조건입니다. 그것을 행동으로 보여줄 때 이 죽림정사는 많은 사람들의 마음에 법등을 켜게 될 것입니다."

빔비사라 왕과 가란타는 붓다의 말을 가슴속에 깊이 새기게 된다. 붓다는 가난해서 남에게 베풀지 못하는 사람을 도와주는 보시를 중요하게 여겼다.

당시 인도 사회는 가난한 사람들이 너무 많았으며 보시가 생활 속에 자리를 잡고 있었다. 따라서 이웃에게 보시를 못 하는 사람은 구원을 받을 수 없다는 생각이 지배적이었다.

따라서 바라문 계급들은 가난한 사람들에게 보시를 많이 했지만 바라문들은 보시를 권력의 위세로 삼았으며, 그것을 통해서 서민들을 압박했다. '너희들은 내 덕에 산다.' 붓다는 이 같은 위악적인 마음을 없애기 위해 인간의 평등을 강조하고 마음의 가치를 중요하게 여겼던 것이다.

죽림정사가 완공되고 붓다와 제자들이 자리를 잡자, 승단은 비로소 외형을 갖추게 되었다. 제자들은 죽림정사를 중심으로 우루벨라, 라자그리하와 나란다와 멀리 바라나시, 찬바, 바이샬리까지 불법의 전도에 나섰다. 포교지역이 넓어지면서 제자들이 늘어났고, 그때마다 죽림정사는 건물을 넓혀갔다.

붓다가 37세가 된 해, 가을에는 비가 많이 내렸다. 제자들은 베루바나에 모여 앞으로의 계획을 토론하면서 식량을 더 많이 비축해야 한다고 제안했다. 그러나 붓다의 생각은 달랐다.

"장마철에 필요한 만큼만 있으면 된다. 식량 비축은 하지 말라."

따라서 수행자들은 우기 동안에 필요한 식량만 모아두기로 했다. 우기가 지나면 다시 탁발을 하면 된다. 식량 비축은 욕심을 불러일으킨다. 항상 지금 가진 것에 만족할 줄 아는 선한 마음을 생활 철학으로 삼아야 한다. 욕망을 참는다거나 분수에 맞추는 것보다는 자족할 줄 아는 마음이 중요하다.

사람들은 물질적으로 풍요롭게 살면서도 늘 부족을 느끼고 더 채우려 하고, 그래서 늘 불행하다고 생각한다. 몸은 편하지만 마음은 욕구불만으로 가득 차 있다. 그것은 욕망의 지속적인 노예 상태를 뜻한다.

마음의 평안을 위해서는 욕심에서 비롯된 나쁜 생각과 행동을 바로잡는 길밖에 없다. 만족할 줄 알고, 감사할 줄 아는 생활은 신이 곧 우리에게 바라는 것이다. 사람은 만족하는 마음을 가질수록 자신감과 적극적인 용기가 생기며 사랑하는 마음과 봉사 정신도 우러나게 된다.

붓다의 지시로 제자들은 식량을 비축하지 않기로 하고 남은 식량은 가난한 사람들에게 나누어주었다. 이 대목은 오늘날 종교단체들이 반성해야 할 부분 중 하나이다.

이제 또 하나의 걱정은 제자들이 불법을 전하면서 바라문 계급의 수행자들과 논쟁을 벌이는 일이다. 붓다는 그 문제에 대해서도 다음과 같이 말했다.

"마가다국을 비롯해서 캇시국, 코살라국, 밧지국 등에 있는 바라문들은 베다나 우파니샤드의 경전 지식에는 전문가들이다. 하나 너희들은 불법을 익힌 지 얼마 되지 않아 바라문과 학문적인 논쟁을 벌이면 질 수밖에 없다.

따라서 시비를 걸어오면 맞서지 말고 입을 다물어야 한다. 그들이 격해질수록 감정에 사로잡혀 다투지 말고 자기 마음을 견제해야 한다.

정법은 대자연을 통해 배우는 삶의 방식이다. 자연의 이치는 조화와 질서 속에서 움직인다. 바다의 수면은 한 치도 넘치거나 모자라지 않고 늘 일정하며 꽃은 피면 반드시 진다. 자연의 질서 속에는 평화가 깃들어 있다. 인간의 몸도 자연의 일부이므로 자연의 이치를 거슬러서는 안 된다."

사리불과 목건련

'붓다는 대우주의 법칙이며
그 법은 곧 대자연의 섭리이다.'

붓다는 어느덧 38세가 되었다. 붓다는 이제 1천여 명의
제자와 죽림정사를 가진 종단의 지도자였다. 붓다의 측근
제자들은 붓다가 이 세상에 태어나기 전에 살던 전생에서
보살로 불법을 전하던 친구들이 대부분이었다.

붓다는 이미 영적 계시를 통해 그들이 자기 주변으로 모
여들 것을 알고 있었다. 이미 인도 중부지역에는 마가다국
의 빔비사라 왕이 붓다에 귀의하여 죽림정사를 보시했다
는 사실이 알려진 후였다.

빛이 강하면 그늘도 강해지는 법. 붓다에 대한 존경심이
커지면서 붓다에 대해 막연히 거부감을 가진 세력들도 등
장하고 있었다. 제자들의 귀에는 붓다에 대한 편견과 험담
이 계속 들렸다.

그러나 그들은 조금도 흔들리지 않았다. 붓다의 제자 다
섯 무사 중 하나였던 아사지는 라자그리하 성의 교외지역

에서 불법을 전하면서 붓다에 대한 나쁜 소문을 많이 들었지만 한쪽 귀로 흘렸다.

그러나 당시 바라문계급의 아산자의 제자 중에 우파데사라는 수행자가 있었다. 그의 휘하에는 2백여 명의 제자가 있었다. 그는 베다와 우파니샤드를 비롯한 모든 경전에 능통한 학자로 많은 교리 지식들이 있었지만 몇 가지 의혹을 풀지 못한 채 참된 슈바라를 찾아 여러 곳을 여행하고 있었다.

우파데사에게는 고리타라는 친구가 있었고, 고리타에게는 또 1백여 명의 제자가 있었다. 그 역시 우파데사와 똑같이 슈바라를 찾고 있는 중이었다.

당시 인도에서는 자칭 슈바라들이 많았다. 그들 가운데 붓다의 출현을 예언했던 코살라국의 아시타는 꽤 명망이 높은 수행자 중 하나였다. 아시타 선인 외에도 아산자를 비롯하여 푸르나코살라, 나간다 등 유명한 선인들이 있었지만 우파데사와 고리타는 그들을 따르지 않았다.

우파데사와 고리타는 훗날 붓다의 10대 제자 중 하나인 사리불과 목건련을 말한다. 그들이 찾는 선인은 아포로키티슈바라로 최소한 다른 사람의 과거, 현재, 미래의 삼생을 꿰뚫어볼 수 있는 경지에 오른 사람을 말한다.

그런 사람은 자신이 전생에서 쓰던 언어로 말을 하고 전생을 기억할 수 있어야 한다. 따라서 우파데사가 찾는 슈

바라는 바라문 경전에 나오는 '32상을 구비한 붓다' 의 외
모를 기준으로 삼은 슈바라 정도는 아니었다.

어느 날 아사지는 시골 마을에서 탁발을 끝내고 라자그
리하로 돌아가는 길에 나무 밑에서 쉬고 있는 우파데사를
만났다. 우파데사는 사람을 볼 줄 아는 눈이 있었으므로
아사지를 보는 순간 묘한 기분에 사로잡혔다.

그는 아사지의 걷는 모습에서 다른 수행자와는 다른 예
사롭지 않은 기운을 느꼈던 것이다. 그때 아사지는 이미
아라한의 경지에 올라 있었으므로 자기를 바라보고 있는
낯선 남자의 마음을 읽고 있었다. 그가 나무 밑을 지날 때
우파데사가 말을 걸어왔다.

"저 좀 보시오, 나그네 양반. 저는 우파데사라는 사람입
니다. 잠깐 쉬셔서 아침 공양이라도 들고 가시지요."

우파데사는 아사지에게 풀로 짠 방석을 깔아 주고 자신
의 물병에서 물을 따라 주면서 수행자의 예우를 갖춘다.
당시 인도 사회에서는 앉는 자리와 물병은 수행자들의 필
수품이었으므로, 자리를 깔아 주고 물을 권하는 것은 스승
으로 모시는 예우를 뜻한다. 아사지는 그의 말에 따라 풀
방석에 앉았다.

"저한테 무슨 할 말이 있으십니까?"

아사지가 물었다.

"저는 지금까지 많은 수행자들을 만났지만 당신처럼 편

안한 분위기를 가진 분을 만난 적이 없습니다. 저도 사람 보는 눈이 있습니다. 제게 한말씀 부탁드립니다."

우파데사는 아사지 앞에 무릎을 꿇고 말했다. 그러자 아사지가 입을 열었다.

"한말씀이라니요?"

"제 마음을 이미 알고 계시지 않습니까?"

"허어, 알다니요. 저는 카필라 성 크샤트리아 출신으로 사캬족의 왕자 고타마싯다르타 붓다의 제자 아사지라는 사람입니다. 저는 고타마싯다르타 붓다께서 출가한 이후 깨달음을 이루실 때까지 곁에 모신 지 8년이 됩니다만 이제 겨우 계율을 익혔을 뿐, 붓다의 법을 가르쳐 드릴 만한 자격이 없습니다."

"겸손의 말씀인 줄 압니다. 당신은 누구를 따라 출가했으며, 누구의 가르침을 받고 있으며, 그분의 가르침은 무엇입니까? 몇 마디 언질이라도 저한테 주시기 바랍니다."

그러자 아사지는 잠시 침묵을 지키고 있다가 이윽고 입을 열었다.

"저희 스승께서는 세상의 모든 존재는 인연으로 인해서 모이고 만나지만 그것들은 결국 모두 변하고 소멸한다고 말씀하십니다."

여기서 아사지는 우파데사에게 다음과 같은 게송을 읊은 것으로 알려져 있다.

諸法從緣起 如來說是因 彼法因緣盡 是大沙門說
모든 법은 인연으로 인해서 생기며,
모든 법은 인연으로 인해서 없어진다.
위대한 사문께서는 이렇게 가르치시네.

그 순간 우파데사의 눈빛은 놀라움에 가득 찼다. 그는 게송의 첫 구절을 듣는 순간 갑자기 미혹에서 벗어나 불법을 깨닫게 된 것이다. 우파데사는 이미 깨달음이 무르익어 있었으나 단지 꼭지를 따지 못하고 있었던 것이다. 그래서 아사지의 말을 듣는 순간, 충격을 받고 깨달음을 얻을 수 있었다.

"그래서요?"

우파데사가 아사지에게 계속 말을 시켰다.

"모든 존재는 변하고 사라지는데 사람들은 그것에 집착하여 괴로움에 사로잡힙니다. 집착은 고통과 슬픔을 가져다줍니다. 그 모든 고뇌는 원인과 결과의 법칙에 의해 만들어진다고 말씀하십니다."

아사지는 붓다의 말을 기억해 내면서 우파데사가 알아듣기 쉽게 말을 계속했다.

'붓다는 고뇌의 원인을 없애기 위해서 어떻게 살아야 하는지 말씀해 주신다. 붓다는 대우주의 달마, 즉 법이며, 법은 곧 대자연의 섭리이며, 그 섭리가 바로 정법이다.

세상의 모든 존재는 서로 의존하는 관계 속에서 생명이 유지된다. 저 홀로 존재하는 것은 이 세상에 하나도 없다. 나뭇잎이 가지와 줄기와 뿌리와 흙과 물과 공기로 결합되어 있는 것처럼, 인간도 동식물과 대자연과 우주와 너와 나의 깊은 인연의 결합으로 존재하고 있다.

붓다의 법은 어느 한쪽으로도 기울어지지 않는 중도의 법이라는 것을 강조하고 계신다.'

우파데사는 아사지의 말을 들으면서 그때까지 안개에 싸였던 의문이 한꺼번에 걷히는 것을 느꼈다. 이미 높은 공부가 있었기에 아사지가 하는 말들을 알아듣고 깨닫고 느끼면서 아사지의 스승 붓다야말로 자신이 찾는 바로 그 슈바라라는 생각을 하게 된 것이다. 그는 기쁨에 넘쳐 가슴이 벅찼다.

"아사지 님, 정말 고맙습니다. 제 의문은 마침내 풀렸습니다. 제발 저를 붓다에게 안내해 주십시오. 저에게는 친구 고리타가 있습니다. 우리는 둘 중에서 누구든 슈바라를 찾으면 함께 입문하기로 굳게 약속했습니다. 전 그 친구와 함께 당신의 스승을 만나겠습니다. 부탁드립니다."

그는 아사지에게 합장을 했다. 우파데사는 그 길로 친구 고리타에게 찾아가서 붓다의 얘기를 전했으며 두 사람은 모시고 있던 스승 산자야에게 붓다에 귀의하겠다는 뜻을 전한다.

그러자 산자야는 "가면 안 된다. 우리 세 사람이 함께 이 교단을 이끌어 가자"고 세 번이나 만류했다. 그러나 그들은 스승의 말을 듣지 않고 자기 제자 2백50여 명을 데리고 산자야 스승의 곁을 떠난다.

당대에는 큰 스승으로 알려졌던 산자야의 두 수제자가 붓다에 귀의한 사건은 세상에 큰 충격으로 받아들여졌다. 그래서 사람들은 '마가다국에 큰 스님이 나타나 산자야의 제자들을 모두 빼앗아 갔네. 이번에는 누구 차례가 될까?' 라는 노래가 퍼질 정도였다고 전해지고 있다.

그러나 붓다는 이미 우파데사와 고리타가 자기를 찾아오고 있다는 것을 알고 있었다. 붓다는 그들을 반갑게 맞이했다.

"어서 오시오. 참으로 오랜만입니다."

두 사람은 붓다를 보는 순간 자신도 모르게 눈물을 글썽거렸다. 일부의 기록을 보면 붓다가 우파데사와 고리타를 만나는 대목은 붓다가 깨달음을 얻은 후에 불법을 전하기 시작하면서 일어날 필연적인 사건으로 묘사되고 있다.

따라서 붓다는 그들을 만나면서 '오랜만에 만난다'는 재회의 인사말을 건네게 된 것이다. 두 사람 역시 붓다를 보는 순간 옛 스승을 만난 것처럼 조금도 낯설지가 않았으며 깊은 감회에 사로잡혀 끓어오르는 감격을 주체할 수가 없었던 것으로 알려지고 있다.

그들은 전생에서도 고타마싯다르타 붓다와 스승과 제자 관계였으며, 붓다에게 그들의 출현은 이미 예시된 것이었다. 붓다의 제자가 된 두 사람은 불교 역사상 너무나 잘 알려진 사리불과 목건련이었기 때문이다. 붓다는 후에 우파데사에게는 사리불이라는 법명을, 고리타에게는 목건련이라는 법명을 내리게 된다.

당시 사리불과 목건련은 붓다의 몸이 황금빛에 휩싸여 있는 모습을 보게 되었으며, 그들은 바로 붓다의 몸에서 발산되는 빛을 통해서 마음의 문이 열려 전생의 인연과 그 기억이 재생되었던 것이다. 그들이 눈물을 흘리게 된 것은 바로 그런 놀라운 사건 때문이었다.

마음의 문이 열렸다는 것은 보통 사람들이 볼 수 없는 전생과 현생과 미래의 모습을 모두 꿰뚫어볼 수 있게 되었다는 뜻이다. 따라서 붓다는 전생에서 만났던 두 사람을 이승에서 재회하는 기쁨의 눈물을 흘린 것이다. 이윽고 붓다는 사리불과 목건련에게 말했다.

"이제 너희들도 수행을 하면 지금까지 배운 지식이 지혜가 되어 아라한의 경지에 이르게 될 것이다."

"네, 잘 알았습니다. 저희들은 지금 돌아가 제자들에게 참된 슈바라가 여기 계시다는 사실을 알리겠습니다."

사리불은 집에 가서 아버지 데사와 어머니 샤리에게 죽림정사의 붓다 소식을 전했다. 그러자 사리불의 어머니 샤리가 아들에게 말했다.

"잘됐구나. 그렇다면 산자야 스승에게 붓다의 제자가 된 경위를 잘 말씀드리고 그동안 은혜에 감사를 드린 다음 하직 인사를 하도록 하여라."

사리불은 어머니의 말대로 스승 산자야를 찾아갔다. 그러자 산자야는 사리불의 말을 듣고 크게 화를 내며 바라문의 계율에 따라 파문의 징계를 내렸다.

당시 바라문은 여러 종파로 갈라져서 자기 종단이 정통이라고 우기면서 세력 확장에 혈안이 되어 있던 상황이라, 사리불과 그의 제자 수백 명을 잃게 되자 난리가 난 것이다.

산자야는 머리가 좋고 언변이 뛰어났지만 마음이 좁아서 지도자라기보다는 학자 타입이었고, 리더십이 없어서 그의 제자들은 오래 붙어 있지 않았다. 그 후 두 사람이 붓다에 귀의하자 산자야는 울분으로 피를 토하고 죽었다는 기록이 남아 있다.

사리불과 목건련은 곧 그들의 제자들을 데리고 붓다의 죽림정사로 되돌아왔다. 붓다는 두 사람이 돌아오자 죽림정사의 제자들을 모두 불러 놓고 말했다.

"여기 새로 귀의한 두 사람의 수행자를 여러분에게 소개한다. 사리불은 이제 곧 너희들에게 법을 가르치는 지도자가 될 것이다. 또 사리불의 친구인 목건련 역시 곧 아라한이 되어 여러분을 지도하게 될 것이다."

그 말에 제자들 사이에서 웅성거림이 들렸다. 그날 처음으로 귀의한 신참이 먼저 귀의한 선배를 지도하게 된다는 말에 불만을 품은 것이다. 후배가 선배를 가르치다니, 순서가 뒤바뀐 것이 아닌가.

그러나 영혼의 세계에서는 능력에 따라 선후배가 갈리게 된다. 단지 먼저 붓다에 귀의했다고 해서 무조건 선배가 될 수 없는 법이다.

당시 인도 사회는 계급제도가 있어서 선후배에 대한 차별 의식이 강했다. 제자들은 붓다가 아무런 이유도 없이 그런 말을 한 것이 아니라는 것을 알았지만 이해할 수 없었던 것은 사실이었다.

사리불과 목건련보다 먼저 귀의한 선배 제자들 사이에 불만이 더 컸다. 특히 불의 신 아그니를 섬기다가 귀의한 우루벨라 캇사파와 아라한의 경지에 이른 야사도 겉으로는 태연했지만 마음속으로는 붓다에 대한 섭섭한 마음을 감출 수가 없었다.

죽림정사의 교단 지도자 코스타니야와 아사지, 밧데야, 마하나마 등 카필라 성 시절부터 붓다를 수행해온 제자들도 사리불과 목건련의 등장으로 자신의 위치에 권위가 서지 않았다. 그러자 코스타니야가 붓다에게 그 사실을 보고했다.

"산자야의 제자 둘이 귀의한 후에 선배 수행자들의 불만이 많습니다. 어떻게 하면 좋겠습니까?"

붓다는 이미 그들의 마음을 읽고 있었다. 어느 날 저녁 붓다는 코스타니야에게 제자들을 빠짐없이 설법에 참석하도록 지시한 다음 중대한 발표가 있다고 말했다. 이어 붓다는 설법을 시작했다.

"나는 이미 여러분에게 우리 인간은 모두가 전생을 윤회하면서 영원히 죽지 않는 생명을 살고 있다고 말했다. 인간의 영혼은 이 세상에서 육체를 빌려 살지만 죽은 후에는 육체를 버리고 저 세상으로 간다는 사실을 너희들은 잘 알고 있다.

우리가 말하는 저 세상이란 지금의 삶을 버리고 다시 태어나는 삶을 말한다. 그 수많은 생의 윤회를 두고 이승에서 나이를 따지고 선후배를 따지는 것이 얼마나 무의미한 일이겠느냐.

너희들 중에는 아주 작고 여린 믿음으로 일찍 내게 귀의한 자도 있지만 또 전생에서 이미 넓고 깊은 믿음을 가진 사문들도 있다. 또 어떤 사문들은 전생에서 이미 나와 깊은 인연으로 만나 깊은 믿음으로 이승에서 나와 만나기로 약속이 되어 있었으나 너희들보다 한 발 늦게 나를 찾아온 사문들도 있다.

따라서 영혼의 크기는 이승에서 나이나 서열에 따라 따

질 수 없는 법이다. 너희들이 사리불과 목건련을 두고 불만을 품고 있다는 것을 알고 있다. 하나 두 사람은 너희들보다 먼저 전생에서 나의 제자로 이미 보살의 깨달음을 이룬 분들이다. 그래서 나는 두 사람이 너희들의 지도자가 될 것이라고 말한 것이다.

너희들 중에는 이미 마음의 눈으로 두 사람을 알아본 사람도 있을 것이다. 너희들 역시 전생의 체험을 기억해 내는 지혜를 터득할 수 있다는 사실을 잊지 말기 바란다. 그 위대한 지혜의 문은 내가 열어 주는 것이 아니라 너희 스스로가 열어야 하는 문이다. 너희가 법을 성심껏 실천하면 그 문은 열리게 되어 있다.

네 마음의 주인은 내가 아니라 너희들 자신이다. 위대한 지혜라는 마하반야바라밀다의 경지에 이르기 위해서는 모든 세상의 집착을 버리고 조화로운 마음의 평안을 찾는 경지, 곧 피안(彼岸)에 이르는 것을 목표로 삼아야 한다.

사문들이여, 나는 과거에 여섯 부처의 전생을 통해서 중생들의 마음에 법등을 밝혔다. 너희들 역시 나와 전생의 인연에 따라 이 세상에서도 나의 제자가 된 것이다. 여기 사리불과 목건련은 내가 여섯 부처의 전생을 모두 체험하는 동안 빠짐없이 내 곁에 있었던 제자들이다.

두 사람은 전생에서 나와 헤어진 후 이승에 와서 이곳저곳에서 스승을 찾다가 이제 겨우 나와 인연이 닿아 만나게 된 것이다. 여기 사리불과 목건련의 몸에서 나오는 광채를 볼 수 있는 사람은 다시 보아라. 그 빛이 얼마나 크고 충만하냐. 너희들이 더욱 정진을 계속하면 내가 보는 그 후광을 확인할 수 있을 것이다.

그러자 아사지가 일어나서 물었다.

"저는 사리불을 처음 만났을 때 머리 둘레에서 황금빛을 보았습니다. 지금 사리불의 후광은 처음보다 더 커져서 몸 전체를 감싸고 있습니다. 그 후광의 크기가 달라진 것은 무슨 까닭입니까?"

붓다의 얼굴에는 미소가 나타났다.

"장마철에 마가다국의 하늘이 구름에 가리면 해가 비치더냐? 또 갠 날에도 구름은 햇빛을 가리기도 한다. 그 구름이란 바로 너희들이 각자 갖고 있는 이 세상의 번뇌를 말한다. 번뇌란 집착과 욕망에서 나온다고 내가 이미 말했다.

너희들은 지금 이 세상에 대해 많은 욕망과 집착의 구름에 갇혀서 햇빛이 차단되어 있다. 그 구름은 사람에 따라 가린 정도가 다르지 않겠느냐. 너희들이 붓다의 법에 의지하여 생각하고 행동을 바르게 하여 모든 집착에서 벗어나면 마음의 구름은 벗겨지고 반성과 선정의 정도에 따라 빛의 크기는 차이가 나는 법이다.

나는 이제 말한다. 사리불과 목건련은 이미 오랜 전생에서부터 붓다의 법에 귀의하여 수행에 정진해왔기 때문에 마음의 구름이 벗겨져 후광이 커 보인 것이다. 두 사람은 곧 아라한이 될 것이며 좀더 수행을 하면 보살의 경지에 이를 것이다."

붓다의 설법에 많은 수행자들은 숙연해졌다. 붓다의 후광은 어두운 죽림정사의 광장에 여러 줄기의 광채를 내고 있었다. 제자들 중에는 붓다의 광채를 처음 목격하는 사람들도 있었다. 그들은 모두 감탄과 존경의 마음에 빠져 있었다.

전생의 역사

'화엄경 십지품에는 전생에 살던
옛 집의 주소 기록이 나온다.'

붓다의 설법이 끝난 후 목건련은 붓다의 법에 따라 자기
가 이 세상에 태어난 후부터 지금까지 살아온 과거를 낱낱
이 생각해내고 반성하는 명상 수행을 계속했다.

그런 지 7일 만에 목건련에게는 놀라운 일이 일어난다.
불전 기록에 의하면 목건련은 눈앞에 찬란한 광채와 함께
지금까지 세상에서는 본 적이 없었던 아름다운 풍광이 나
타나면서 황홀감에 빠지게 된다.

그 후부터 목건련의 삶에는 큰 변화가 온다. 붓다를 감쌌
던 광채가 자신의 몸을 둘러싸면서 마음에 깊은 평안이 왔
으며 삼매의 경지에 이르게 된 것이다. 그의 눈에는 빛의
천사도 목격되기도 한다. 목건련은 계속 눈물을 흘렸다.

그뿐만이 아니다. 마음의 눈이 열린 목건련은 죽은 어머
니가 지금 어떻게 살고 있는지 보았다. 그의 어머니는 불
의 지옥에서 고통을 받고 있었다. 목건련은 목말라하는 어

머니에게 물을 건네주었지만 물이 어머니 입까지 가면 불로 변해 버리곤 했다. 목건련은 그 안타까움을 붓다에게 하소연했다.

"너도 이제 마음의 눈을 떴구나. 네 어머니는 살아계셨을 때 바라문 가문 출신으로 많은 사람들의 보시를 받았지만 감사하는 마음이 없었고, 남에게 은혜를 베풀지 않았으며, 자존심과 허영심이 많아 남에게 많은 상처를 주었으므로 불의 지옥에 있는 것이다."

붓다의 말에 목건련은 큰 충격에 빠졌다.

"절 낳아 주시고 길러 주신 어머니십니다. 어머니를 구원하는 방법이 없습니까?"

"네 어머니의 생명과 네 생명은 다르다. 너는 어머니로부터 육체를 얻었지만 영혼을 얻은 것은 아니다. 우리들의 육체는 이승의 바다를 건너하는 배에 불과하지만 영혼은 영원히 죽지 않고 변함이 없다.

영혼은 네가 이승에서 사는 동안의 모든 체험을 하나도 빠지지 않고 기록해 두었다가 너는 그 기록을 갖고 그 기록과 연관이 되어 있는 다른 세상에서 태어난다. 그 말은 곧 네가 이승에서 살았던 체험이 저승의 삶의 조건이 된다는 것이다. 무슨 뜻인지 알겠느냐?"

이 대목은 붓다가 윤회로 다시 태어나는 우리의 생명이 어떤 조건하에서 살게 되는가의 기준을 설명해 주는 셈이 된다. 내가 이승에서 살던 삶의 체험과 가장 깊은 연관을 갖는 삶의 조건하에서 다시 태어난다는 것은 우리가 이승에서 어떻게 살아야 하는가를 말해 주고 있다.

목건련의 어머니는 바라문 출신으로 살면서 지은 죄업의 기록에 따라 죽은 후에 그에 알맞은 카르마를 받은 것이다. 그것이 불의 지옥이 되었다. 여기서 불의 지옥이란 목건련의 어머니가 다시 태어나 사는 환경이 불의 지옥과 다름없는 살벌한 곳이라는 뜻이다.

"그럼 저는 어머님을 위해 어떻게 공양을 해야 합니까?"

목건련은 어머니의 영혼을 구원하고 싶은 지극한 효심에서 붓다에게 물었다. 그러나 붓다는 목건련에게 어머니가 지은 죄의 대가가 보상될 때까지 그곳에서 살아야 하며, 그 대가를 치른 후에 마음의 구름이 벗겨지면 빛의 세상으로 다시 태어날 것이라고 예언하면서 말한다.

"육체를 준 어머니에 대한 은덕은 어머니가 생전에 하지 않았던 보시행(布施行)을 일 년에 사흘쯤 해드리고 어머니에게는 당신이 왜 불의 지옥에 떨어졌는지 알려드리는 것이 중요하다.

모든 인연의 결과는 자신이 만들어내는 것. 세상에 태어나서 지은 죄는 살아 있는 후손이 정법을 실천하고 말해 주면 지옥에 있는 그들은 그 뜻을 빨리 깨닫는다. 너의 불법 수행이 그들에게는 은덕이 된다는 뜻이다."

붓다의 설법은 목건련뿐만 아니라 모든 제자들도 함께 들었다. 자기 삶의 완성이 곧 조상들과 부모님을 구원하게 된다는 뜻이다.

이것이 오늘날의 우란분재(盂蘭盆齋)이다. 우란분재는 불교에서 매년 7월 13일부터 15일까지의 사흘 동안 돌아가신 부모님과 가족들에게 공양하는 풍습으로 이어지고 있다. 이것은 바로 목건련의 어머니에 대한 공양에서 비롯된 관습이다.

하지만 지금의 우란분재는 법당에 음식 공양을 차리고 불경을 읽는 관습으로 굳어져 초기에 붓다가 설법한 자기 수양과는 거리가 먼 관습으로 변질되고 말았다.

아무리 법당에 제사 음식을 차려도 지옥령은 먹을 수가 없다. 경문을 독송해도 그들은 이해하지 못한다. 우란분재의 사흘 공양은 바쁜 현대인들이 조상을 위해 희생할 시간적 여유가 없기 때문에 일 년에 사흘간 가난하고 불행한 사람을 위해서 봉사로 보시하는 데 의미가 있다.

사리불은 목건련보다 7일 후에 마음의 눈을 뜨게 되었다. 사리불은 붓다의 예언대로 지금까지 체험한 지식이 지혜가 되어 나타나자 마음의 구름이 모두 벗겨지면서 삶의 기쁨을 온몸으로 느낄 수 있게 되었다.

사리불은 눈물을 흘리며 감동을 억제할 길이 없었다. 붓다는 사리불의 마음속을 꿰뚫어보고 그가 이미 아라한의

경지에 이른 것을 알았다.

"사리불, 너는 바라문들이 갖고 있는 논쟁에 익숙한 지식을 익혀왔다. 이제 그 지식에서 벗어나 모든 것을 마음의 눈으로 관찰하고 판단할 수 있게 되었다."

붓다는 사리불의 머리 위에 손바닥을 올려놓고 빛을 넣자 그의 몸은 따뜻한 열기로 감싸였다. 그러자 그는 자신이 살았던 모든 전생의 기억들이 되살아나기 시작했다.

그럼 이 대목에서 붓다가 언급한 전생의 기억에 관한 부분의 실체는 무엇인지 살펴보자. 화엄경 십지품에는 전생의 기억에 관한 다음과 같은 기록이 나온다.

"그는 전생에 살던 온갖 옛집의 주소를 기억한다. 그는 전생을 기억한다. 2, 3, 10, 50, 100번의 전생을 기억하고, 수백생, 수천생, 수백천생, 수백억 무수생(無數生)을 기억하고, 파괴의 카르마, 생성의 카르마, 파괴와 생성의 카르마, 백 카르마, 천 카르마, 억 카르마, 수백억 무수의 카르마를 기억한다."

여기서 말하는 수백생 수천생이란 우리들의 영혼이 수많은 전생을 거쳐 윤회하면서 살았다는 뜻이다. 인간인 나는 육체와 영혼의 결합체이다. 육체는 제3차원에 속하는 이 세상의 물질 원료로 만들어졌고, 영혼은 제4차원의 영적인 존재이다.

따라서 인간은 죽으면 육체를 세상에 버리고 영혼은 저

세상으로 환원된다. 왜냐하면 제3차원에 속하는 물질은 이 세상에서만 존재할 수 있는 유기질이기 때문에 이곳에 남겨지는 것이다.

그때 우리 영혼은 이 세상에 살던 모든 기억들을 낱낱이 기록한 채 가져간다. 그 기록은 지금 우리의 마음속 상념대라는 공간에 마치 비디오테이프처럼 저장되어 있다고 말한다.

마음의 지도에는 상념대라는 공간이 있고, 상념대는 우리의 표면의식과 잠재의식을 둘로 나누어서 가로막고 있는데, 그 상념대에는 우리가 살아온 모든 전생의 기록들이 마치 컴퓨터의 칩처럼 하나도 빠짐없이 기록되어 있다는 것이다.

어느 정도로 자세히 기록되어 있을까. 사람은 하루 중에 3천여 가지의 상념에 빠진다고 한다. 생각의 가지가 하루에 3천 번이나 바뀐다는 뜻이다. 하지만 평균적인 상념의 수준을 넘어서 4천여 가지의 상념에 빠지는 사람은 노이로제 증상이 일어난다고 한다.

우리가 조용히 명상을 한다고 하면서 얼마나 많은 잡념에 빠지는지를 생각해 보면 곧 경험할 수 있는 일이다. 명상은 집중력을 필요로 한다. 스님들의 화두는 상념의 변화를 없애고 생각을 하나로 집중하는 것이다. 우리가 일생 동안 하는 상념, 한마디의 사소한 말이나 행위 혹은 얼핏

뇌리에 스쳐지나가는 것들조차 모두 상념대에 빠짐없이 기록된다는 것이다.

그래서 우리는 하루 중의 생각의 가지를 3백 가지로 줄이고, 또 30가지로 줄이고, 더욱 줄여서 3가지로 줄여야한다. 그렇게 상념을 제로 상태로 만들면 그때 무아의 경지에 이르게 된다.

지금 우리 마음속의 잠재의식을 가로막고 있는 상념대 안에는 지금까지 내 영혼이 살아온 전생의 모든 기록이 담겨 있으며, 지금도 내 생각과 말과 행위는 계속 기록되고 있는 중이다.

그 기록들은 윤회하는 인간의 다음 생을 선택하는 중요한 기본 정보 자료가 된다. 우리들이 이 세상을 우연히 살게 된 것이 아니라 저승에서 계획되었다는 것은 바로 그런 가정하에서만 가능하다.

지금 우리가 죽으면 지금의 삶은 곧 전생이 된다. 전생이란 단순히 불교의 윤회론에서 유래된 관념적인 말이 아니다. 이 세상의 모든 물질들이 갖는 에너지의 순환 법칙이 바로 윤회이다.

모든 물질의 에너지는 계속 순환하고 있다. 물은 강물이 되고 수증기가 되고 구름이 되고 얼음이 되면서 자꾸 변한다. 물은 액체, 기체, 고체로 변신을 하기도 하고, 분해되어 수소와 산소로 떨어져 있기도 한다.

물의 에너지가 이렇게 순환을 반복하고 있는 이치와 같이 우리의 생명도 순환 반복이 계속되고 있다. 지금 우리들의 삶은 전생이 있기에 가능한 것이다.

화엄경 십지품에 기록된 대로 수많은 전생의 윤회를 거듭해서 살고 있다면 우리는 왜 전생을 기억하지 못하는 것일까. 우리가 이승에 살면서 전생을 기억하지 못하는 것은 당연하다. 우리는 그 많은 전생의 의식을 지닌 채 이승에서 살 수가 없다.

이 같은 전생 이론은 우리가 직접 체험한 것이 아니기 때문에 믿을 수 없다고 말해서는 안 된다. 세상은 내가 체험한 것만 믿을 수 있는 것은 아니다. 더구나 깨달음을 이룩한 자들의 말을 우리는 믿을 수 없다고 말할 수가 없다. 특별히 붓다의 말을 믿을 수 없다고는 말할 수가 없다.

이제 왜 전생을 기억할 수가 없는지 깨달은 사람들이 한 말들에 귀를 기울일 필요가 있다. 그들은 말한다. 우리의 영혼은 이 세상에 태어나는 순간 전생에서 겪은 모든 의식들이 잠재의식 속에 갇혀 버린다. 새로운 이승의 삶을 시작하기 위해서 우리 의식은 제로 상태가 되어야 하기 때문이다.

화엄경에는 영도현상(靈道現像)과 전생의 기억에 대한 설명이 있다. 따라서 수행을 통해 마음의 문이 열린 사람들, 즉 영적 깨달음의 경지에 이른 사람들은 자기 자신의 전생은 물론 다른 사람의 전생 기록을 꿰뚫어볼 수 있는 영적 능력을 갖게 되며, 그 모든 논리는 그들로부터 발설된 것들이다.

불교의 반야심경에는 관자재보살행심반야바라밀다(觀自在菩薩行深般若波羅密多)라는 구절이 있다. 이 말은 관자재보살, 즉 아포로키티슈바라라는 말로 그 뜻은 '잠재의식 속에 갇혀 있는 전생의 지혜를 열어 본다'는 뜻이다.

사람이 전생 윤회를 하는 이유는 많은 삶의 체험을 통해서 자신의 영적 진화를 도모하고 있기 때문이다. 사람의 영혼은 모두 똑같은 것이 아니라 수준에 따라 모두 다르다. 붓다의 영혼과 한 아프리카 미개인의 영혼은 질이 같을 수가 없다. 그 차이는 10억 도(度)가 있다고 깨달음을 얻은 자들은 말하고 있다.

사람은 한 생에서는 군인의 삶을 살기도 하고, 농부로 살기도 하며, 혹은 과학자의 삶을 살기도 한다. 우리들 전생의 편력을 보면 남자로 살기도 했고, 여자로 살기도 했으며, 많은 나라와 대륙을 편력하면서 살았던 체험담이 나온다.

관자재보살에 이른 선지자들의 말을 들어보면 어떤 사람의 전생은 기원전 약 1만2천 년쯤의 아틀란티스 대륙에서 야수들을 피해 다니며 살던 남자, 기원전 히말라야 산에서 행자로 살았던 사람, 또는 기원 1세기경에 이집트에서 예수의 가르침을 받은 여자 전도사였다는 체험도 나온다.

아틀란티스 대륙이란 지구의 화산운동에 의해서 침몰된 대륙으로, 지금의 세계지도가 이루어지기 전에 존재했던 땅을 말한다. 당대에 살았던 사람들이 윤회하여 지금도 살고 있다는 뜻이다.

이처럼 전생 윤회는 여러 경험의 연속이다. 인간은 이렇게 영혼의 성장을 거듭하면서 신의 마음에 접근해 가지만 그 과정에서 길을 잘못 들어 신의 뜻에 거스르는 삶을 살면서 영혼의 성장이 퇴락하는 경우도 있다.

불교에서 업이라고 말하는 '카르마'란 오온(五蘊)을 말한다. 오온은 색(色), 수(受), 상(想), 행(行), 식(識)이고, 색(色)은 현재 눈에 보이는 세계, 수(受)는 그 세계를 인식해서 오관으로 받아들이는 것, 상(想)은 오관에 바탕을 둔 여러 생각들, 행(行)은 오관에 바탕을 둔 행위, 식(識)은 모든 관념적인 인식을 뜻한다.

화엄경 십지품에는 전생의 기억을 카르마로 설명하고 있다. 붓다에 귀의하여 보름 만에 마음의 문을 열게 된 사리불은 전생의 기억을 통해서 그동안 헤어져 살았던 부모님과 감격적인 해후를 하게 된다. 붓다의 예언대로 사리불과 목건련도 마하반야바라밀다(摩訶般若婆羅蜜多), 즉 위대한 지혜를 깨달았던 것이다.

목각 인형의 전설

'이 목각 인형과 똑같은 여자를 만나면
아내로 맞이하겠습니다.'

붓다가 죽림정사에서 머물고 있을 무렵, 마침내 대제자 마하갓사파가 붓다에 귀의하게 된다. 마하갓사파는 우리에게는 가섭(迦葉)이라는 이름으로 친숙한 붓다의 10대 제자 중 하나로, 붓다가 세상을 떠난 후에 오늘의 불전을 체계적으로 정리하여 불교의 전통을 확립한 중요한 인물이다.

그는 죽림정사의 동북쪽에 있는 델타라는 곳의 대부호 마하칸피라의 아들로 태어났다. 그의 본명은 피팔리야나였다. 그는 어려서부터 바라문교의 경전을 배우면서 큰 의문을 품게 된다. 바라문교의 신에 대한 의문이다. 그러나 아무도 그에게 만족할 만한 대답을 해주는 사람이 없었다. 어느 날 야나는 아버지에게 물었다.

"착한 사람도 바라문의 신을 믿지 않으면 벌을 받는다는 게 이치에 맞습니까?"

야나의 말에 아버지 칸피라는 큰 충격을 받았다. 야나의 불경스러운 태도에 놀란 부모는 그가 20살이 되자 서둘러 결혼을 시키려고 했다. 아들이 가정을 갖게 되면 기성 체제에 안주하게 될 것이라고 생각했던 것이다.

그러나 야나는 가출해 버린다. 그는 바라나시의 수행장을 찾아갔다가 거기서 관자재보살(觀自在菩薩)이 출현한다는 소문을 듣게 된다. 그는 만일 붓다를 만나면 제자가 되리라고 마음속으로 다짐한다.

그는 귀가 도중에 조각가인 친구 추다니아의 아버지를 찾아가서 여인 조각상 하나를 만들어 달라고 주문했다. 그러자 추다니아의 아버지가 이유를 물었다.

"전 결혼할 생각은 추호도 없는데 부모님께서는 제 결혼을 서두르고 계십니다. 그래서 기왕 결혼을 할 바에는 제가 원하는 이상적인 여자를 구해야 하지 않겠습니까?"

"알았다. 그럼 네 이상적인 여인상을 말해 보아라. 내가 네 마음을 조각해 보겠다."

야나는 자신이 원하는 상상 속의 여인상을 추다니아의 아버지에게 자세히 설명해 주었다. 그런 여자는 현실에서는 찾을 수 없는, 상상의 세계에서만 가능한 아름다운 여인이었다. 야나는 조각상을 부탁하고 집으로 가는 길에 자신에게 다짐한다.

'아무리 그래도 나는 결혼해서 아버지처럼 바라문의 학

문과 전통을 지키며 살 수 밖에 없겠지. 하지만 그런 여자가 나타나지 않으면 결혼하지 않아도 된다.'

열흘 후에 마침내 여인의 조각상이 완성되었다는 소식이 왔다. 야나는 급히 추다니아의 집으로 달려갔다. 조각상은 50센티미터 높이의 크기였는데 캇시산 비단옷과 아름다운 액세서리를 걸친 우아한 여인이었다. 놀랍게도 조각가는 자신이 상상하던 구원의 여인상을 그대로 재현해 냈던 것이다.

"마음에 드느냐?"

"제가 상상하던 모습 그대로입니다. 감사합니다."

"그래? 네가 만족한다니 잘됐다. 아마 세상에 이런 미인은 찾기 힘들 것이다."

여인 조각상은 보면 볼수록 아름다웠다. 그것은 목각이 아니라 살아서 숨쉬는 아름다운 여인처럼 느껴지는 것이었다. 야나는 마침내 완성된 목각 여인상을 부모님 앞에 내놓았다.

"저를 결혼시키시려면 이 조각과 똑같은 여자를 찾아주십시오. 그러면 결혼하겠습니다. 만약 이 조각상과 똑같은 여인이 나타나지 않으면 결혼하라는 말을 해서는 안 됩니다. 그것이 제 결혼의 조건입니다."

야나의 부모는 그 말을 듣고 어이가 없었다. 이렇게 아름다운 여자를 어디서 찾으란 말인가. 그러나 야나의 어머니는 '그래, 내가 이 목각처럼 기품 있고 훌륭한 규수를 찾아보리라'고 마음먹었다.

그날부터 부모님은 주위 사람들에게 목각 여인상을 보여주면서 이런 여자를 찾아주는 사람에게는 큰돈을 주겠다는 조건도 내걸었다.

그러던 어느 날 바라문의 손다리라는 수행자가 야냐의 집에 찾아왔다. 그는 목각상과 아주 똑같은 여자를 찾았다는 기쁜 소식을 전해왔다. 야냐의 어머니는 그 길로 손다리를 따라 그 여자가 살고 있다는 자가라는 마을로 찾아갔다.

자가의 대부호 마샤가(家)에는 파도라라는 딸이 있었다. 야냐의 어머니는 파도라를 보고 소스라치게 놀랐다. 파도라가 목각 인형과 너무 똑같았던 것이다. 야냐의 어머니는 마샤가에 목각 인형을 보여주면서 자기가 이곳에 온 이유를 자세히 설명했다.

마샤 부부는 야냐의 어머니가 내놓은 목각 인형을 보는 순간 크게 놀랐다. 목각 인형이 놀랍게도 파도라와 똑같았던 것이다. 마샤 부부는 곧 파도라를 불러 야냐의 어머니가 찾아온 이유를 설명해 주고 목각 인형을 보여주었다. 파도라 역시 목각 인형을 보고 놀랐다.

평생 독신을 고집하고 있던 파도라는 목각 인형을 보자 마음이 흔들리면서 야냐라는 청년을 만나 보고 싶은 마음이 들었다. 야냐 역시 목각 인형과 닮은 여자가 나타났다는 말을 듣고 놀랐다. 부모님에게 결혼을 단념시키기 위해서 한 말인데 현실이 되었기 때문이었다.

그때 야나의 나이는 23살이었고, 파도라는 16살이었다. 두 사람의 결혼식은 양가 집안의 축복 속에 성대하게 치러졌다. 첫날밤에 야나는 파도라에게 자신의 장래에 대한 고백을 하게 된다.

"나는 출가를 하려다가 당신이 나타나 어쩔 수 없이 결혼을 하게 된 것이오. 그러니 당신이 나를 이해해 준다면 언젠가는 부모님의 허락을 받아 출가를 하고 싶소."

그러자 고개를 숙이고 그 말을 듣고 있던 파도라가 눈물을 흘리면서 야나의 손을 꼭 잡고 말하는 것이었다.

"저 역시 출가를 꿈꾸어왔던 사람이어서 야나님의 청혼에 몹시 망설였습니다. 그러나 나를 닮은 목각 인형을 보는 순간 알 수 없는 운명적인 힘에 이끌려 청혼을 거절할 수가 없었습니다. 그리고 뭔지 모르지만 저 역시 결혼을 해도 출가를 이룰 수 있을 것이라는 예감이 들었습니다. 이제 야나님께서 말씀을 해주시니 너무 기쁩니다."

두 사람은 똑같이 출가를 원하는 인연의 만남이 된 것이다. 이로써 이 세상에는 처음으로 육체적인 관계가 없는 다정한 부부가 탄생한 것이다. 그 후 야나는 아버지가 죽자 집안 소유의 광대한 땅을 소작인들에게 나누어 주었고, 어머니가 세상을 떠난 후에는 장례식을 마치고 49일이 되는 날 두 사람은 머리를 깎았다.

그때 파도라의 나이는 26세. 젊음이 넘치는 시기였다. 두 사람은 10년을 한 방에서 부부생활을 하면서도 단 한 번도 살을 대 본 적이 없는 엄격한 금욕생활을 실천했던 것이다. 야나와 그의 아내 파도라는 집을 떠나서 갈림길에 이르렀을 때 마주 서서 이별의 정을 나누었다. 먼저 야나가 입을 열었다.

"무척 아쉽고 걱정스럽지만 이젠 서로 헤어질 때가 된 것 같소. 부디 훌륭한 수행자가 되기를 바라오. 나는 이 길로 바라나시를 통해 바이샬리로 갑니다."

"당신도 부디 몸 건강하시고 바른 수행을 하시기 바랍니다. 깨달음을 얻은 후에는 다시 만나 저를 인도해 주십시오. 이별은 가슴 아프지만 아픔을 이기고 정진하겠습니다."

두 사람은 손을 잡고 재회를 약속했다. 파도라의 눈에는 물기가 어렸다. 야나는 파도라의 뒷모습을 오랫동안 지켜보았다. 파도라는 몇 번이나 뒤돌아 손을 흔들며 떠났다.

야나는 파도라가 눈에서 사라지자 눈물을 흘리며 큰 소리로 엉엉 울기 시작했다. 지난 10년 동안 함께 살아온 사랑의 감정이 무섭게 몰려오면서 그녀를 다시 뒤쫓고 싶은 충동이 강렬하게 용솟음쳤다. 그러나 야나는 속으로 외쳤다.

'파도라, 용서해 주시오. 이 인연을 소중하게 마음속에

간직하겠소. 부디 잘 가시오.'

　그는 파도라가 간 반대 방향인 남쪽을 향해 걸음을 재촉
했다. 출가 닷새가 되어서야 야나는 겨우 마음의 안정을
되찾았다.

　바로 그 무렵에 붓다는 죽림정사의 동북쪽 난란다에 가
있었다. 그곳이 붓다와 가섭이 만난 곳이다. 훗날 그곳에
는 다자탑(多子塔)이 세워지게 된다. 붓다는 그곳에서 선
정에 들어가 눈을 감고 곧 자기 앞에 나타날 한 수행자를
기다리고 있었다. 마침내 한 젊은이가 붓다의 앞에 나타나
합장을 했다.

　"저는 피팔리야나입니다. 저를 인도해 주십시오."

　"나는 고타마싯다르타라는 수행자이다. 나는 네가 나를
찾아올 것을 미리 알고 여기서 기다리고 있었다. 네 아내
파도라는 어디로 갔는가?"

　야나는 붓다가 아내 파도라를 알고 있자 속으로 놀랐다.

　"파다리 가마로 갔습니다."

　"너는 정말 계를 잘 지켰다. 너는 모든 재산과 땅에 대한
일체의 집착을 버렸으며 아내조차도 떨쳐버렸다. 지금의
네 마음이 너를 위대한 수행자로 만들어 줄 것이다."

　"참으로 고맙습니다."

　야나는 치밀어 오르는 감격을 주체할 수가 없어서 계속
눈물을 흘렸다. 마음이 가라앉자 야나는 갑자기 자신이 전

생에 붓다의 제자였다는 것을 깨닫게 된다. 붓다의 제자가 되려면 최소한 일주일 동안의 수행이 필요했지만 피팔리야나의 경우는 달랐다.

야나는 이미 붓다를 만나는 순간 아라한의 경지에 이르러 전생의 스승을 깨닫게 된 것이다. 붓다 역시 야나와의 재회에 눈물을 흘리며 기뻐했다. 야나는 7일 동안 붓다와 함께 수행을 동반했다. 죽림정사로 돌아온 붓다는 제자들에게 피팔리야나를 소개했다.

"내가 이미 예언했던 것처럼 피팔리야나가 왔다. 야나는 이미 전생에서 나의 제자였으며 법을 깨달아 아라한의 경지에 이르렀다. 이제 너희들의 지도자가 될 것이다."

붓다의 제자들은 모두 피팔리야나를 따뜻하게 환영했다. 피팔리야나 대가섭이 귀의한 것은 붓다가 40살이 되던 해였다. 그러니까 마하가섭이 붓다에 귀의한 그 무렵에는 이미 다섯 크샤트리아 제자와 야사와 캇사파, 그리고 사리불과 목견련 등 9명의 수제자들과 함께 1천2백50여 명의 대불교 교단이 조직되어 있는 상황이었다.

이 부분에서 중요한 대목은 붓다가 마하가섭을 제자로 맞아들이는 과정이다. 붓다는 이미 마음의 눈을 통해서 마하가섭의 귀의를 미리 알고 다자탑까지 스스로 나가 맞이했다. 불전 자료에 의하면 붓다는 마하가섭이 굳은 결심으로 아내 파도라와 갈림길에서 헤어지는 순간 지진(地震)

을 느낀 것으로 기록되어 있다.

다자탑은 마가다국의 한 장자의 아들과 딸을 비롯한 30
여 명이 한꺼번에 깨달음을 얻게 된 것을 기념하기 위해
세운 탑으로, 교단에서는 붓다의 출생지, 붓다가 깨달음을
얻은 곳, 붓다가 열반한 곳과 함께 4대 전설의 탑으로 지
정한 곳이다. 훗날 붓다는 마하가섭을 만났던 이 다자탑에
서 석 달 후에 입멸한다는 예언을 한 곳으로 유명하다.

특히 마하가섭은 붓다를 만나는 순간 그에게서 32상
(相)을 발견하고 붓다라는 것을 알게 된다. 붓다는 마하가
섭과 단둘이서만 7일 동안을 함께 지낸 후에 자신이 입고
있는 승복인 분소의(糞掃衣)를 벗어서 가섭의 옷과 바꾸
어 입는다.

분소의란 헌 옷으로 지은 가사를 말하며 분뇨를 닦는 넝
마 같은 옷, 혹은 회색물을 들인 거무튀튀한 색의 옷을 뜻
한다. 오늘날에도 스님들이 이 같은 가사를 입는 이유는
검소한 생활, 혹은 인욕을 닦는 행위를 의미하며, 과거의
껍질을 벗고 새로운 세상으로 접어들었다는 것을 뜻한다.

따라서 마하가섭이 당시 붓다의 분소의를 물려받았다는
것은 곧 불법을 전수받은 것으로, 붓다의 가르침을 잇는
상징적인 의미로 해석하고 있다. 이때 마하가섭이 전해받
은 분소의는 장차 이승에 나타날 미륵불과 관련지어 설화
적인 해석을 하기도 한다.

죽기 전 가섭은 불전을 정리한 후에 불교 교단을 아난타에게 맡기고 계족산으로 들어간다. 그때 계족산은 둘로 갈라지고 가섭은 그 속으로 들어간다. 지금도 마하가섭은 그 산 속에서 미륵불이 오기를 기다리고 있다는 것이다.

훗날 미륵불이 도를 깨친 후에 계족산에 오면 그때 산이 열리고 가섭이 분소의를 미륵불에게 바치게 된다는 얘기다. 불교의 설화에 의하면 미륵불은 56억7천만 년 후에 와서 불법과 교화를 전승하게 된다. 따라서 삼생을 두고 나타나는 많은 붓다는 결국 한 분이라는 뜻이 된다.

여기서 우리는 마하가섭이 붓다를 만난 즉시 아라한의 경지에 올랐으며 그의 제자가 된 점을 주목해야 한다. 이것은 두 사람의 전생의 인연을 깨닫게 하는 대목이다.

마하가섭과 사리불과 목건련은 붓다가 입멸한 후에 불교 경전을 확립하여 불교의 교리를 증상(增上)시키는 3대 제자로서 붓다의 대리인 역할을 수행하게 된다. 여기서 증상이란 불교에서 쓰는 전문 용어로 불법을 배운 불자가 힘을 길러서 힘차게 나간다는 뜻이다.

기원정사를 세우다

내 땅에 절을 짓겠다면
땅에 금을 깔아라.'

카필라 성을 다스리는 코살라국에는 수닷타라는 큰 부자가 살고 있었다. 그는 전쟁고아들과 불우아동들의 구제 활동을 계속해왔기 때문에 많은 사람들의 존경을 받고 있을 뿐만 아니라 왕의 신임도 컸다.

어느 날 그는 마가다국에 사는 의형 가란타의 집에 들렀다가 귀한 손님을 맞게 된다는 말을 들었다.

"형님, 누가 오기에 온 집안이 이렇게 난리입니까?"

가란타가 말했다.

"붓다가 제자들과 함께 우리 집에 오신다. 수행 제자가 1천여 명이 넘으니 보통 잔치가 아니지 않느냐."

"그러니까 형님께서 말하는 붓다란 슈바라를 말씀하시는 겁니까?"

"그렇단다."

"나도 소문을 듣고 한번 만나고 싶었는데 잘됐습니다."

수닷타는 형의 말에 가슴이 뛰었다. 수닷타는 다음 날이면 붓다를 만날 수 있었지만 날이 새기를 기다릴 수가 없어서 붓다가 머물러 있는 죽림정사를 찾아갔다. 놀랍게도 붓다는 수닷타가 온다는 것을 미리 알고 있었다.

"저도 절을 기증하여 보시를 하고 싶습니다."

그의 말에 붓다는 말했다.

"수닷타여, 절을 짓는 사람을 대흑천(大黑天)이라고 하며 그 공덕은 아주 크다. 그 사람의 자손은 크게 번창하며 생이 바뀔 때는 천국의 문이 열릴 것이다."

수닷타는 붓다의 말을 가슴속에 새겼다. 그는 붓다와 절을 짓기로 약속하고 절터를 찾았다. 마침 수도 쉬라바스티의 교외에 풍광이 좋은 땅이 나타났지만 그 땅은 공교롭게도 국왕의 의형인 제타 왕자의 소유지였다. 수닷타는 곧 제타 왕자에게 땅을 팔라고 부탁했다. 그러자 제타 왕자는 시큰둥하게 말했다.

"수닷타야! 그 따위 사캬족의 고타마싯다르타를 위해 내 땅을 팔란 말이냐?"

"땅값은 달라는 대로 드리겠습니다."

"오호, 그래? 그렇다면 값은 내가 정해 주지. 네가 필요한 만큼의 땅에 황금을 쫘악 깔아라. 그 정도를 낼 마음이 있다면 한번 고려해 보지."

제타 왕자는 정치적 책략가였으므로 술책을 쓰고 있었

229

다. 땅에 황금을 깔라는 얘기는 사실상 안 팔겠다는 말이나 다름없었다. 수닷타는 짓는 데 그만큼 좋은 땅이 없었으므로 할 수 없이 말했다.

"왕자님의 말씀대로 황금을 깔겠습니다."

제타 왕자는 자존심이 상했는지 수닷타를 뚫어져라 노려보면서 심술궂게 덧붙여 말했다.

"그래? 금을 깔겠다? 그럼 어디 한번 그렇게 해보아라. 그 대신 네 말에 책임을 지지 못하면 그때는 네 목을 내놓아야 한다는 점을 명심해라. 알아들었느냐, 수닷타?"

수닷타는 그 다음 날부터 전 재산을 팔아 황금을 사들이고 수레를 동원하여 금을 가득 실어 날랐다. 황금이 제타 왕자의 땅에 깔리기 시작한 것이다. 그 광경을 지켜본 사람들은 모두 숨을 죽였다. 매일 황금이 땅에 산더미처럼 쌓여갔다. 황금은 눈부신 광채를 발산하고 있었다.

사람들은 수닷타가 대단한 부자라는 것을 알고 있었지만 엄청난 황금더미를 땅에 쏟아 붓고 있는 모습을 보고 혀를 내둘렀다. 그렇게까지 돈이 많으리라고는 상상도 못했던 것이다.

제타 왕자도 놀라기는 마찬가지였다. 그러나 수닷타는 목숨을 걸고 그 일을 진행했다. 마침내 수닷타의 뜨거운 신앙적 열정에 감동을 받은 제타 왕자는 자존심을 꺾고 마음을 바꾸었다.

"수닷타, 그만둬라. 네가 필요한 땅을 쓰고 황금 재화는 건축비로 쓰도록 해라."

제타 왕자의 말에 수닷타는 "일체의 집착에서 벗어났을 때 광명은 충만하다"라는 붓다의 말을 생각하며 크게 기뻐했다. 붓다의 법이 증명되었던 것이다. 수닷타는 곧 의형 가란타에게 죽림정사를 지은 목공들을 불러모아 달라고 부탁했다.

절의 공사 책임자는 붓다의 뜻에 따라 목건련이 맡았다. 붓다가 절을 짓는다는 소문이 나자 전국적으로 건축 자재가 공급되면서 많은 사람들이 몰려들어 공사에 참가했으므로 기원정사는 예정보다 빨리 완성되어 갔다.

기록에 보면 기원정사가 건설되는 동안 제타 왕자도 절의 대문을 지어 기증하겠다고 나섰으며 코살라 국왕도 협력했다. 기원정사는 그 도량의 규모와 크기나 건축 양식이 매우 장엄하며 뛰어난 것으로 알려졌다.

훗날 중국의 법현 스님이 쓴 기원정사 견문록을 보면 "기원정사는 7층 높이로 회번개(繪幡蓋)를 세워 꽃을 뿌리고 향을 피우며 등불을 밝혔다"고 했으며 "정사의 문은 동쪽으로 나 있고, 문 양쪽에 두 개의 돌기둥이 있으며, 왼쪽 기둥 위에는 법륜을 뜻하는 바퀴가 있고, 오른쪽 기둥 위에는 소의 형상이 조각되어 놓여 있었다"고 쓰고 있다.

또 기원정사에서는 많은 스님들이 수행하고 있었으며

절 양쪽으로 맑은 시냇물이 흐르고 숲도 울창했다고 전하고 있다. 기원정사가 세워진 1백 년 후에 당나라 현장법사가 그곳을 찾았을 때는 "7층으로 된 절은 화재로 소실되고 동문 좌우에 있는 70여 자나 되는 돌기둥들은 모두 주춧돌만 남아 황폐해져 있었다"고 쓰고 있다.

기원정사가 지어지는 동안 아시타 선인의 조카 카차나 수행자가 카필라 성에 찾아왔다. 그는 수도다나 왕에게 붓다를 위한 기원정사가 건설된다는 말을 전해주었다. 수도다나 왕은 싯다르타 왕자가 몹시 보고 싶었다. 사랑하는 아들과 헤어진 지 7년의 세월이 흘렀지만 아들에 대한 사랑과 미련은 아직도 컸던 것이다.

바라밀다(보살)의 경지는 영원한 마음의 평안을 뜻한다. 싯다르타는 왕위를 버리고 떠났지만 이젠 슈바라의 경지에 이르러 많은 사람들의 존경과 숭앙을 받고 있는 것이다. 수도다나 왕이 붓다를 바라보는 심경은 그때도 놀라움과 슬픔이었다.

아내 야소다라와 아들 라훌라의 입장에서는 싯다르타가 비정한 남편과 아버지였지만 자랑과 긍지도 되었다. 이미 카필라 성에서 붓다를 모르는 사람은 없었다. 라훌라의 나이는 이제 일곱 살이지만 어른들로부터 아버지의 소문을 들어서 알고 있었다.

"폐하, 마가다국의 빔비사라 왕까지도 싯다르타의 설법

을 듣고 감동했다고 합니다."

늙은 수도다나 왕은 그 말을 듣고 깜짝 놀랐다.

"뭐라고? 빔비사라 왕이 싯다르타의 설법을 들었다고 말했느냐?"

"이제 붓다께서는 그곳에서 많은 제자들과 함께 수행 중이라 합니다."

"그렇다면 코스타니야와 아사지도 함께 있겠구나."

수도다나 왕은 고타마싯다르타 붓다의 훌륭한 모습을 보고 싶었고, 설법도 듣고 싶었다.

"폐하, 저 역시 아시타 선인의 뜻을 받들어 슈바라의 제자가 될 생각입니다."

카차나가 돌아가자 왕은 왕비 파자파티와 함께 싯다르타를 카필라 성으로 초청하는 일을 의논하였다. 이제 왕은 늙었으며 7년 전의 왕성한 힘도 없었다.

싯다르타의 이복동생 난타는 학문과 무술에 뛰어난 왕의 후계자로서 힘을 키워나가고 있었다. 수도다나 왕은 사신을 보내 붓다가 카필라 성에 방문하도록 초청했다.

그러나 붓다에게 보낸 사신마다 붓다의 설법에 감동을 받아 출가했기 때문에 사신은 아무도 돌아오지 않았다. 수도다나 왕은 대신에게 백성 1천명을 거느리고 붓다를 모셔오도록 했다. 그러나 대신과 백성 1천여 명도 붓다의 설법을 듣고 모두 출가해 버리고 말았다.

수도다나 왕은 이번에는 9명의 대신과 9천 명의 백성들을 보냈다. 그러나 그들도 역시 돌아오지 않았다. 국왕은 크게 실망을 하고 이번에는 코살라국의 외교대사로 나가 있는 싯다르타의 어린 시절 친구인 우파를 붓다에게 보내며 말했다.

"내가 싯다르타가 보고 싶어 많은 사람들을 보냈지만 한 사람도 돌아오지 않는구나. 나도 늙어서 언제 죽을지 모르니 죽기 전에 아들을 만나고 싶다. 싯다르타를 만나게 해 다오."

그러자 우파가 수도다나 왕에게 말했다.

"폐하께서 제 출가를 허락하신다면 제가 붓다를 찾아가겠습니다."

"네 출가는 네 뜻이다. 태자만 만나게 해다오."

우파는 편지를 가지고 죽림정사로 갔다. 그때 붓다는 대중들에게 설법을 하고 있었다. 우파는 붓다의 설법을 듣고 출가한 후 수개월이 지나서야 '이제 벼농사가 끝나고 식량이 넉넉해졌으며 숲에는 아름다운 꽃이 피었다. 이제 붓다가 카필라 성에 갈 수 있을까?' 라고 속으로 생각했다.

우파는 카필라 성이 이웃 나라 코살라국이나 마가다국에 비해 경제적으로 어려움을 겪고 있다는 것을 잘 알고 카필라 성에서 붓다와 수천여 명의 제자들을 여러 날 접대하는 일이 쉽지 않을 것을 예상해 벼 수확기를 기다려 붓다의 방문 날짜를 잡았던 것이다.

붓다의 생애에 관한 자료를 보면 붓다의 귀향에는 두 가
지 설이 나온다. 하나는 붓다가 카필라 성을 떠나 득도를
이룬 후 죽림정사에 있다가 7년 만에 귀향했다는 설과 기
원정사에 머물다가 12년 만에 귀향했다는 설이 있다.

그러나 붓다와 부왕 수도다나 왕의 재회가 7년 만에 이
루어졌느냐 12년 만에 이루어졌느냐는 별로 중요하지 않
다. 붓다의 귀향이 7년 만에 이루어졌다는 기록도 있지만,
여기서는 위와 같은 과정을 생각하여 붓다의 귀향을 뒤로
미루기로 한다.

제 5 장
달마의 진실

네 몸은 이 세상에 사는 동안
잠시 빌려서 사는 영혼의 집이다.'

착한 나와 나쁜 나

'네 몸은 이 세상에 사는 동안
잠시 빌려서 사는 영혼의 집이다.'

인도는 열대성의 몬순 기후로 6월에서 10월까지는 비가
오고 11월에서 5월까지는 비가 오지 않는다. 특히 3월에
서 5월까지는 아주 무덥다. 우기에는 지역에 따라 강우량
이 다르지만 히말라야와 네팔 등 인도 북부지역은 강우량
이 2,000밀리미터가 넘는 곳도 많다.

대부분의 수행자들은 더운 3월부터 5월까지 칩거하는
데, 당시 붓다는 카필라 성에서 그리 멀지 않는 쉬라바스
티에 머물러 있었다. 기원정사는 목건련의 감독하에 공사
가 진행 중이었다.

붓다는 멀리 고향 땅을 바라보며 우기가 끝난 후에는 고
향에 갈 생각을 하고 있었다. 아버지의 방문 요청을 거절
한 것이 마음에 걸린 것이다.

붓다는 산중에서 선정을 끝내고 사리불의 안내를 받아
하산했다. 바라나시로 전도를 떠났던 야사 일행과 여러 제

자들이 속속 죽림정사에 도착했다. 붓다는 전도 여행에서 돌아온 제자들이 며칠 동안 휴식을 취하도록 한 후에 대법당에 제자들을 모았다.

회당 맨 앞줄에는 가섭, 캇사파 형제, 데샤바, 사리불, 목건련, 코스타니야, 아사지, 도다카, 밧데야 등이 차례로 앉았다. 그들의 머리에서는 광채가 빛나고 있었다.

"너희들이 그동안 불법에 의지하며 조화로운 삶을 이루는 모습을 보니 참으로 보람을 느낀다. 하나 아직도 법을 머리로만 계산하기 때문에 참된 마음의 경지를 터득하지 못한 사람들이 많으니 그런 사람들은 더욱 정진하기를 바란다.

우리들 마음속에는 '착한 나'와 '위선적인 나' 이렇게 두 개의 나가 함께 자리 잡고 있다. 모든 괴로움은 '착한 나'에서 나오는 것이 아니라 '위선적인 나' 즉 '거짓의 나'에 의해 만들어진다.

거짓의 나 속에는 자기의 욕심을 만족하려는 집착이 숨어 있기 때문이다. 바로 그 집착이 마음의 짐이 되어 괴로움을 만들어 내고 있다. 어떤 일에 욕심이 조금이라도 개입되면 그것은 곧 집착이 되고, 그 집착은 곧 고통의 원인을 만든다.

따라서 우리가 괴로움에서 벗어나기 위해서는 괴로움의 원인과 뿌리를 제거해야 한다. 그러기 위해서 너희들이 가장 먼저 해야 할 일은 무엇이냐. 그것은 두말할 것도 없이 욕심을 만들어 내는 거짓의 자아를 뿌리 뽑는 일이다. 위선적인 나를 없애야 하는 것이다.

지금 밖에는 비가 내린다. 저 대나무들을 보아라. 대나무가 저렇게 높이 자란 것은 바로 자연의 뜻을 거스르지 않았다는 뜻이다. 그러기에 저들은 튼튼한 뿌리를 땅 속에 깊이 내릴 수가 있었다. 그래서 어떤 폭풍우에도 견디어 낼 수가 있었다.

지금 밖에는 비가 내리고 있다. 만일 이 집이 잘못 지어졌다면 지붕에서 비가 샐 것이다. 비를 피할 수 없다면 집은 더 이상 집이 아니다.

너희들이 법을 지킨다고 하면서 마음속에 탐욕의 구멍을 만들어 타락의 수렁에 빠진다면 너희는 더 이상 법을 지키는 것이 아니다. 지혜로운 사람은 괴로움의 불길에 마음을 태우는 일은 하지 않는다.

너희가 보고 만지는 이 세상의 모든 것들은 허무한 것이다. 그것들은 변하고 사라지는 것들에 불과한 허상일 뿐이다. 네 육체 역시 이 세상의 것이기에 허무한 것이다. 그 무상한 육체가 원하는 욕심에 사로잡혀 마음을 깨닫는 지혜의 문을 닫아서야 되겠느냐.

좀 어렵고 힘들다고 해서, 또 육체가 원하는 안락을 잠시 만족시켜 주기 위해서 너희들의 마음을 노여움과 탐욕

에 맡겨버리면 마음의 평화는 어디서 구하겠느냐. 더구나 입으로만 말하고 실천이 없다면 향기 없는 꽃과 무엇이 다르겠느냐. 그 꽃에는 나비도 꿀벌도 찾아오지 않는다. 그래서 세상은 모두 함께 더불어 사는 것이라고 말했다.

여행을 갈 때는 어리석거나 나쁜 도반과는 동행하지 말라. 어리석고 나쁜 도반은 늘 마음을 어지럽히고 너를 나쁜 길로 빠지게 한다. 어리석고 나쁜 친구는 맹수보다 더 무서운 짐승이다. 지금이라도 나쁜 친구거나 어리석은 친구라는 판단이 서면 그 친구와 과감히 끊어라.

맹수는 너희의 육체에 가해를 하겠지만 나쁜 친구는 너희의 마음에 독을 뿌린다. 세상에서 가장 경계해야 할 일은 어리석거나 나쁜 친구와 함께 여행을 하거나 함께 사업을 하거나 자기 옆자리에 두는 것이다.

또 네 아내나 자녀는 네 소유라고 생각해서는 안 된다. 나는 이미 너희들의 육체도 너희들의 것이 아니라 이 세상에 살 동안만 잠시 빌려 사는 영혼의 집이라고 말했다. 네 몸도 너희 것이 아닌데 하물며 네 아내와 자녀들이 어찌 너희의 것이겠느냐.

우리가 나이가 들어 늙거나 병들면 육체는 이 땅에 두고 떠나야 하는 물질에 불과한 것임을 너희는 잘 알고 있지 않느냐. 그런데 어찌 너희의 처나 자식을 네 것이라고 말할 수가 있겠느냐.

너희가 이 세상에 살면서 만난 사람들이나 갖게 된 것들은 모두 전생 윤회의 과정에서 인연으로 얻게 된 것들이다. 너희가 그들을 만나고 그들을 소유하게 된 것은 각기 사명과 목적이 있기 때문이었다.

그러니 진실로 너희들의 영원한 재산은 생명이며 마음뿐이 아니겠느냐. 그것만이 진정한 너희들의 것이기에 나는 너희들의 생명과 마음을 소중하게 하라고 강조하고 있는 것이다. 그래서 심지어는 너희들이 억울하고 분한 경우에도 마음의 평화가 더 중요하다는 것을 깨우쳐 준 것이다.

이따금 너희들은 목숨이나 마음보다 자녀들의 목숨과 마음을 소중히 여기는 경우가 있다. 하나 네가 사랑하는 사람들이나 네 자녀의 영혼은 너와는 별개의 영혼이라는 것을 알아야 한다. 그들은 너희를 통해서 살고 있는 것 같지만 정작 너희들은 그들의 영혼 속에 한 발짝도 들여놓을 수가 없다는 것을 알아야 한다.

너희는 부모 된 도리로 자녀를 키우며 마치 태양처럼 아무런 보상을 바라지 않고 사랑을 쏟고 있다. 그런 부모의 사랑에 자녀들은 감사해야 한다. 그것 또한 사람의 도리인 것이다. 그 감사의 마음은 보은이라는 아름다운 행위로 열매를 맺게 될 것이다.

너희는 지식의 교만에 빠져서는 안 된다. 너희의 지식이 아무리 넓고 높다 해도 그것은 마음의 풍요와는 관련이 없는 것이다. 오히려 지식이 많을수록 교만과 미망의 혼란 속에 빠지게 된다. 지식은 지혜를 이루는 데 도움이 되지만 지혜 그 자체는 아니라는 것을 명심해야 한다.

지혜는 곧 법의 실천 속에서만 나타날 수 있다. 마음속의 조화로움으로 어둠의 구름을 걷어내지 않으면 무명에서 벗어날 수 없다. 무명에서 벗어나는 길은 반성밖에 없다는 것을 나는 여러 번 강조했다.

저 높은 바위산을 보아라. 저 바위산은 어떤 경우에도 흔들리지 않는다. 수행자는 저 바위처럼 마음이 흔들려서는 안 된다.

어떤 일에나 바르게 보고, 바르게 생각하며, 바르게 말하고, 바르게 일하며, 바르게 생활하고, 바르게 도에 정진하며, 항상 넉넉하게 반성을 하며 선정 삼매경을 즐겨야 한다. 쾌락에 빠지는 탐욕을 버리고 마음속에 법등을 항상 밝히고 있어야 한다.

너희는 전생 윤회의 과정에서 배운 위대한 지혜에 의해서 늘 만족하고 남과 다투지 않으며 저 푸른 하늘처럼 맑고 넓은 마음을 지녀야 한다. 만족하고 겸손한 마음에서 해탈이 오기 때문이다. 백만 권의 책을 읽기보다 평화로운 마음을 한 번 더 갖는 것이 가치가 있다는 것을 명심하라.

오직 자비심, 자비심만이 너희를 구한다. 마음속의 위선적인 자기를 이기는 일이란 백만대군을 물리치는 일보다 어렵다. 큰 둑도 바늘 같은 구멍으로 무너지는 것이다. 위대한 마음 역시 구름 한 점으로 어두워진다.

지혜 있는 자는 먼저 이 세상의 업에서 빠져 나오는 일부터 해야 한다. 너희가 업에 마음이 붙들려 있는 한 번뇌의 불길에서 벗어날 수가 없기 때문이다.

자기 자신을 속일 수 없는 마음을 가진 자야말로 영원불멸의 자기 자신을 지킬 수 있는 사람이다. 그것은 자신을 사랑하는 마음이며, 그렇게 자기를 사랑할 줄 아는 사람만이 남을 사랑할 수 있는 것이다.

먼저 자기 자신을 다스릴 줄 알아야 한다. 그러기 위해서는 자신의 법을 확실해 세워야 한다. 지혜와 노력과 용기, 이것이 자신을 확실히 세우고 중생을 미망의 늪에서 피안으로 구출할 수 있는 무기이다.

남에게 의지하지 말라. 남을 탓하지 말라. 결과가 어떻게 나와도 모든 책임은 자신의 생각과 행동에 있지 남의 탓은 아니다. 너희가 수행하는 목적은 자신을 이기기 위해서지 남을 이기기 위한 것이 아니다."

법당은 깊은 침묵 속에 빠져 있었다. 붓다가 설법을 계속할 동안에는 빗소리가 들리지 않았으나 설법이 끝나자 대나무 숲에는 엄청난 빗줄기가 쏟아 붓고 있었다.

제자들은 붓다의 설법에 깊이 빠져 있었다. 지금까지 죽림정사에서 붓다의 설법 내용을 기록했지만 붓다가 가장 강조한 대목은 '마음의 평화를 지키는 일'이었다.

설법이 끝난 다음 붓다는 우기가 끝나면 우루벨사 캇사파 형제들만 절에 남아 있고, 나머지 모든 제자들은 전도 여행을 떠나도록 독려했다. 목건련은 우기가 끝날 때쯤 기원정사도 완공될 것이라고 말했다.

"그럼 캇사파와 함께 남아 있을 수행자를 제외하고는 모두 코살라국 전도에 참가한다. 가섭과 사리불과 아사지, 밧데야, 야사, 바드리카, 코스타니야는 코살라국 전도 계획을 짜거라."

줄기차게 퍼붓던 장마는 열흘 만에 끝났다. 그러자 쉬라바스티에서 기원정사가 완공되었다는 소식이 왔다. 아사다 핀데가가 보낸 사신 우라야가 붓다 앞에 비단 천에 그린 기원정사의 설계도를 보여주었다.

정사의 동쪽에는 제타 왕자가 보시한 문이 있었고, 각 절의 네 방향에는 수행자들이 머물 숙소가 마련되어 있었으며, 한가운데는 설법을 할 수 있는 대법당이 있고 동쪽에 큰 창고가 있었다.

"수닷타님께서 정사의 이름을 붓다께 여쭈라는 분부가 계셨습니다."

이렇게 완공된 사찰 이름은 기원정사로 결정된다. 훗날 사람들은 기원정사를 기수급고독원(祇樹給孤獨園)이라 불렀다. 이것은 제타(祇多) 왕자와 수닷타가 함께 지었다

246

는 뜻이다.

수닷타는 고독하고 가난한 사람들에게 보시를 많이 해서 사람들은 그를 급고독(給孤獨)이라고 불렀다. 이 기수급고독원의 줄인 말이 기원정사이다.

기원정사가 건축된 후로 많은 사람들이 곳곳에 큰 절을 지었다. 또 부자나 가난한 사람이나 자기 분수에 맞게 재물을 보시하여 절을 짓는 일들이 유행처럼 번졌다고 전해진다.

욕망의 포로

'지금이 가장 중요한 시간이다.
내일은 없다고 생각하여라.'

　가섭과 사리불을 중심으로 36개 조로 짜여진 쉬라바스
티행 전도 여행은 곧 시작되었다. 승단의 조직들은 식량이
나 숙박은 걱정하지 않았다. 그들은 가는 곳마다 음식 보
시를 받았다.

　당시 인도의 스님들은 어디를 가나 특별 대우였다. 나란
다에 도착한 그들은 모두 흩어져서 저마다 종과 북을 치며
시내를 순례했다. 나란다는 번화한 시가였다. 행인들과 바
라문 승려들은 걸음을 멈추고 그들을 지켜보았다.

　"오늘 밤 붓다의 위대한 설법이 있습니다. 기회를 놓치
지 말고 들으시오."

　설법 시간이 되자 광장에는 온갖 계층의 사람들이 몰려
왔다. 사람들은 붓다가 카필라 성의 왕자였으며 지금은 슈
바라가 되어 중생들에게 설법을 하고 있다는 소문을 들어
서 알고 있었다. 특히 바라문 출신의 승려들은 호기심으로

몰려들었다. 사리불의 붓다에 대한 소개가 끝나자 마침내 붓다의 설법이 시작되었다.

"중생들이여, 나그네를 보시오. 나그네들은 늘 먼저 간 사람들이 닦아 놓은 길로 다닙니다. 만일 먼저 간 사람들이 길을 닦지 않았다면 거친 들판과 무성한 가시덤불을 헤치고 걸어야 할지도 모릅니다. 하지만 여러분은 그분들 덕택에 마음 놓고 길을 가지 않습니까? 인생의 길도 그와 똑같습니다.

여러분들은 지혜로운 선현들의 가르침을 등불로 삼아 어려움을 피할 수 있어서 좀더 밝은 삶을 살 수가 있는 것입니다. 그러나 여러분들은 지금도 캄캄한 밤길을 걷는 것처럼 어둠의 번뇌에 시달리며 괴로워하고 삽니다. 왜 그대들은 평화로운 삶의 길을 택하지 않을까요?

그 이유는 여러분들이 욕망의 포로가 되었기 때문입니다. 여러분들은 욕심에 사로잡혀 있는 것입니다. 더구나 선현들의 올바른 가르침은 후세에 잘 전해지지 못했으며, 그나마도 후세 사람들은 가르침을 왜곡시켜 버렸으므로 밝은 길을 잃게 된 것입니다.

지식이나 의지는 원래 욕심에서 나온 것이므로 마음에는 없는 것이며 어느 쪽으로든지 방향이 빗나가게 되어 있습니다. 예를 들어 원숭이를 잡는 방법이 있습니다. 항아리 속에 열매를 넣어 두면 원숭이들이 다가와 항아리 속에 있는 열매를 움켜쥡니다.

그러나 움켜쥔 열매 때문에 손이 항아리에서 빠지지 않습니다. 열매를 놓으면 손이 빠지지만 욕심에 눈이 어두워진 원숭이는 결코 열매를 포기하지 못하고 파멸하게 됩니다.

사람도 그와 같습니다. 욕심을 버리면 살 수 있는데도 파멸할 때까지 욕심을 버리지 못하는 것입니다. 물질의 욕망에 사로잡히는 어리석음을 깨달아야 합니다. 마음의 목소리는 열매를 놓아야 산다고 말하지만 오관의 욕망은 열매를 포기하지 못합니다.

욕심이 없는 바른 마음이 행동으로 나타나는 사람만이 불자입니다. 대자연은 우리를 차별하지 않습니다. 단지 인간의 욕망만이 높은 계급의 담벼락을 쌓고 있습니다.

붓다는 늘 비유를 들어 설법을 했다. 당시 인도에는 글을 못 읽는 문맹자가 많았을 뿐만 아니라 무식한 사람도 많았으므로 붓다는 어린아이도 알아들을 수 있을 정도로 쉽게 말했다. 그래서 붓다의 말을 못 알아듣고 이해를 못하는 사람들이 없었다. 설법 중에 한 바라문 수행자가 질문을 던졌다.

"당신이 스스로 슈바라니 붓다니 하는 칭호를 쓰는 것은 사람들을 미혹시킬 수가 있습니다. 이 나라에는 어디를 가나 자칭 슈바라들이 너무 많습니다. 당신이 자신을 슈바라

로 사칭하는 것은 신에 대한 모독일 수가 있습니다. 그에 대한 당신의 해답을 듣고 싶습니다."

그러자 붓다는 그에게 말했다.

"바라문 사문이여, 태양 빛은 당신을 위해서만 있는 것이 아니라는 내 말이 틀렸다고 생각하는가?"

"그 말은 맞습니다."

"햇빛은 신분의 차이에 따라 달리 비추던가?"

"그런 말은 안 해도 다 알고 있는 사실이 아니겠소?"

"당신은 마치 내 말이 바라문 계급에만 피해를 주고 다른 사람에겐 해가 없다는 것처럼 말한다. 대자연은 누구에게나 차별을 하지 않는다. 소문으로만 사실을 판단하지 말고 당신이 직접 눈으로 확인하고 판단해야 한다.

남의 말만 듣고 질투심으로 자신을 어둠의 굴속으로 끌어들여서는 안 된다. 저 나무 가지에 매달린 망고 열매를 보아라. 당신은 저 망고의 맛을 먹어 보지도 않고 알 수 있겠는가?"

붓다의 말에 바라문 수행자는 침묵을 지키고 있었다.

"당신은 단지 쳐다보는 것만으로도 망고의 맛을 알 수 있겠느냐고 물었다."

붓다가 다시 물었다.

"저 망고는 겉모양을 보면 좀더 익어야 제 맛이 날 것 같습니다. 그건 왜 묻습니까?"

"하나 직접 따 먹어 보면 더 확실하지 않겠는가?"

"그야 당연한 말입니다. 먹어 보고 맛을 어찌 모르겠습니까."

"사문이여, 내 말은 법을 실천해 보라는 뜻이다. 그래야 법의 맛을 알게 된다. 소문만 듣고, 아니면 어림짐작만으로 남을 판단하지 말라는 뜻이다.

망고를 맛본 연후에 맛이 신지 익었는지, 가짜인지 진짜인지 알 수 있는 것처럼 불법을 실천해 본 후에 진짜인지 가짜인지 판단할 수가 있다. 지식으로 얻은 학문을 실천해서 체험하여 지혜로 만들어야 진짜 슈바라를 깨닫는다."

바라문 수행자는 더 이상 말을 못 하고 그 길로 붓다에 귀의하고 말았다. 가두 설법을 통해서 많은 계층의 사람들이 정법을 지켜나가겠다는 결심을 하게 된다. 붓다를 위시한 전도단들은 파타리가마를 지나 밧지국의 바이샬리 마을에 도착했다. 그때가 죽림정사를 떠난 지 벌써 보름이 지났을 때였다.

제6장
귀향

'육체는 인생의 바다를 건너가는 나룻배와 같은 것'.

석가족 사람들

'육체는 인생의 바다를 건너가는
나룻배와 같은 것.'

카필라 성에는 이미 붓다에 관한 소문을 모르는 사람이
없었다. 수도다나 왕도 붓다가 가까운 코살라국에 와 있으
며 코살라국의 파세나디 왕이 붓다 앞에 무릎을 꿇고 귀의
했다는 말도 들었다. 파세나디 왕뿐만 아니라 코살라보다
더 강대국인 마가다국의 범비사라 왕도 붓다에 귀의했다
는 것도 알고 있었다.

일찍이 카필라 성은 마가다국의 속국이었다. 그런 작은
카필라 성 출신의 왕자 앞에 강대국 마가다와 코살라국 왕
들이 종교적으로 굴복했다는 것은 무력 지배보다 더 중요
한 의미가 있다.

수도다나 왕은 싯다르타에 대한 선인들의 예언이 적중
했다는 것을 깨닫고 있었다. 당시 선인들은 싯다르타가 출
가하여 붓다가 될 것이라고 말했었다. 비록 붓다는 정치적
으로 전륜왕이 되지는 못했지만 이웃 나라를 통괄하는 종

교 지도자가 된 것은 틀림없었다.

수도다나 왕은 12년이라는 긴 세월 동안 한 번도 싯다르타를 잊은 적이 없었다. 특히 붓다에게 사신들을 수없이 보냈지만 모두 붓다의 제자가 되어 돌아오지 않자 마음속으로 깊은 상처를 받고 있었다. 비록 붓다가 지금은 하룻길 밖에 안 되는 거리에 있지만 다시 사신을 보낼 수 없는 안타까움에 망설이고만 있었다.

'그렇다면 코살라의 국왕 파세나디에게 싯다르타로 하여금 고향을 방문하도록 주선해 달라고 부탁해 볼까?' 이어 파세나디 왕은 붓다에게 카필라 성의 방문을 청했고, 붓다가 받아들였다.

붓다는 코살라국에 파견된 암리트다나에게 가을쯤 카필라 성을 방문하겠다는 약속을 전했다. 암리트다나는 그 말을 듣고 너무 기뻐서 눈물을 흘렸다. 암리트다나는 붓다를 만나 보지도 못했지만 카필라 성에 돌아가서 수도다나 왕에게 그 사실을 보고했다.

수도다나 왕은 그 말을 듣고 감격에 젖었다. 출가한 지 12년이 지나서야 붓다가 된 사랑하는 아들을 만나게 된다는 생각을 하니 가슴이 미어졌다.

싯다르타의 아내 야소다라는 붓다가 돌아온다는 말을 듣고 마음이 착잡해진다. 그가 아직도 왕자이며 남편인지, 아니면 전혀 인연이 없었던 남이었는지 판단하기가 어려웠다. 그를 어떻게 대할 것인지도 고민이었다. 12년이라는 긴 세월은 외롭고 고통스러웠다.

더구나 붓다는 아들 라훌라의 얼굴도 보지 못했다. 붓다가 아들을 어떻게 대할 것인지도 의문이었다. 아들을 반갑게 만날 것인지 남의 아들처럼 냉랭하게 대할 것인지도 의문이었다. 고타마싯다르타를 생각하면 원망과 증오의 감정이 솟구쳐 올랐다.

그러나 야소다라는 오랜 세월 동안 마음을 가라앉혔다. 이제 붓다는 남편이 아니었다. 많은 사람들의 존경과 숭배의 대상이었다. 그를 옛날의 왕자나 남편으로 대하기는 어려울 것 같았다.

이윽고 붓다는 마가다국과 코살라국에서 귀의한 바라문 출신의 제자 1만 명과 카필라 성 출신의 제자 9천여 명과 캇사파 형제와 제자들 1천여 명을 비롯한 2만여 명의 대규모 제자들을 거느리고 카필라 성 방문에 나섰다.

붓다 일행은 낮에는 느린 걸음으로 걷다가 마을이 나타나면 탁발을 하고 설법도 하면서 밤이면 휴식을 취했다. 그들은 암리트다나와 함께 파견됐던 우다이의 안내를 받아 카필라 성에서 3마일쯤 떨어진 니그로다 공원에서 여장을 풀었다. 그동안 우다이는 카필라 성에 먼저 도착하여 수도다나 왕에게 붓다 일행이 오고 있다는 소식을 전했다.

"오오! 드디어 내 아들 고타마싯다르타가 오는구나."

수도다나 왕과 석가족들은 기쁨을 감출 수가 없었다. 고타마싯다르타의 이모이자 어린 시절의 어머니였던 마하파자파티 역시 붓다의 귀향 소식에 마음이 들떠 있었다. 고타마싯다르타의 아내 야소다라는 아들 라훌라를 바라보며 붓다를 어떻게 맞을 것인지 말해 주었다.

　먼저 수도다나 왕은 사신으로 파견했던 우다이에게 붓다에 관한 자세한 얘기를 듣게 되었다. 그 자리에는 이모 마하파자파티와 아내 야소다라, 훗날 붓다의 10대 제자 중 하나가 되는 사촌동생 아난타, 아들 라훌라와 여러 왕족과 대신들이 참석해서 우다이의 말에 귀를 기울였다.

　우다이는 여기서 붓다의 가르침이 무엇인가에 대해서 자세히 설명했다. 붓다가 깨달음을 얻기까지 6년 동안의 수행 과정이며, 이후 수만 명의 제자들이 붓다에 귀의한 얘기와 마가다국과 코살라국의 두 왕이 붓다에 귀의한 얘기, 얼마나 많은 두 나라의 귀족과 바라문들과 국민들이 붓다를 존경하고 있는지, 그리고 죽림정사와 기원정사의 규모와 그 절이 건립된 경위에 대해서 자세히 설명했다.

　그들은 우다이의 말을 듣고 이미 붓다를 만나기도 전에 믿음을 얻게 되었다. 후에 붓다는 그 사실을 알고 우다이가 석가족들에게 한 설법에 대해서 "내 제자 비구 중에서 세속에 있는 신도의 교화는 우다이가 첫 번째"라는 특별 교지를 내리게 된다. 이것은 본생담에 기록된 자료이다.

우다이는 코스타니야 등 다섯 크샤트리아들과는 달리 고타마싯다르타가 출가한 후에도 카필라 성에 남아서 수도다나 왕의 치하에서 대신이 된 신하지만, 후에는 출가하여 붓다의 제자가 되었으므로 그의 깨달음이 다른 제자들보다 늦고 힘들었으리라는 것이 후세의 평가이다.

붓다와 제자들은 언제 도착했는지 모르게 카필라 성에 조용히 들어와 제각기 흩어져서 차례로 집집마다 돌며 탁발을 시작했다. 수많은 스님들이 카필라 성안을 휩쓸고 다니자 조용하던 새벽 거리는 갑자기 술렁대기 시작했다.

사람들은 웬 스님들이 갑자기 이렇게 많이 시중에서 걸식을 하고 있는지 의아하게 생각했다. 그러나 사람들 사이에는 이미 붓다가 성안에 들어왔다는 소문이 퍼졌다.

대규모 방문단을 이끌고 위풍당당하게 위엄을 갖추고 수많은 사람들의 환영과 박수를 받으며 궁궐로 입성할 것이라고 생각했던 수도다나 왕과 백성들은 크게 실망하고 말았다.

붓다는 니그로다 숲에서 밤을 새운 후에 이른 새벽에 제자들과 함께 은밀히 카필라 성에 들어와 음식을 구걸을 시작했던 것이다. 따라서 붓다가 12년 만에 카필라 성에 입성했을 때는 아무도 환영 나온 사람이 없었다. 붓다와 그 일행들의 옷은 볼품없이 초라하고 남루하기만 했다. 그래서 어떤 사람은 붓다를 보고 이렇게 말했다.

"우리 고귀한 고타마싯다르타 왕자는 그 옛날 대단한 왕자의 위엄과 권위로 황금 마차를 타셨던 분이었다. 그런데 지금의 모습을 보아라. 머리와 수염을 깎고, 남루한 노란 승복에 바루를 들고 거지처럼 구걸을 하고 있다. 저게 인간의 위대한 표상이 아닌가?"

붓다를 위해 대대적인 환영 준비를 하고 있던 카필라 성의 대신들은 이미 붓다의 일행이 새벽에 성안에 들어왔으며 그들은 모두 탁발에 나섰다는 소식을 수도다나 왕에게 전했다. 왕은 그 말을 듣고 크게 실망했다. 수도다나 왕의 얼굴에는 불쾌한 기색과 반색이 엇갈렸다. 이윽고 수도다나 왕은 곧바로 붓다를 맞이하기 위해 궁 밖으로 나간다.

잠시 후에 붓다 일행은 누더기를 걸친 남루한 모습으로 수도다나 왕 앞에 나타났다. 화려한 차림으로 그들을 맞이하고 있는 카필라 성의 왕족과 귀족들과는 너무나 대조적이었다. 국왕은 파자파티에게 속삭였다.

"싯다르타는 말을 타지도 않고 저런 거지꼴로 왔구나."

그러자 파자파티가 말했다.

"모두 제 잘못입니다. 니그로다 숲에 계실 때 새 옷을 보내드렸어야 하는데, 생각이 미치지 못했습니다."

"아니다. 싯다르타는 옷을 받지 않았을 것이다."

수도다나 왕은 아들과 이별한 지 12년 만에 만난 재회의 감동을 기쁨과 노여움으로 맞았다. 그러나 부왕은 기쁨보다는 실망과 노여움이 더 앞섰다. 붓다가 카필라 성 국왕의 긍지와 자존심을 한꺼번에 무너뜨린 채 귀향했기 때문이었다. 특히 왕실의 권위와 격식을 무시한 붓다의 태도가 참기 어려웠다. 화가 난 부왕이 붓다를 만나자 말했다.

"고타마싯다르타야, 우리는 네 일행을 맞을 환영 준비를 마치고 기다리고 있었다. 네가 고향에 오는 날 탁발부터 하다니, 그게 될 말이냐? 우리는 궁전에 많은 음식을 준비하고 기다리고 있었다. 이게 도대체 무슨 일이냐? 왜 궁전으로 곧장 오지 않았느냐?"

그러자 붓다가 말했다.

"아버님, 노여워하지 마십시오. 이것이 우리 집안의 오랜 전통이며 법입니다."

그러자 수도다나 왕은 펄쩍 뛰었다.

"무슨 말이냐? 우리 석가족의 집안은 명예를 지키는 왕족이다. 걸식이란 있을 수 없다."

"제가 말하는 집안이란 세속의 왕가가 아니라 연등불, 교진여불, 가섭불에 이르는 과거의 모든 붓다가 지킨 불가의 전통을 말합니다. 이전의 모든 붓다들도 모두 걸식을 하셨고, 또 걸식으로 목숨을 지키셨습니다."

야소다라 옆에는 라훌라가 서 있었다. 라훌라 역시 처음 보는 아버지가 화려한 옷을 입지 않고 거지 누더기 옷을 입고 오는 모습을 보고 이상하게 여겼다.

야소다라는 숨을 죽이고 붓다를 바라보고 있었다. 그녀의 마음은 슬픔으로 가득 차 눈물이 앞을 가릴 뿐이었다. 붓다는 예전 모습 그대로 반갑게 맞아 주는 가족들과 대신들에게 웃음을 지어 보였다.

"아버님, 이렇게 다시 뵙게 되어 기쁩니다."

수도다나 왕은 눈물을 머금은 채 말했다.

"어서 오너라. 잘 돌아왔다. 네 얼굴을 보니 이제야 마음이 놓인다. 싯다르타야, 여기 네 아들 라홀라와 네 아내 야소다라가 있다."

그러자 라홀라는 붓다에게 머리를 숙였다.

"아버님, 라홀라입니다. 어서 오십시오."

붓다는 조용히 웃으며 라홀라의 손을 가볍게 잡았을 뿐, 아무 말도 하지 않았다.

"싯다르타, 저예요. 잘 오셨습니다."

야소다라가 눈물을 머금은 채 인사를 했다. 붓다는 아내에게 깊은 눈빛을 보냈다. 그들 모두 전생의 깊은 인연으로 만난 관계였다. 그들은 동문에서 궁전까지 함께 천천히 걸음을 옮겼다. 붓다는 궁전에 들어가기 전에 발을 깨끗이 닦았다. 수도다나 왕은 싯다르타가 예전에 쓰던 거실로 안내했다.

"우선 쉬도록 해라."

수도다나 왕은 서둘러 거실을 나왔다. 야소다라가 캇시

산 비단으로 만든 승복을 들고 나왔다.

"이 승복은 제가 마가다국에서 수행하실 때 보내드리려고 만든 것인데 전해드리지 못했습니다."

"정말 고맙소. 하나 그 승복은 내게 어울리지 않는 옷이니 마음으로만 받겠소."

야소다라는 붓다와 자신 사이에 알 수 없는 깊은 강이 흐르고 있다는 것을 알았다.

"오시느라고 고생이 많으셨어요. 두 번 다시 못 만날 줄 알았는데 이렇게 다시 만나게 되어 행복합니다. 지금까지 저를 지켜준 것은 라훌라였습니다."

붓다는 잠깐 거실에서 쉰 다음 야소다라와 함께 연회장으로 나갔다. 붓다의 모든 제자들은 니그로다 숲에 마련된 숙소로 모두 떠났고 왕궁에는 국왕과 왕비 파자파티를 비롯하여 형제들, 라훌라와 난타, 왕족들이 모여 붓다를 기다리고 있었다.

"우리 석가족의 선조들은 정말 위대하다."

수도다나 왕은 석가족에 대한 찬미의 말부터 하기 시작했다.

여기서 붓다의 속세 가문이었던 카필라 성의 집권 세력인 석가족에 관한 몇 가지 자료를 살펴볼 필요가 있다. 붓다는 불타라는 말로도 불린다. 불타란 본래 '석가족 출신의 성자'라는 뜻으로 사캬무니라는 존칭으로 쓰인다. 우리가 석가모니라고 말하는 것은 사카무니의 한자어 발음으로 석존(釋尊)은 석가모니의 약자이다.

자료에 의하면 붓다는 석가족이 틀림없지만 석가족이 어느 민족에 속해 있는지는 지금도 확실하지 않다. 인도의 역사에 나오는 사캬(Sakya)라는 말은 기원 전 2세기경 중앙아시아에서 인도의 서북부로 침략한 부족으로 중국 자료에는 색(塞)으로 표기되어 있을 뿐이다.

사캬족은 기원 전 1세기 후반부터 약 100년 동안 세력을 유지하다가 서인도에 왕국을 세우고 300여 년 동안 세력을 떨치다가 서기 395년에 멸망한다. 사캬족이 남긴 언어 자료를 보면 원래 사캬족은 이란계의 부족이지만 이 사캬족과 카필라 성의 붓다의 석가족과 관련이 있는지는 아직 밝혀진 것이 없다.

수도다나 왕은 석가족을 크게 번영시킨 옷카카 왕의 예를 들면서 석가족의 내력을 상기시켰다. 붓다는 부왕이 그런 말을 하는 뜻을 잘 알고 있었다. 그러나 붓다는 지금 인간의 육체가 이어져 내려온 내력에 대해서는 별 관심이 없었다. 붓다는 이미 영혼의 선조를 확인한 후였기 때문이다.

우리 인간의 영혼은 영원히 존재하는 불사불멸의 생명이다. 그리고 모든 인간은 마음속에 수많은 전생 체험을 간직하고 살고 있다. 전생 체험의 지혜를 깨우치면 인간은 모든 번뇌에서 벗어날 수가 있다. 그렇다면 전생의 체험은 어떻게 깨우칠 수가 있는가.

사람은 지혜의 문이 열리면 인간의 영혼은 죽지 않는 영원한 생명이라는 것을 깨닫게 되며, 전생 윤회의 실상을 알게 될 뿐만 아니라 그것으로 생로병사의 고뇌가 풀리게 된다. 그 모든 전생 체험은 인간의 마음속에 마치 오늘날의 컴퓨터 칩처럼 기록 저장되어 있다.

붓다는 마음의 문이 열려서 다른 사람의 삼생(三生)까지도 훤히 읽을 수가 있었다. 이미 영적 체험이 가능한 선각자들은 우리가 태어나서 죽기까지 두뇌에서 일어난 모든 상상들이 하나도 빠짐없이 영혼의 상념대에 저장된다고 말한다.

인간의 두뇌는 60조가 넘는 세포를 통제하고 있고, 모든 기억은 대뇌피질의 신경 섬유로 흐르는 모든 전기적인 파동 입자에 의해서 성립되고 있는 것으로 알려져 있다. 거기서 발신된 진동 에너지가 의식에 전달되어 상념대에 기록되고 있는 것이다.

그러나 인간의 뇌에는 뇌 세포가 약 2백억 개가 있지만 기억 세포는 따로 존재하고 있지 않다. 이 말은 곧 모든 기억이 뇌 속에 저장되고 있지 않다는 뜻이다.

그것은 어떻게 알 수 있는가. 만일 인간의 뇌가 기록 기능을 갖고 있다면 잠을 잘 때도 모든 신체의 사고 활동이 중지되어야 한다. 그런데 수면 중에도 뇌파의 진동은 계속 일어나고 있다. 그것은 의식과의 접촉을 시도하기 위한 현상이라는 점을 증명하고 있다.

만일 뇌에 기억 세포가 있다면, 그리고 뇌파의 진동이 일어나고 있다면 수면 중에도 도둑이 방 안에 들어왔다는 것을 기록하고 있어야 하고 그것을 기억해 내야 한다.

그러나 사람은 깊이 잠들면 마치 죽은 사람처럼 누워 있을 뿐이다. 잠자는 동안 일어난 일을 기억하지 못한다. 그때 의식이 다시 돌아오지 않으면 뇌파의 진동이 멈춘 것이며 그것은 육체와 영혼이 분리되었다는 뜻이다. 그것이 곧 죽음이다.

사람은 오관을 통해서 받아들인 것을 뇌에 전달하고, 뇌파의 발신 진동에 의해 마음에 보고하고 기록되는 것이지만 수면 중의 뇌파 진동수가 깨어 있을 때와 다른 것은 오관이 작동을 하지 않고 있기 때문이다.

이것은 기억 기능이나 장치가 뇌 속에 있지 않는다는 증거이다. 따라서 이 세상에서 만들어진 육체 세포가 전생을 기억해낼 수 없는 것은 당연하다.

그러나 인간의 과학은 아직 마음의 구조를 시각적으로 밝혀내지 못하고 있다. 그것은 마음이 제4차원의 세계에 속하기 때문에 제3차원의 세계에서는 그 구성 조건을 볼 수가 없기 때문이다.

단지 마음의 얼개와 구조를 통해 유추하고 있을 뿐이다.

그러나 슈바라의 경지에 이른 붓다에게는 인간의 마음의 구조가 훤히 보인다.

붓다가 석가족들에게 설법한 내용은 고뇌의 원인인 번뇌를 없애는 방법이었지만, 그것은 곧 육체란 허무한 것이며 사람의 눈에 보이는 세상과 인간이 만들어낸 모든 지위와 명예와 권력과 재산은 허무한 것임을 일깨워 주려는 것이었다.

전생이야기

'나는 명예스럽고 자랑스러운 스승을 만났다.
이제부터 나는 너를 붓다라고 부르겠다.'

카필라 성의 수도다나 왕 앞에서 붓다는 설법을 계속했
다. 어느 날 붓다는 수도다나 왕과 자신과 사리불의 전생
인연을 애기한 후에도 또 한 가지 중요한 설법을 했다. 그
것은 인도의 계급 제도에 관한 붓다의 인간 선언이었다.

"사람은 전생에 지은 업보에 따라 어떤 사람은 왕의 지
위로 태어나고 어떤 사람은 노예의 신분으로 태어납니다.
왜 그럴까요? 그 이유는 전생에 각자 지은 업이 다르기 때
문일 뿐, 차별된 상태로 태어나는 것이 아닙니다.

왕으로 태어난 사람은 갚아야 할 빚이 있기 때문이며,
노예로 태어난 사람 역시 반드시 풀어야 할 업보가 있기
때문입니다. 그것은 행복과 불행과는 관계가 없습니다.

평생을 마음의 고통으로 살았던 불행한 왕이 이 세상을
지옥처럼 느낀다면, 마음의 평안을 통해서 극락처럼 사는
노예보다 나을 것이 무엇이겠습니까.

불법은 바다와 같습니다. 모든 강물이 다 섞여도 짠맛은 그대로인 것처럼 불법은 모든 인간을 차별하지 않고 바라문이나 크샤트리아, 바이샤, 수드라를 모두 평등하게 받아들입니다. 불법 안에서는 모두 한 몸이자 한 형제이기 때문입니다.

더구나 인간은 땅과 물과 불과 바람의 네 가지 조건이 갖추어져서 존재하게 된 것입니다. 거기에 어떤 차별이 있겠습니까. 사람은 단지 각자가 전생에 지은 업이 다를 뿐입니다. 게다가 사람은 모두 똑같이 늙고 병들고 죽게 됩니다. 바라문은 안 죽고 수드라만 죽는 것이 아닙니다.

나는 그런 인생에 절망을 느꼈으며, 늙고 병들고 죽는 인간의 괴로움에서 벗어나 큰 자유를 얻기 위해 출가하게 되었고, 이제는 모든 고뇌가 사라진 마음의 평화를 이루었습니다. 그것은 불법으로만 가능한 것입니다.

법은 태양이나 공기처럼 평등하게 주어진 자비의 빛입니다. 교만과 위선과 거짓의 마음을 버리고 법에 따라 살 때 마음에는 평화가 오고 그때에 참된 행복이 옵니다.

지금까지 믿어온 신앙으로는 자신을 구할 수가 없습니다. 인드라 신도 아니고 바유, 야마, 아루카, 아그니, 베루타, 찬드라, 바토라 신들도 아닙니다. 야크시, 야크샤, 킨나라, 마그라는 더구나 아닙니다. 자신을 구할 수 있는 것은 자기 자신밖에 없습니다.

자기 자신은 어떻게 구합니까? 자신의 생각과 행동을 달마(법)에 따라 살면 됩니다. 우리들 마음속에는 '선한 나'와 '거짓의 나' 그렇게 두 개의 내가 살고 있습니다. 우리가 따라야 할 것은 '선한 나'입니다.

정직하고 바르고 선한 나를 의지하고 살아야지 '악한 나'를 좇아서 살아서는 안 된다는 얘기입니다. '선한 나'란 거짓과 미움이 없는 아이처럼 착하고 순수한 마음을 말합니다. 그것이 진짜 자신의 모습입니다.

그러나 많은 사람들이 '선한 나' 대신 출생의 환경과 교육과 관습에 얽매이고 또는 욕심에 사로잡혀 진실한 나를 외면하고 거짓의 나와 타협하고 삽니다. 그것이 자신의 괴로움을 만드는 원인이며, 그래서 우리가 사는 세상은 사바세계, 즉 고통의 세계라고 말하는 것입니다.

여러분이 지금 괴로움 속에 산다면 죽은 후에도 괴로움의 지옥에서 벗어날 수가 없습니다. 사람들은 힘들고 괴로우면 죽고 싶다고 말합니다.

그러나 죽음이 고통의 끝이 아닙니다. 지금 괴로우면 저세상에 가서도 괴로움이 계속됩니다. 이승에서 괴로움의 업, 즉 카르마를 풀지 못하면 저승에서도 그 업장이 계속되기 때문입니다.

모든 업은 이승에서 저승으로, 또 저승에서 이승으로 되풀이되고 있습니다. 그것이 우리 인간이 벗어날 수 없는 숙명의 고리입니다.

그러나 여러분이 모든 생각과 말과 행동에서 '선한 나'를 선택하고, 그로 인해 괴로움의 업을 쌓지 않고 지금 이 세상에서 마음의 평화를 얻게 된다면, 저승에서도 여러분은 평화를 찾게 될 것입니다. 그것이 윤회에서 벗어나는 해탈이며 깨달음의 조건입니다.

이제 왜 깨달음을 얻어야 하는지 여러분들은 아셨을 것입니다. 깨달음을 얻으면 윤회에서 벗어날 수 있으며 영원한 생명의 참된 자기 모습을 볼 수 있게 됩니다. 우리가 말하는 극락이니 지옥이니 하는 말들은 신이 만든 것이 아니라 각자의 생각과 행위가 만들어낸 것에 불과합니다."

수도다나 왕을 비롯한 석가족들은 붓다의 말에 깊은 침묵 속에 빠져 있었다. 이윽고 수도다나 왕이 입을 열었다.

"싯다르타, 이제야 바라문 경전의 말이 이해가 되는구나. 오늘 나는 참으로 명예스럽고 자랑스러운 스승을 만났다. 이제부터 나는 너를 붓다라고 부르겠다."

붓다의 설법을 들은 수도다나 왕은 지금까지 가졌던 의문이 풀렸다. 바라문교에는 해탈이라는 말이 없다. 윤회는 있지만 벗어나는 길은 없었다. 세상에 태어난 목적은 다음에 살 세상에 대한 행복을 희구하는 일밖에 없었다.

그러나 불법에서는 윤회에서 벗어날 수 있는 희망이 보였다. 누구든 여래(如來)가 되면 전생의 굴레에서 벗어날 수가 있다. 전생의 윤회는 생명의 순환과 인연으로 이루어진다. 인연은 업의 윤회이며 괴로움은 영원히 계속된다.

수도다나 왕이 붓다의 설법을 듣고 가장 감동을 받은 것은 사람이 전생의 굴레에서 벗어날 수 있다는 것이었다. 마침내 수도다나 왕은 결단을 내린다.

"나는 이제야 붓다의 법을 이해하게 되었다. 이제부터는 누구든지 붓다의 제자가 되는 것을 허락한다. 나 역시 붓다의 가르침에 따르겠다."

그때 수도다나 왕은 야소다라를 바라보면서 붓다에게 말했다.

"야소다라는 세존께서 수행하던 시절에 노란 승복을 입었다는 소식을 듣고 노란 옷으로 갈아입었으며, 세존께서 하루에 한 끼만 먹는다는 말을 듣고 하루에 한 끼만 먹었으며, 세존께서 침대에서 자지 않는다는 말을 듣고 침대를 버렸다. 세존께서 고행한다는 말을 듣고 그 자신도 고행을 계속했다. 야소다라는 사람들이 재혼을 권했으나 거절하면서 오직 붓다의 아내로 아들을 훌륭하게 키우는 데만 힘썼다."

수도다나 왕이 야소다라를 칭송하는 말을 듣고 붓다가 말했다.

"아버님, 현명한 야소다라가 부왕의 보호 아래서 자기 자신을 잘 지킨 것은 별로 대단한 일이 아닙니다. 야소다라는 저와 결혼하기 전, 철없던 어린 시절에도 어느 누구의 보호도 받지 않은 험한 산골에 살면서도 자기 자신에 대해서는 처신을 잘했습니다."

붓다는 부왕의 야소다라에 대한 칭찬을 별로 높이 평가하지 않았다. 팔리어 문헌에 보면 야소다라는 붓다의 외사촌 누이로 되어 있다. 한문 번역본에는 석가족의 집장(執長) 딸로 나오는데 그는 붓다의 친어머니 마야 부인과 남매 사이로 전해지고 있다. 따라서 야소다라는 붓다와는 외종간이 된다.

일부 기록에는 고타마싯다르타가 출가 전에 세자비(世子妃)가 셋이 있었다는 기록도 있지만 확인할 길은 없다. 단지 출가 전 붓다에게 아내 야소다라가 있었고, 아들 라홀라가 있었다는 것은 여러 기록이 일치하고 있다.

또 붓다가 출가하기 전에 야소다라가 궁전에서 어떻게 살았는지에 대한 기록은 거의 없다. 그러나 마하파자파티가 출가할 때 시어머니를 따라 출가했다는 말도 있고, 붓다가 출가를 허락하지 않았다는 설도 있지만, 정확한 사실은 알려지지 않고 있다. 다만 붓다가 카필라 성에 돌아왔을 때 야소다라의 전생 얘기를 해준 기록이 남아 있다.

"전생에 어느 눈이 많이 내린 산에 월희(月姬)라는 보살한 분이 남편과 함께 살고 있었습니다. 어느 날 그 나라 국왕이 사냥을 나갔다가 월희를 보고 그 아름다움에 반해버렸습니다.

왕은 월희를 차지하기 위해 월희의 남편을 활로 쏘아 죽이고 왕궁에 가서 살자고 말했습니다. 그러나 월희는 왕의 말을 거역하고 산으로 달아났습니다. 왕이 돌아간 후에 월희는 다시 집으로 돌아와 아직 숨이 끊어지지 않은 남편을 보고 제석천왕에게 남편의 목숨을 살려달라고 빌었습니다.

제석천왕은 월희의 소원을 들어줍니다. 그때 월희의 남편이 지금의 저이며 월희가 야소다라입니다. 야소다라가 나를 사랑해서 왕의 유혹을 이긴 것은 지금뿐만 아니라 전생에도 똑같았습니다."

붓다는 부왕과 야소다라에게 그렇게 말했다. 수도다나 왕은 곧 붓다에게 말했다.

"세존이시여, 세존이 태어났을 때 내가 어린 당신을 아시타 선인에게 데려갔는데 세존의 발이 선인의 머리 위에 있는 것을 보고, 나도 세존의 발에 예를 갖추었다. 또 어린 세존을 데리고 시골로 나들이 나갔을 때 나무 아래 앉아 명상에 잠긴 세존을 보고 영문도 모른 채 예를 갖추었다. 하나 지금은 잘 알고 있다. 세존은 세상에서 가장 높고 귀한 나의 스승이시다. 이제 나는 다시 세 번째로 스승에게 예를 갖추겠다."

수도다나 왕이 예를 갖추자 그 자리에 있던 많은 석가의 왕족들이 예를 갖추었다. 그들은 석가족에서 붓다가 나온

것을 민족의 큰 자랑이자 명예로 여겼다. 그들은 고타마싯
다르타 왕자가 비록 전륜왕이 되지는 못했지만, 불만이 조
금도 없었다.

최초의 사미승

'라훌라는 12살에 사미(沙彌)가 되었고
20살에 계를 받아 스님이 되었다.'

붓다가 카필라 성에 온 지 사흘째 되는 날이었다. 수도
다나 왕은 붓다가 성에 머물러 있을 때 왕자 난타와 왕족
의 딸 손타리의 결혼식을 올리고 세자 책봉식을 함께 거행
했다. 당시 난타의 나이는 35살이었다.

난타는 붓다의 이모 마하 파자파티의 아들이었으므로
붓다에게는 이복동생이었다. 수도다나 왕이 난타의 결혼
식과 세자 책봉식을 함께 거행한 것은 붓다의 축복을 받기
위해서였다.

왕세자로 즉위한 난타는 카필라 성의 정통 왕위 계승자
인 싯다르타가 와 있는데 자신이 왕세자 자리에 오르는 일
이 잘못되었다는 생각을 하게 된다. 난타는 어려서부터 형
인 싯다르타 왕자를 존경하고 따랐기 때문에 마음이 더욱
괴로웠다.

게다가 난타는 붓다의 설법을 듣고 깊은 감동을 받아서

왕권에 대한 욕심이 사라져버리고 말았다. 그는 차라리 라
훌라가 왕위 계승권을 가졌으면 좋겠다는 생각을 하고 있
었다.

난타는 새로 결혼한 아내의 아름다움과 사랑에 깊이 빠
져 있었다. 그의 아내는 나라 안에서 가장 아름다운 여자
였기 때문에 국미(國美)라고 불렸다.

난타의 결혼식이 끝났을 때 붓다는 신랑과 신부를 축복
한 다음 자기가 탁발할 때 들고 다니던 바루를 난타에게
안겨주었다. 처음에 난타는 붓다가 자기를 다른 사람으로
착각하고 바루를 잘못 준 것으로 알았다. 붓다가 말없이
궁궐 밖으로 나가는 것을 본 난타는 붓다의 바루를 든 채
재빨리 뒤쫓아갔다.

그때 난타의 주위에 있던 사람들은 난타가 붓다에게 바
루를 돌려주려고 달려간 것으로 알고 있었다. 왕세자비도
그렇게 알고 왕세자가 곧 돌아올 것으로 알고 기다리고 있
었다. 난타가 붓다에게 쫓아가 바루를 돌려주려고 하자 붓
다가 돌아서서 말했다.

"난타야, 너는 지금 그 바루를 들고 나를 따라 출가하는
것이다."

그 말에 난타는 크게 놀랐다. 붓다가 이미 자신의 마음
속을 꿰뚫고 있었던 것이다. 난타는 붓다에 대한 존경심과
경애감이 넘쳐흘렀기 때문에 붓다의 말을 거역할 수가 없

어서 잠자코 뒤를 따라 니그로다 숲까지 갔다.

결혼식이 끝나자마자 출가해버린 난타는 아름다운 아내에 대한 연민의 감정이 깊었으며 갑자기 닥친 수행자의 고행을 견디지 못하고 깊은 고뇌에 빠져 방황하고 있었다. 붓다는 난타의 고민을 알고 어느 날 난타를 깊은 산으로 데리고 갔다. 산에는 원숭이들이 살고 있었다.

"이 원숭이와 네 아내 중 어느 쪽이 더 아름다우냐?"

난타는 크게 외쳤다.

"저 원숭이를 어찌 제 아내와 비교할 수 있겠습니까? 제 아내는 카필라 성에서 가장 아름다운 여자입니다."

붓다는 신통력을 발휘하여 난타를 하늘로 데리고 올라가 하늘의 여인을 보여주었다.

"네 아내와 천녀(天女) 중에 어느 쪽이 더 아름다운가?"

난타는 천녀를 보고 입을 다물지 못했다.

"이 천녀의 아름다움은 마치 제 아내와 원숭이를 비교하는 것과도 같습니다."

난타는 최고의 미녀였던 아내가 천녀의 아름다움에 비하면 원숭이 정도라는 사실을 인정할 수밖에 없었다. 그러자 붓다가 말했다.

"만일 네가 천상의 세계에 들어가 천녀를 아내로 맞고 싶다면 수행에 힘써야 하지 않겠느냐?"

그 후 난타는 붓다의 가르침에 따라 아내를 서서히 잊고 수행에 몰두하여 제자가 되었을 뿐만 아니라 점차 천녀에 대한 기대도 잊게 된다.

수도다나 왕은 왕세자 난타의 뜻밖의 출가로 큰 충격을 받았다. 왕권을 난타에게 물려주고 붓다의 뜻에 따라 여생을 조용히 보내려고 했던 수도다나 왕에게는 어처구니없는 돌발 사태가 발생한 것이다. 왕은 할 수 없이 붓다의 아들 라훌라를 왕세자로 내세울 수밖에 없었다.

붓다가 카필라 성에 입성한 지 7일째 되는 날이었다. 당시 야소다라는 쓸쓸하고 외로운 감정에 사로잡혀 있었다. 그러나 출가한 남편이 훌륭한 붓다로 귀향한 후에는 남편 붓다가 포기한 카필라 성의 유산을 라훌라를 통해서 확보하고 싶었다.

마침 난타가 왕세자에 올랐다가 출가하자 라훌라에게 왕세자의 차례가 왔다는 것을 확인했다. 붓다가 난타를 출가시킨 후에 다시 니그로다 숲에서 카필라 성으로 돌아왔을 때 야소다라는 라훌라에게 좋은 옷을 입히고 말했다.

"라훌라야, 저기 의자에 앉아 계시는 황금빛이 나는 분이 누군 줄 아느냐?"

"제 아버님이 아니십니까?"

"그렇다. 저분이 바로 네 아버지이시다. 네 아버지는 궁궐에 많은 보물을 쌓아두고 계셨지만 지금은 그걸 본 척도 안 하신다. 너는 지금 아버지 앞에 가서 '아버지, 저는 라훌라 왕자입니다. 저는 앞으로 왕위에 오르면 전륜왕이 될 것입니다. 그때는 제게 많은 재산과 보물들이 필요합니다. 제게 그것들을 유산으로 주십시오. 아들은 늘 아버지 재산의 주인이 아닙니까? 라고 말해라."

곧이어 라훌라는 붓다가 식사를 마치자 다가갔다.

"아버님, 저는 아버님의 그림자도 사모하고 있습니다."

라훌라는 아버지에게 존경심을 바치며 예의를 갖추어 말했다. 붓다는 식사를 마치고 조용히 일어나 아무 말 없이 걸음을 옮겼다.

그러자 라훌라가 붓다의 뒤를 따라가면서 어머니가 시키는 대로 말했다. 붓다는 아무 말도 없이 니그로다 숲을 향해 걸었고, 라훌라는 대답을 얻기 위해 뒤따라갔다. 붓다는 라훌라를 돌려보내려고 하지 않고 걸으면서 생각했다.

'라훌라에게 어울리는 보물이 무엇인가. 라훌라에게는 내가 보리도량에서 얻은 일곱 개의 귀중한 보물을 물려주어야겠구나. 그것이 라훌라가 내게서 받을 수 있는 가장 귀중한 일곱 가지의 유산 상속자가 되지 않겠는가.'

여기서 붓다의 7재는 깨달음을 얻기 위한 일곱 가지로 신재(信財), 계재(戒財), 참재(懺財), 괴재(愧財), 문재(聞財), 사재(捨財), 혜재(慧財)를 말한다.

붓다는 곧 사리불에게 라훌라의 머리를 삭발하도록 했다. 당시 라훌라의 나이 12살이었다. 라훌라는 바로 사미

(沙彌)가 되고, 20살에 계를 받아 스님이 된다. 이로써 라
훌라는 불교 승단에서 최초의 사미가 된다.

야소다라가 라훌라로 하여금 붓다에게 상속을 받으라고
지시한 숨은 뜻에 대해 경전은 확실하게 밝히고 있지 않지
만, 일부 학자들은 당시 야소다라의 입장과 태도로 보아서
세속적인 재산 상속을 의미하지 않는 것으로 해석하기도
한다.

야소다라가 라훌라의 미래를 붓다에게 맡긴 것으로 이
해할 수도 있다. 난타가 출가한 후에 왕권 계승자는 라훌
라밖에 없는데 야소다라가 새삼스럽게 출가한 붓다에게
재산 상속을 요청할 이유가 없기 때문이다. 일부에서는 야
소다라의 유산 요청은 붓다의 뜻을 살핀 야소다라의 마음
으로 해석하기도 한다.

이렇게 붓다의 카필라 성 귀향은 왕권 후계자들이었던
이복동생 난타와 라훌라마저 붓다에 귀의시킴으로써 수도
다나 왕을 혼란스럽게 만들고 말았다.

수도다나는 붓다에게 귀의하는 것도 중요했지만 카필라
성의 후계 구도 역시 중요한 현실적인 정치적 과제였던 것
이다. 당시 수도다나 왕은 할 수 없이 바제리카에게 왕권
을 물려줄 수밖에 없었다.

붓다가 카필라 성을 방문한 이후 불교 교단의 수행자는
2천여 명이 넘었다. 사찰은 죽림정사와 기원정사 둘 밖에

없었고, 수용 인원은 1천여 명이었다. 그래서 많은 수행자들이 정사를 사용할 수 없어서 동굴이나 천막을 사용하고 있었다.

당시의 기원정사는 붓다가 설법을 하는 대법당과 수십여 명씩 선정에 들어가는 여러 개의 방들이 있었다. 붓다의 방과 수제자들의 방이 따로 있었고, 식당도 따로 있었다. 절은 돌과 흙으로 지어서 더위를 막고 장마를 피할 수 있었다.

당시의 정사(精舍)는 오늘날의 절이다. 다른 점이 있다면 초기 붓다 시절의 정사는 일반인에게 개방되었지만 오늘날의 절은 폐쇄적으로 변했다는 점뿐이다.

당시의 수행승들은 탁발을 했지만 지금의 스님들은 거리 탁발에 나서지 않고 있으며, 당시의 정사는 설법으로 살아 있는 사람들의 깨달음을 위해 있었지만, 오늘날의 절은 죽은 자의 영생을 비는 장소가 되었다.

붓다가 카필라 성을 다녀온 후로 많은 왕족들이 출가했지만 석가족들 사이에 여성의 출가도 허락해 달라는 요청이 커졌다.

한편 카필라 성의 궁궐에서는 많은 왕족과 대신들의 출가로 비상사태가 발생했다. 특히 노예계급인 이발사 우파리의 출가는 카필라 사람들에게 큰 충격을 던져주었다. 그렇게 짧은 시일 안에 그렇게 많은 사람들이 출가하리라고는 예상도 못 했던 일이었다.

이제 카필라 성에서는 남녀노소와 계층의 구별 없이 모두가 붓다에 대한 연민에 사로잡히고 말았다. 이렇게 되면 카필라 성이 텅 비지 않으리라는 보장도 없었다. 수도다나 왕은 사촌 암리트다나와 대책을 논의했다.

"지금 붓다에 대한 백성들의 흠모는 열병처럼 번지고 있습니다. 포고령이 발표된 후에도 집안의 맏아들도 아닌데 출가하려는 사람들이 많습니다. 무사들도 예외가 아닙니다. 이런 사태가 계속되어 우리 석가족 무사들이 모두 출가하면 나라가 망하게 됩니다."

수도다나 왕은 암리트다나의 말을 심각하게 받아들였다. 당시 국경에서는 이웃 국가들과 자주 분쟁이 벌어져서 많은 무사들이 목숨을 잃고 있었다.

이웃 강대국 코살라국의 파세나디 왕이 카필라 성을 돕고 있어서 안보에는 문제가 없었지만 나라의 방위력을 남에게 의존할 수는 없는 일이었다. 게다가 왕비 파자파티의 말에 의하면 궁중에서 출가를 바라는 여자들이 20여 명이나 된다는 것이었다.

당시 수도다나 왕은 98세로 이미 노쇠하여 병상에 누워 있었다. 그의 주변에 있던 왕족과 대신들은 대부분 붓다에 귀의하여 궁전은 쓸쓸하기 그지없었다.

카필라 성의 국왕은 바제리카가 출가한 후에 수도다나

왕의 동생 수크로다나라자(백반왕)가 맡고 있었다. 수크로다나라자에게는 아난타와 데바닷타, 두 아들이 있었지만 아난타는 붓다에 출가했다. 대신들은 수도다나 왕이 눈물을 흘리며 슬퍼하는 것을 보고 말했다.

"전하께서는 선정을 베풀고 덕을 쌓았으며 백성들을 잘 다스려서 그 명성이 세상에 널리 알려졌는데 무슨 이유로 슬퍼하십니까?"

그러자 수도다나 왕이 말했다.

"나는 싯다르타가 곁에 없는 것과 난타를 비롯한 석가족들이 붓다의 법을 잘 지켜서 깨달음을 얻는 것을 보지 못하고 죽는 것이 안타까울 뿐이다."

수도다나 왕은 붓다가 자랑스럽고 명예로웠지만 아들로 곁에 둘 수 없었던 것이 못내 아쉬웠으며, 둘째 아들 난타와 손자 라훌라, 조카 아난타를 비롯한 수많은 석가족의 후예들이 떠난 궁전에서 노후의 외로움이 뼈에 사무치게 컸던 것이다.

그때 붓다는 마가다국의 수도 라자그리하의 근교에 있었다. 부왕이 위독하다는 말을 들은 붓다는 급히 난타와 라훌라와 아난타를 데리고 카필라 성으로 왔다. 그러자 카필라 성의 백성들이 궁전 앞에 몰려와서 붓다에게 울부짖으며 소리쳤다.

"세존이시여, 우리 왕이 돌아가시면 나라가 멸망할 것입니다."

그러자 붓다는 괴로워하는 백성들에게 비를 내리게 하여 마음을 위로한 다음, 병으로 괴로워하는 부왕에게 빛을 내려 고통을 덜어주었다. 그때 수도다나 왕은 의식을 회복하고 붓다에게 말했다.

"세존이시여, 내 손을 잡아 주시오."

붓다는 부왕의 이마에 손을 올려놓고 아버지를 위해 마지막 설법을 했다.

"아버님, 마음을 편안하게 가지십시오. 아버님은 평생 말과 행위가 청정(淸淨)하여 마음의 때를 벗은 지 오래되었습니다. 그러므로 지금은 번뇌가 없고 괴로울 일도 없습니다. 제 말씀을 잘 기억하시기 바랍니다. 지금까지의 행하신 선한 마음의 근원을 믿으시고 이 세상을 하직하실 때는 너그러운 마음을 갖기를 바랍니다."

부왕은 붓다의 말을 듣고 말했다.

"세존을 만나 나는 소망을 이루었소. 마음이 기쁘고 더 이상 바라는 것이 없소."

수도다나 왕은 붓다의 손을 잡아 가슴 위에 올려놓고 합장을 한 후 눈을 감았다. 그때 그의 나이 98살이었다. 이렇게 하여 수도다나 왕과 붓다의 이승 인연은 끝나게 된다. 석가족들은 비탄 속에서 장례를 치른다.

난타와 아난타, 라훌라도 관을 매도록 붓다의 허락을 받았다. 그리고 장례식날 관이 화장터로 떠날 때는 부모에 대한 예를 갖추는 모범을 보이기 위해 붓다 스스로 관을 매었다.

경전의 기록에 의하면 그날은 삼천 대천세계가 여섯 가지로 진동을 했으며 사천왕들이 사람의 모습으로 나타나 관을 맨 것으로 나타난다. 수도다나 왕은 전단향으로 만든 가장 좋은 관 속에 누워 화장된 후, 유골은 황금의 그릇에 담아 탑묘(塔廟)에 안치되었다.

비구니 승단의 탄생

'비구니는 18세에서 20세까지
사마니를 거친 후에 구족계를 받는다.'

붓다가 처음 카필라 성에 찾아왔을 때 석가족의 여자들은 설법을 들을 수가 없었다. 예부터 석가족은 남녀가 함께 모이지 않는 관습이 내려오고 있었기 때문이었다. 그래서 카필라 성의 왕비를 비롯한 왕족의 부인들은 모두 원망하며 안타까워했다.

그 말을 들은 붓다는 부녀자들의 뜻을 받아들여 여자도 설법을 듣도록 허락했다. 따라서 수도다나 왕이 죽은 후, 석가족의 여자들이 처음으로 붓다의 설법을 듣게 된다. 붓다의 어린 시절에 양육을 맡았던 이모이자 왕비인 마하파자파티는 설법을 듣고 크게 감동을 받았다.

그녀는 고타마싯다르타가 출가한 후에 슬픔 속에서 황금의 실로 짠 한 벌의 금란가사를 붓다에게 바쳤다. 그러나 붓다는 개인의 사사로운 정에 마음이 치우치는 것은 안 된다고 세 번이나 거절한다. 따라서 아난타는 파자파티에게 금란가사를 다른 사람에게 보시하도록 권한다.

파자파티는 금란가사를 다른 사람에게 주려고 했으나 옷이 너무 화려해서 아무도 입을 엄두를 못 냈다. 그때 미륵이 그 옷을 입어 보고 잘 어울려서 입게 되었다. 미륵이 그 옷을 입었을 때 붓다와 같은 32상이 그의 몸에 나타나게 된다.

미륵은 바라문 스승의 허락을 받고 15인의 친구들과 함께 붓다에 귀의한 수행자였다. 그는 파자파티의 금란가사를 붓다 대신 받은 지 12년 후에 귀향하여 입적해서 도솔천에서 태어난다. 도솔천은 붓다가 이승의 부처님으로 나타나기 위해 수행한 마지막 장소이다.

이렇게 금란가사를 바친 파자파티는 수도나 왕이 서거한 후에 출가를 결심하고 야소다라와 함께 5백여 명의 여인들을 거느리고 니그로다 숲을 찾아간다.

"세존이시여, 저희들도 제자로 받아주십시오."

그러나 붓다는 그들의 간청을 세 번이나 거절한다. 석가족의 여자들이 출가하여 도를 닦으면 오래 가지 못한다는 것이 이유였다. 파자파티는 뜻을 이루지 못하고 카필라 성으로 돌아갔다.

그러나 파자파티를 비롯한 석가족의 여인 5백 명은 모두 머리를 깎고 가사를 걸친 채 기원정사로 갔다. 그들은 먼 길을 오느라고 지쳐서 행색이 말이 아니었다. 이것을 본 아난타는 붓다에게 그들을 받아줄 것을 간청했다.

"세존이시여, 마하파자파티 왕비는 세존의 어머님께서 세상을 떠나신 후에 양육을 맡았던 이모이십니다. 세존께서는 큰 은혜를 입은 분입니다."

"그래, 파자파티는 내게 큰 은혜를 주었다. 그러나 나 역시 은혜를 베풀었다. 나는 그녀에게 삼보에 귀의케 했으며 오계를 받도록 하여 네 가지 진리를 깨닫게 해주었다."

붓다는 아난타의 간청을 세 번이나 거절했다.

"여자들이 출가하여 계를 받고 수행하면 남자들처럼 아라한이 될 수 있습니까?"

"될 수 있다."

"그렇다면 거절할 이유가 없지 않습니까?"

붓다는 파자파티와 5백 명의 석가족 여인들의 눈물 어린 호소와 아난타의 설득에 마침내 뜻을 굽혀 여자들의 출가를 허락하고 다음과 같이 설법을 했다.

"너희 몸이 어디가 예쁘고 어디는 밉게 타고났다고 불평하는 것을 들었다. 그러나 너희의 몸은 부모가 신으로부터 생명을 부여받을 때 세상에 나가서 조화를 이루며 살 수 있도록 만들어진 것이다.

부모가 신으로부터 부여받은 능력으로 너희 신체가 이루어질 때는 밉고 예쁜 것이 기준이 아니라 너희가 가장 잘 어울릴 수 있는 조화를 목표로 둔 것이다. 너희가 예쁘고 밉다고 말하는 기준은 사람들의 관습과 기준에 의해서 그렇게 된 것뿐이다.

너희 몸의 조화는 너희 건강과 깊은 관련이 있다. 건강하지 못한 것은 너희 마음이지 몸이 아닌 것이다. 비뚤어진 마음은 많은 욕망을 불러일으킨다.

바르게 보고, 바르게 말하며, 바르게 일하고, 바르게 생활하며, 바르게 도에 정진하고, 바르게 생각하며, 바르게 목숨을 유지하고, 바르게 입정(入定)하는 팔정도(八正道)의 실천이야말로 내가 말하는 법이다.

그것은 곧 깨달음을 얻는 과정이다. 그것이 너희들이 지금 이곳에 온 이유이며 목표이다. 그러므로 수행자들은 세속에 사는 사람들보다 더 나아야 하는 것이다.

만약 승단 생활이 어려워서 귀가하고 싶은 사람은 언제든지 떠날 수 있다. 자기 자신을 속이면서까지 이곳에서 견딜 수 있는 사람은 없기 때문이다.

따라서 너희 비구니(여승)들은 비록 나이가 백 살이라도 비구(스님)를 맞이할 때는 깍듯이 예의를 갖추어야 하며 존경해야 한다. 또 비구니들은 비구를 비방하지 말아야 하며 권위를 존중해야 한다. 비구니는 비구의 죄를 드러내지 못하며 비구가 하는 일을 막지 못한다.

비구는 비구니를 꾸짖을 수 있으나 비구니는 비구를 꾸짖지 못한다. 최소 18세에서 20세까지의 사마니를 거친 후에야 구족계를 받을 수 있다. 또 비구니가 죄를 지으면 비구 승단과 비구니 승단으로부터 15일 동안 떨어져 있다가 참회를 하고 용서를 받는다.

비구니는 15일마다 비구로부터 계율을 배우고 설법을 들어야 하며 비구가 없는 곳에서는 안거하지 말고 안거를 마치면 보고, 듣고, 의심한 죄를 비구로부터 검사받아야 한다. 이 8가지의 법을 존중하고 공경하며 죽을 때까지 어기지 않아야 한다."

그 말을 들은 파자파티는 말했다.

"세존께서 비구니들을 위해 정해 주신 8가지 계율은 저희들의 머리를 감고 아름다운 꽃으로 장식하듯 일생 동안 소중히 지킬 것입니다."

이렇게 파자파티와 야소다라를 위시한 5백 명의 석가족 여자들은 서약하고 비구니가 되었다. 그때 붓다는 아난타에게 이렇게 말한다.

"만일 불교 교단에 여자의 출가를 허락하지 않았다면 정법은 1천 년 동안 유지될 수 있었을 것이다. 하나 이제 여자가 출가했으니 정법은 5백 년밖에 못 갈 것이다. 여자의 출가로 순결을 지키기 어렵게 되었기 때문이다. 그래서 나는 물이 넘치지 않도록 제방을 쌓는 것과 같이 비구니에게 8가지 법을 정해 준 것이다."

붓다의 설법을 듣는 제자들은 숙연해졌다. 붓다는 성자

였지만 한 명의 따뜻한 인간이었다. 그는 수행자들이 질서를 흐트러뜨리는 자가 있어도 결코 파문하지 않았다. 다만 그런 자는 스스로 승단을 떠났다.

제7장
행복에 이르는 길

'세상은 끝없는 생명의 순환과 생성, 소멸
있음과 없음을 되풀이하고 있다.'

색과 공의 윤회

'세상은 끝없는 생명의 순환과 생성, 소멸
있음과 없음을 되풀이하고 있다.'

마가다국의 수도 라자그리하나 코살라의 인접 지역에서
는 이제 어디서나 노란 가사를 입은 스님들의 모습을 흔히
볼 수 있게 되었다. 그만큼 불법은 널리 퍼져 있었다. 어느
날 붓다는 숲에서 나뭇잎을 한 움큼 따들고 사원으로 들어
가서 제자들에게 물었다.

"내 손 안에 있는 나뭇잎과 숲에 있는 나뭇잎 중에서 어
느 쪽이 많겠느냐?"

제자들은 숲 속의 나뭇잎이 많다고 말했다. 그러자 붓다
가 말했다.

"그렇다. 그처럼 내가 깨닫고 있는 것은 내가 가르치는
것보다 훨씬 많다. 나는 너희들에게 단지 깨달음을 얻는
데 가장 필요한 것만 가르치고 있다."

붓다가 이런 말을 한 것은 그곳 사원에 깨달음보다 철학
적 이론이나 신비주의 학문에 깊이 빠져 있는 제자들이 많

앉기 때문이었다. 제자들 중에는 우주가 유한한 것인지 아니면 무한한 것인지 혹은 시간은 순간인지 영원한 것인지 알고 싶어하는 수행자들이 많았다. 언젠가 붓다는 그런 질문을 받고 이렇게 말했다.

"나는 너희들이 귀의할 때 그런 질문에 대답해 주겠다는 약속을 하지 않았다. 네 질문은 마치 독화살을 맞아 죽어가는 사람이 의사를 불러 놓고, 화살을 빨리 빼지 못하게 하고 활을 쏜 적이 누군지 알기 위해서 증거물을 확보하려고 하는 자와 다를 바가 없다. 그 사람은 적이 누군지 알기 전에 죽게 될 것이 아니겠느냐?

너희들도 그와 마찬가지로 깨달음을 얻기도 전에 우주를 알고 싶어한다. 너희들은 우주를 다 알기도 전에 죽을 것이다. 나는 너희들에게 깨달음에 도움이 되지 않는 것들은 가르치지도 않고 답변도 안 해줄 것이다."

붓다는 모든 제자들에게 오직 깨달음에만 정진할 뿐, 철학이나 학문 이론에 관한 토론을 피하도록 했다. 당시는 문자나 필기도구가 없어서 붓다의 가르침은 암기를 해야 했다.

따라서 사원마다 암기를 전문적으로 담당하는 비구들이 따로 있었다. 붓다의 모든 말씀은 수트라(Sutra), 즉 경전이라 불렸고, 암기자는 경전박사(經典博士, Sutra masters)라고 불렸다.

무아(無我)의 본질에 관한 경전, 연기설(緣起說)에 관한 경전과 팔정도(八正道)에 관한 경전을 비롯한 일부 경전들은 비구들의 모임에서 매월 두 번씩 암송되었다.

승단에는 경전박사와 함께 다양한 율법에 관한 전문가로 율법박사(Precept masters)들이 있었는데, 이들 두 그룹들은 늘 다투어 승단을 분열시켰으므로 붓다는 이들로 인해 괴로움이 컸다.

붓다는 득도한 지 열 번째 맞는 안거를 끝내고 죽림정사에 도착에서 6개월간 머문 후에 라자그리하로 돌아가는 도중에 스바스티를 만나기 위해 우루벨라에 갔다. 스바스티는 붓다가 처음 보리수 아래서 명상을 시작할 때 자리를 깔아 주던 목동 소년이다.

스바스티는 이제 21살이었다. 붓다는 스바스티가 어른이 되면 제자로 받아주기로 한 약속을 지키기 위해 그를 찾아간 것이었다. 스바스티는 곧 비구가 되어 사미니인 라훌라의 가장 친한 친구가 된다.

스바스티는 천민 출신인 목동이었지만 네란자라 강에서 붓다에게 우유죽을 주었던 소녀 수자타에게 글을 배웠다. 그는 붓다의 제자가 된 후에는 라훌라로부터 가사 입는 법과 발우 드는 법, 걸을 때와 서 있을 때, 누울 때와 앉아 있을 때, 먹을 때와 설법을 들을 때의 계율 등을 배웠다. 그 계율은 모두 120여 가지였지만 기본적으로 45가지의 실

천사항이 있다.

그리고 7세에서 20세 미만의 출가승은 사미니(沙彌尼)라고 해서 기본 10개의 계율을 지켜야 한다. 살생하지 말 것, 도둑질하지 말 것, 성관계를 하지 말 것, 거짓말하지 말 것, 술 마시지 말 것, 보석이나 꽃이나 향수를 가까이 하지 말 것, 사치스러운 침대를 멀리할 것, 세속의 잔치에 참석하지 말 것, 돈을 갖지 말 것, 정오가 지나면 금식할 것 등이었다.

아직 사미니에 속하는 라홀라는 붓다를 아버지로 두고 있었지만 한 번도 특별대우를 받은 적이 없었다. 그것은 라홀라가 스바스티에게 한 말을 통해 알려지고 있다.

라홀라는 11살 때에 사원에서 할 일을 안 하고 놀러 간 사실을 사리불에게 거짓말로 둘러댄 적이 있었다. 그 사실을 알게 된 붓다가 처음으로 라홀라를 불렀다. 붓다는 바닥에 물이 조금 남아 있는 물그릇을 가리키며 말했다.

"라홀라야, 이 그릇에 물이 많으냐 적으냐?"

라홀라가 말했다.

"거의 없습니다."

붓다가 말했다.

"진실하지 않은 사람은 이 그릇 속의 물처럼 보잘것없는 인격을 가진 것이다."

붓다는 그릇에 남은 물을 다 쏟아버린 다음 라홀라에게

다시 물었다.

"이 그릇에 물이 있느냐?"

"없습니다."

"거짓말을 하는 사람은 물이 없는 그릇처럼 인격이 비어 있는 사람이다."

붓다는 다시 물그릇을 엎어 놓고 말했다.

"그릇이 뒤집어져 있느냐?"

"그렇습니다."

"바른말을 하지 않으면 인격은 그릇처럼 엎어져 있는 것과 같다. 농담도 거짓은 안 된다."

"잘 알았습니다."

"라훌라야, 너는 거울을 왜 보느냐?"

"자기 모습을 비추어 보기 위해서 봅니다."

"맞다. 너는 거울을 볼 때마다 외모만 보지 말고 네 마음도 깨끗한지 더러운지, 네 생각과 행동과 말도 바른지 반드시 살펴보도록 해라. 사람들이 거울 보듯 마음을 바라보고 묻은 때를 닦는다면 얼마나 좋겠느냐?"

붓다가 안거 기간이 끝나고 북서쪽으로 여행할 때 라훌라도 따라나선 적이 있었다. 라훌라는 붓다의 뒤를 따라 걸으며 마음이 산란했다. 모든 수행자들은 보행 중에도 자신의 호흡과 걸음걸이를 살펴야 한다. 그때 붓다는 라훌라가 딴 데 정신이 팔려 있다는 것을 알고 발길을 멈춘다.

"라훌라야, 너는 걸으면서 숨결을 살펴야 한다. 수행자는 탁발을 하면서도 명상을 멈추어서는 안 된다. 네가 호흡에 마음을 집중하고 있으면 흐트러짐이 없게 된다. 미움은 자비심으로 극복하고 편견은 집착으로 극복해야 한다. 망상은 무상으로 극복해야 하며 욕망은 죽음을 통해 억제할 수 있다. 명상 도중에도 늘 호흡을 살펴라.

숨을 들이쉴 때는 들숨을 의식하고 숨을 내쉴 때는 날숨을 의식해야 한다. 오직 숨쉬는 일에 마음을 집중해라. 마음이 하나로 집중된 상태가 되면 단 한 번 호흡만으로도 깨달음이 올 수가 있다. 마음을 집중할 때 너는 네 육체, 감각, 마음, 마음의 대상 등 모든 것을 인식하는 상태에 머물러 있어야 한다.

먼저 몸의 움직임을 관조하기 시작한다. 숨쉬기, 걷기, 눕기, 움직이기, 보고 먹고 마시고 말하는 것, 머리칼, 이빨, 살, 뼈, 내장, 입의 움직임 등을 살피고 자신의 몸이 죽은 후에 그 몸들이 모두 썩어서 먼지로 바뀌는 과정을 낱낱이 살핀다.

그 과정을 진행하면서 너에게 가장 중요한 것은 숨 쉴 때는 숨쉬고 있는 것을 의식하고 있어야 하는 것처럼 온 종일 행위가 일어나는 동안 다른 생각은 일절 하지 않고 전반적인 모든 행위의 동작만을 집중적으로 관찰해야 한다.

이처럼 감각을 관조하고 있을 때 이런 저런 감각과 감정

302

들이 끝없이 생겨나고 전개되고 소멸된다. 바로 그런 것들을 빼놓지 않고 관조하고 느껴야 한다. 유쾌한 느낌은 유쾌하게, 아픈 마음은 아프게 느끼고 있다는 것을 인식해야 한다.

만일 명상에 집중되지 않으면 네가 집중이 안 된다는 것도 깨달아야 한다. 그 모든 사항들을 확실하게 인식하는 일이 중요하다. 만일 네가 그 상황을 느끼지 못한다면 느끼지 못하는 것도 인식해야 한다. 그것이 마음을 집중하는 방법이다."

라훌라와 스바스티는 붓다의 말을 가슴속에 깊이 새겨두었다. 수행자들에게 있어서 전도 여행은 중요한 수행의 과정이 되고 있었다. 붓다는 수행 중에 좋은 도반의 지원과 격려의 중요성을 강조했다. 도반이란 함께 걷는 자를 뜻하기도 한다.

그래서 함께 길을 걷기 위해서는 덕성을 갖춘 도반이 필요하다. 마음의 집중을 도와줄 수 있어야 하며, 배울 수 있고, 부지런하며 이해심이 많은 도반이어야 한다고 강조하고 있다.

라훌라가 20살이 되었을 때 붓다는 사리불로 하여금 수계식을 하도록 했다. 라훌라가 정식으로 계를 받은 후에 붓다는 특별히 시간을 내어 라훌라와 스바스티를 가르쳤다. 그때 붓다가 가르친 것은 무아(無我), 즉 비어 있음의 참된 뜻, 공(空)의 세계이다.

우리는 존재를 의식할 수 있는 여섯 개의 감각기관을 갖고 있다고 붓다는 말했다. 눈과 귀, 코와 혀, 신체, 다섯 개와 그것을 느끼는 마음까지 6개이다. 눈은 형태를 보고, 귀는 소리를 듣고, 코는 냄새를 맡으며, 혀는 맛을, 그리고 신체는 감촉을, 그리고 그것들은 인식하는 마음의 여섯 가지 기관을 통해서 우리는 세상의 모든 존재를 느낄 수 있다.

그렇게 우리가 느끼는 물질은 놀랍게도 모두 에너지 입자의 결합과 분리 현상이 끝없이 반복되고 있다. 과학은 물질의 기본 단위인 원자의 핵을 핵의 위치에 붙들어 매는 힘과 핵을 방사능처럼 분리시켜내는 힘을 발견했다. 붙들어 매는 결합의 힘과 분리해 내려는 해체의 힘, 두 개가 존재하고 있다는 뜻이다.

우리 눈에 보이는 물질뿐만 아니라 눈에 보이지 않는 물질도 결합과 분리를 끝없이 반복하고 있다. 물이 수증기로 변해서 공기 중에 기화되면 수소와 산소로 분리되며, 냉열의 조건(인연)에 따라 얼음이 되거나 물로 변한다. 이처럼 물이 기체, 고체, 액체로 변하는 윤회의 자연 현상은 법의 윤회 사상을 보여주는 기본 개념이다.

변하는 것이 어디 그뿐인가. 지구가 자전과 공전을 하고 계절이 순환하며 밤과 낮이 바뀐다. 꽃이 피었다 지고 잎도 생겼다가 진다. 우리 몸의 세포도 계속 바뀌고, 피도 돌고, 잠도 잤다 깨고, 눈도 떴다가 감고, 사람도 태어나고 죽는다. 이처럼 세상은 끝없는 생명의 생성과 소멸의 작용, 즉 있음과 없음의 현상을 되풀이하고 있다.

이 세상의 모든 물질, 즉 보이는 형체를 불교에서는 색(色)이라고 하고, 에너지 혹은 의식(영혼)처럼 형체가 없는 것을 공(空)으로 비유한다. 따라서 모든 물질은 에너지로 전환된다.

이 세상에서 형체가 있는 것들은 형체가 없는 것으로 변하고, 형체가 없는 것은 형체가 있는 것으로 변하므로, 형체가 있는 것과 형체가 없는 것은 별개의 것이 아니다.

즉, 색즉시공(色卽是空) 공즉시색(空卽是色)이 바로 그 말이다. 예를 들어 물이 수증기가 되고 수증기가 다시 얼음이 된 것이기 때문에 물이 없어진 것이 아니고, 얼음도 녹아서 물이 된 것이지 얼음이 없어진 것이 아니다.

또 물의 양도 형체만 바꾼 것이지 변한 것이 아니다. 물은 바다에 있거나 수증기나 구름으로 떠 있거나 혹은 얼음으로 있거나 줄거나 늘어나지 않는다.

따라서 붓다가 말하는 세상의 모든 존재는 생명이거나 물질이거나 모두 진여(眞如=神)의 빛(光=의식=에너지)으로 이루어졌으며 그것들은 영원히 소멸되지 않는다. 따라서 불교의 생사관은 불멸불생이다. 다시 태어나는 것도 없고, 소멸되는 것도 없다는 뜻이다.

세상에 존재하는 모든 생명이나 물질은 지구라는 대기권 밖으로 새어나가지 않는 한, 생성도 없고, 소멸도 없고, 질량도 똑같다. 단지 형태만 바뀔 뿐이다. 이렇게 모든 물질은 끝없는 결합과 해체를 계속하고 있다.

따라서 우리의 번뇌나 슬픔도 마치 해가 구름에 가렸다가 다시 나오는 것처럼 변화만 거듭하는 것이며 이것이 불교적 생멸관이다. 이렇게 불교의 공(空)사상은 기본적으로는 제행무상(諸行無常)과 제법무아(諸法無我)이다.

법이란 무엇인가

내가 달을 가리키는데
손가락을 바라보면 되겠느냐?

그 즈음 카필라 성과 코살라국 사이에 분쟁이 발생한다. 두 나라는 로히니 강을 사이에 두고 국경이 나뉘어 있었지만 가뭄 탓으로 물 부족 사태가 발생하자 강물을 서로 차지하려고 싸움이 일어난 것이다.

두 나라는 강 양쪽에서 군사 대치에 들어갔다. 당장 전쟁이 터질 듯한 분위기였다. 그때 붓다는 두 나라가 전쟁을 하지 않도록 협상을 중재했다.

먼저 붓다는 두 나라의 분노를 가라앉히고 서로의 자존심을 세워 주면서 강물을 공평하게 나누어 쓸 수 있도록 평화적으로 해결한 것이다. 그로 인해 두 나라는 합의가 이루어져 우호관계를 회복할 수 있었다.

붓다는 카필라 성을 비롯한 여러 곳에서 안거 기간을 보낸 후에 죽림정사로 돌아가 안거 기간을 맞았다. 그때가 붓다의 나이 55세였다.

당시 마가다국의 파세나디 왕이 붓다를 찾아왔을 때 함께 온 비사카 부인이 사밧티의 숲 속에 절 한 채를 지어 붓다에게 바쳤다. 그 절은 죽림정사보다 작았지만 아름다운 사원으로 사리불은 이름을 비사카 법당이라고 지었다.

이 비사카 법당에서 열린 법회에서 아난타는 붓다의 평생 시자로 공식 임명을 받게 된다. 당시 아난타가 붓다의 평생 시자가 되어야 할 이유는 사리불의 어록을 보면 잘 나타나고 있다.

"아난타는 우리들 가운데 가장 뛰어난 기억력을 가졌다. 우리 스승의 설법을 한 마디도 놓치지 않고 기억하는 사람은 아난타를 따를 자가 없다. 이제부터 스승님의 가르침을 잘 듣고 보존하기 위해서 아난타는 항상 스승님의 곁에 있어야 할 것이다."

많은 제자들이 사리불의 제안에 찬성했다. 그러나 처음에 아난타는 그 직책을 사양했다. 먼저 붓다는 제자들을 공평하게 대하기 때문에 자기만을 늘 곁에 있도록 하지 않을 것이라는 이유였다.

또 붓다는 석가족 출신의 제자들에게 특혜를 주거나 편애하지 않으려고 카필라 성의 왕비이자 이모인 마하파자파티는 물론 아들 라훌라와도 엄격하게 거리를 두고 식사조차 함께 한 적이 한 번도 없었던 점을 예로 들었다.

더구나 붓다가 제자들 중에서 가장 재능이 뛰어난 사리

불과 함께 중요한 결정을 논의하는 것도 일부 제자들은 시기하고 질투하던 경우가 많았다. 따라서 그 사실을 누구보다 잘 알고 있는 석가족 출신의 아난타가 다른 제자들의 미움이나 오해를 받지 않을까 두려웠던 것이다. 그러자 사리불은 아난타의 마음을 알고 이렇게 말했다.

"나는 그런 오해나 시기 따위는 두려워하지 않네. 자네의 마음은 알고 있지만 가장 중요한 일은 스승님의 말씀을 잘 지키고 보존하여 다음 세대까지 전하는 일이네."

따라서 아난타는 제자들에게 몇 가지 조건을 제시하고 제안을 받아들임으로써 붓다의 시자로 결정된다. 경(經·Sutra)이란 산스크리트어로 수트라, 즉 구슬을 꿰는 줄이라는 뜻. 따라서 불경이란 성인의 말들을 꿰어 만든 책을 뜻한다. 불경은 처음에는 운문 형식으로 구전되어 왔으나 후대에 가면서 산문 형식으로 집대성된다.

고대인들이 지금은 상상할 수도 없는 위대한 문화를 이룩한 것도 강한 정신력 때문이며 이집트 문명, 마야 문명, 그리스 문명, 중국 고대 문명 등도 구전으로 잘 전해진 것을 보면 붓다의 법은 아쇼카 시대까지는 정확하게 구전된 것으로 이해할 수 있다. 아난타의 뛰어난 기억력으로 쓰여진 여시아문(如是我聞)은 여러 불교 경문의 토대가 되었다.

세상이란 무엇인가

'가득 찬 것도 텅 빈 것도 아니다.'

붓다의 설법이 끝난 후, 제자들은 잘 이해가 되지 않는 부분에 대해서 다시 질문했다. 첫 번째 질문은 세상이란 무엇이며 법은 무엇인가에 대해서였다.

"이 세상이란 변하고 흩어지는 본성을 가진 모든 것을 통칭해서 말한다. 그리고 법이란 우리 몸의 감각기관, 즉 눈과 귀와 코와 혀와 몸 그리고 의식 등 6개의 감각기관과 각 기관에서 느낌을 받아들이는 대상, 즉 빛깔, 소리, 냄새, 맛, 촉감, 그리고 그것들을 깨닫는 방식을 말한다."

붓다가 말하는 번뇌는 그 종류가 아주 많지만 그 모든 것을 총칭해서 108번뇌라고 말한다. 육근과 육경이 만나는 36가지의 경우를 과거와 현재와 미래로 계산하면 108개의 번뇌로 나온다.

인간의 모든 번뇌는 거기서 비롯되고 있으며 또 거기서 소멸되는 것으로 되어 있다. 염주알을 108개로 만든 것은 그처럼 108번뇌의 소멸을 기원하는 방식이다.

여기서 아난타는 또 붓다에게 '법이 비어 있다'는 뜻이 무엇인지 묻고 있다. 그때 붓다는 여섯 개의 감각기관과 대상과 인식은 따로 떼어낼 수가 없다고 말하고 비어 있다는 것이 무엇인지 다음과 같이 설명하고 있다.

"이 그릇이 가득 차 있느냐 비어 있느냐?"

"물이 가득 차 있습니다."

"그럼 이 그릇의 물들을 모두 쏟아 보아라."

아난타가 붓다의 말대로 물을 쏟아 빈 그릇을 올려놓았다. 붓다는 그릇을 다시 엎었다.

"이 그릇이 차 있느냐 비어 있느냐?"

"그릇은 비어 있습니다."

"이 그릇에는 물은 없지만 공기가 가득 차 있다. 네가 비어 있다고 말할 때는 그냥 비어 있다고 말해서는 안 되고 물이 없다고 말해야 한다. 이 그릇은 비어 있기도 하고 가득 차 있기도 하다. 물론 무엇이 비어 있고, 무엇이 차 있다고 말해야 한다.

그릇이 없다면 비어 있다거나 차 있다거나 하는 말은 있을 수 없다. 그것은 법당도 마찬가지다. 법당이 가득 차 있거나 비어 있기 위해서는 우선 법당이 있어야 하지 않겠느냐?"

그 순간 제자들은 모두 감탄사를 쏟아냈다.

"스승님, 그렇다면 법은 분명히 있습니다."

"말에만 사로잡히지 말라. 법은 실체가 없는 현상이며 법이 있다는 것은 지각이 있고 없음에 달려 있는 것이 아니다. 법이 있다는 것은 '비어 있다'는 것과 같은 뜻이 있다."

여기서 붓다가 가득 차 있다고 말하는 뜻은 다음과 같다. 도예공은 그릇을 만들 때 물로 진흙을 반죽했으며 불로 구워냈다.

그릇은 이미 불과 물뿐만 아니라 불을 땐 마른 나무가 필요했고, 나무는 햇빛과 비와 공기와 흙 등 그릇을 존재하게 만든 수많은 존재들과 만나서 이루어진 존재이다. 그처럼 그릇 하나도 많은 조건들과 깊은 관련을 맺고 있다는 뜻이다.

깨달음의 바다

'바다가 많은 생명체들의 안식처이듯이
법 역시 세상 사람들의 안식처이다.'

어느 날 붓다는 여행길에 알라비 마을에 머물렀다. 붓다
는 마을회관에 초대를 받아 비구들과 함께 저녁 공양을 끝
난 후에 설법을 하기로 되어 있었다.

그때 농부 한 명이 식사가 다 끝난 후에 늦게 들어왔다.
농부는 온종일 먹지 못해서 허기에 지쳐 있었으므로 붓다
의 설법은 자연히 늦어졌다. 사람들은 그 노인에 대해 불
평을 늘어놓았다. 그때 붓다가 입을 열었다.

"누구나 배가 고플 때는 설법이 귀에 들어오지 않는다.
사람이 배고픈 것보다 더 큰 고통이 어디 있겠느냐. 굶주
림은 육체를 고갈시켜 모든 평화와 기쁨을 없앤다. 그러니
여러분들은 주변에서 굶주리고 있는 사람들을 가장 먼저
보살펴주어야 한다."

붓다는 이렇게 여행 중에 보고 느끼는 일들에 관해서 제
자들에게 일일이 지적해 주고 있다. 알라비 마을에서는 굶

주린 농부에 대해서 설법을 했지만, 알라비를 떠나 강가 강에 도착했을 때는 하류로 흘러가는 뗏목을 보면서 붓다는 이렇게 말하고 있다.

"저 뗏목은 강가에 걸리지도 않고, 가라앉지도 않고, 강가의 모래 위로 올라오지도 않고, 소용돌이에 휘말리지도 않고, 그대로 바다로 흘러간다. 너희들이 수행할 때도 저 뗏목의 흐름처럼 멈추지 않고 계속한다면 반드시 깨달음의 바다에 이를 것이다."

그때 제자가 붓다에게 물었다.

"스승님, 뗏목이 강가에 걸리지 않고, 가라앉지 않고, 모래 위로 올라오지 않는다는 뜻이 무엇입니까?"

붓다가 대답했다.

"뗏목이 강가에 걸린다는 것은 너희들이 여섯 개의 감각과 그 대상에 얽매인다는 말이다. 수행을 하다가 멈추게 되는 이유는 바로 너희가 감각에 사로잡히기 때문이다.

몸에서 느끼는 여섯 개의 감각은 너희들의 수행을 계속 방해할 것이다. 그때 너희들은 그들에 휩싸여서는 안 된다. 뗏목이 가라앉는다는 것은 너희가 욕망에 빠져 수행을 중단하는 것을 말한다.

또 강가의 모래 위로 올라간다는 말은 수행의 목표인 깨달음을 잊고, 자기 이익과 만족에 몰두하는 것을 말한다. 또 소용돌이에 휘말린다는 말은 오욕, 다시 말해서 식욕,

성욕, 돈, 명예와 잠을 이기지 못하고 위선적인 생활을 하고 있는 상태를 말한다.

너희들이 이 여섯 가지 욕망의 덫에 걸리지 않는다면 마치 저 뗏목이 거침없이 바다에 이르는 것처럼 너희들도 반드시 깨달음의 바다에 이를 수 있을 것이다."

붓다는 동쪽 바이샬리에 머무른 후에 강을 따라 바다에 이르렀다. 붓다와 아난타는 광활한 바다의 수평선을 바라보고 있었다. 그때 구릿빛 피부를 가진 어부가 아난타와 얘기를 나누었다. 어부는 자신의 생활 터전인 바다를 바라보며 말했다.

"저는 바다를 사랑합니다. 바닷가의 모래는 부드러운 경사를 이루고 있어서 배와 그물을 쉽게 바다로 끌어내 줍니다. 바닷물은 줄거나 붇지 않고 늘 똑같으며, 모든 것들을 받아들이며 한결같이 짠맛을 유지하고 있지요. 바다는 아름다운 산호와 진주 등 온갖 값진 보물들을 감추고 있습니다. 그리고 바다는 수천수만 고기 떼들의 안식처입니다."

아난타는 구릿빛 얼굴의 어부를 바라보았다. 붓다는 아난타와 어부들에게 설법을 했다.

"지금 이 어부가 아름다운 바다의 얘기를 우리들에게 들려주었다. 이제 내가 너희들에게 법도 바다와 다르지 않다는 것을 일깨워 주겠다. 법도 바닷가의 모래처럼 부드러운 경사를 이루고 있어서 가르침을 따르면 사람들을 낮은 곳에서 높은 곳으로 올려 주고 얕은 곳에서 깊은 곳으로, 그리고 쉬운 곳에서 어려운 곳으로 갈 수 있게 해준다.

그리고 서로 다른 모든 성격을 넉넉히 품에 안을 수 있을 만큼 크고 넓은 점에서도 법과 바다는 다를 바가 없다. 그래서 남녀노소를 막론하고 많이 배운 사람이나 적게 배운 사람이나 깨달음을 얻을 수가 있다.

바다가 늘 한곳에 머물러 있듯이 법도 가르침의 원리가 변하지 않고 계율 역시 분명하다. 법은 누가 어디서 법을 공부하고 수행하든지 늘 한곳에 머물러 있으며 없어지거나 위치가 바뀌지 않는다. 법은 또한 무지나 게으름이나 계율의 위반을 용서하지 않으며 수행에 정진하지 않는 자를 승단에서 밀어낸다.

바다가 모든 강물을 가리지 않고 평등하게 받아들이듯이 법은 계급이나 차별을 두지 않고 받아들이고 있다. 바다로 흘러가는 강물은 제가 흘러온 강의 이름을 버리듯이 법 안에 들어오는 사람들은 자신이 살아온 모든 지위와 계급과 신분들을 버리고 비구의 이름을 얻는다.

바닷물의 높이가 늘 변함이 없는 것처럼 법도 수행자가 많거나 적거나 늘 변함이 없으며 법은 수행자의 수를 헤아리지 않는다. 바닷물이 늘 짠맛을 유지하듯이 법도 단 하나의 맛을 갖고 있으니, 그 맛은 곧 깨달음의 맛이다.

바다가 그 속에 산호, 진주 등 값진 보물들을 숨기고 있듯이 법도 네 가지의 진리, 네 가지의 바른 노력, 다섯 가지의 기능, 다섯 가지의 힘, 깨달음의 일곱 가지 요소 그리고 팔정도라는 위대한 가르침의 보물을 갖고 있다. 바다가 수많은 생명체들에게 안식처를 주고 있듯이 법 역시 세상 모든 사람들의 안식처이다."

아난타는 두 손을 합장한 채 붓다를 바라보았다. 어부의 바다 찬미를 듣고 법의 세계를 바다와 비교한 붓다의 절묘한 비유는 아난타의 머릿속에 깊은 인상을 심어 준다. 붓다의 비유 중에는 우리가 흔히 알고 있는 유명한 얘기도 있다.

우기에 수많은 브라만과 여러 종파의 지도자들이 사밧티에 모였다. 그들은 여러 곳에서 토론회를 개최했다. 토론에서는 서로가 자기 종파의 주장이 옳다고 주장했다. 그로 인해 토론회는 늘 불만과 다툼 속에서 결론 없이 끝나곤 했다. 그 말을 듣고 붓다가 제자들에게 코끼리의 비유를 들어 말했다.

"옛날에 어느 왕이 맹인들을 궁전에 초대했다. 그는 맹인들에게 코끼리를 더듬어 보게 한 후에 코끼리가 어떻게 생겼는지 말해 보라고 했다.

코끼리의 다리를 만진 사람은 코끼리가 기둥 같다고 말했다. 꼬리를 만진 사람은 먼지 터는 총채 같다고 말했다. 귀를 만진 사람은 채 같다고 했고, 배를 만진 사람은 통 같다고 했고, 코를 만진 사람은 지팡이 같다고 우겼다.

회의가 계속되었지만 결론이 나지 않았다. 어느 누구도 다른 사람의 의견에 동의하지 않았다. 자기의 경험이 옳다는 확신 때문이었다.

너희들이 보고 듣고 경험한 것들은 실제로는 아주 작은 한 부분에 지나지 않는다. 너희들이 경험한 것들에 집착하고 고집해서는 안 된다. 깨달음을 얻기 위해 수행하는 자들은 자기 의견이 절대적이라는 생각을 버려야 한다.

너희들은 늘 겸손해야 하고, 열린 마음을 가져야 한다. 겸손과 열린 마음은 깨달음을 얻는 두 개의 열쇠이다."

행복이란 무엇인가

'꽃이 시든다는 것을 아는 사람은 슬퍼하지 않는다.
사랑이 변한다는 것을 아는 사람은 울지 않는다.'

그해 안거 기간에 붓다가 한 설법은 인간의 행복에 관한 주제였다. 붓다의 행복론은 사람들이 흔히 생각하는 감각적 욕망의 충족이 아니었다.

"감각적 쾌락은 몸에 화상을 입는 것처럼 건강하지 못한 사람들이 추구하는 행복이다. 따라서 건강한 사람은 감각적 욕망의 불길을 멀리 해야 한다.

참된 행복이란 자신이 아주 자유롭고 마음의 평화가 유지된 상태를 말한다. 거기에 삶의 신비를 경험한다면 더할 나위가 없다. 행복은 모든 집착을 버리고 지금 순간순간 속에서 이루어지고 있는 상황들을 하나씩 인식하는 가운데 얻게 된다."

붓다의 행복론은 바로 그것이다. 행복은 지금 내가 순간순간 생각하고 말하고 행동하는 것들을 자세히 살피고 있는 일이다. 예를 들면 아침에 깨어났을 때 창문을 열고 해

뜨는 하늘을 바라보고, 정원에 핀 꽃을 아름다운 눈으로 관찰하는 일이다.

자신이 보고 듣는 사소한 행위들을 경이감으로 대하고 감사하고 그 순간을 소중히 여기는 마음이다. 행복한 사람은 거기에 사로잡혀 머릿속에서 어떤 계산을 하거나 느낌을 분석하지 않는 것, 그 자체에 집착하는 일 없이 그 자체만을 즐길 수 있는 사람이다.

만일 우리가 어떤 사람을 사랑한다고 하면 그 사람을 통해 자신의 욕망을 채우려고 하거나 혹은 기대감을 갖거나, 그 사람이 현재나 미래에 내게 어떤 이득이 될 것인지 혹은 손해나 나지 않을까 따져 보는 것이 아니라, 오직 사랑하고 아끼는 일, 그를 소중히 여기고 감싸주는 일 이외에는 다른 아무것도 해서는 안 되며, 자신은 단지 사랑을 즐기면 되는 것이다. 행복한 사람은 그것이 가능하다.

그러나 어떤 사람은 사랑하는 사람을 만나면 괴롭고 고통스럽다고 말하기도 한다. 그 이유는 무엇인가? 그것은 한 마디로 그 사랑에 욕망과 집착이 들어가 있기 때문이다. 그러므로 그는 사랑하는 사람을 만나고도 행복할 수가 없다.

그 사람을 사랑하는데, 거기에 왜 괴로움이 있어야 하는가. 그 괴로움 속에는 사랑을 통해서 무엇인가를 얻거나 이루려는 자신의 욕망과 집착이 교묘히 자리 잡고 있기 때문이다.

사랑하는 사람과 꼭 결혼하려고 하기 때문에 사랑은 괴로워질 수가 있다. 사랑은 사랑 그 자체만으로도 소중하고 기쁜 것인데, 결혼이라는 욕망이 개입되면서 괴로움이 생긴다.

결혼이 사랑의 완성이며 목표라고 생각하는가? 그렇게 생각하는 한 결혼이 이루어지지 않으면 그 사랑은 괴로움이 되고 만다.

결혼이라는 목표 때문에 그 아름다운 사랑도 끝날 수밖에 없고, 끝내는 사랑하면서도 결혼이라는 욕망을 달성하지 못한 이유로 이별의 괴로움까지 받아들여야 한다. 그리고 모든 것이 끝난 다음 그들은 '사랑은 눈물의 씨앗'이라고 말한다.

사랑할 것인가, 결혼할 것인가. 그러나 많은 사람들이 결혼을 선택하고 사랑을 버리면서 사랑은 괴로운 것이라고 말한다. 그것은 사랑하기 때문에 오는 고통이 아니라 결혼이라는 욕망과 집착 때문에 오는 괴로움인 것이다.

그것은 사랑이 가져온 고통이 아니라 욕망과 성취가 가져온 고통이다. 사랑은 늘 사랑 그 자체 이외는 추구해서는 안 된다. 사랑은 사랑 이외에는 아무것도 주지 않으며, 사랑 이외에는 아무것도 받지 않는 것이다. 그런 사람은 사랑으로부터 늘 축복과 행복을 받는다. 이것이 붓다의 행복론이다.

따라서 행복한 사람은 걱정과 불안에서 벗어나 늘 평화로운 마음으로 산다. 꽃은 결국 시든다는 것을 알면서 왜 꽃이 시들었다고 슬퍼해야 하는가. 꽃뿐만 아니다. 사랑은 변한다는 것을 알고 있는 한 사랑이 떠난 것을 왜 슬퍼해야 하는가. 사람은 죽는다는 것을 알고 있는데 왜 사람이 죽으면 슬퍼해야 하는가.

꽃이 시든다는 것을 아는 사람은 슬퍼하지 않는다. 사랑 역시 변한다는 것을 아는 사람은 절망하지 않는다. 나는 반드시 죽는다는 것을 아는 사람은 두려워하지 않는다. 모든 법이 생성하고 소멸한다는 본성을 알고 있는 사람은 법을 두려워하지 않는다.

붓다는 미래의 행복을 위해서 현재의 고통을 감수할 필요가 있다고 생각하는 사람들의 어리석음을 경고하고 있다. 현재는 미래의 덫이 아니다. 그런 마음은 귀중한 삶을 낭비할 뿐이며 현재뿐만 아니라 미래에도 고통을 가져다줄 뿐이다.

그렇다고 사람들이 현재의 감각적 욕망에만 집착하거나 미래를 위해 현재의 고통을 감수하는 것도 원하지 않는다. 붓다는 늘 극단적인 것을 피한다. 깨달음의 길은 미래의 행복을 위해 몸을 고통스럽게 하는 일이 아니다. 붓다는 다음과 같이 사람이 행복하게 사는 방식을 제언하고 있다.

"덕망이 있는 사람과 사귀면서 인격을 잘 지킬 수 있는 환경을 만들어야 한다. 그리고 자신이 하는 일에 대해 더 많은 것들을 배울 수 있는 기회를 가져라. 부모와 가족들을 항상 보살피며 네 시간과 재물을 남들과 나누어야 한다. 나누지 못함으로써 갖는 괴로움을 피해야 한다.

살면서 네가 유혹에 빠지기 쉬운 술이나 도박을 반드시 피해야 하고, 늘 모든 일에 겸손하고 감사할 줄 아는 마음을 가져야 한다. 또 깨달음을 배우기 위해서는 참된 종교 수행자들을 가까이 하며 슬픔과 걱정으로부터 벗어나기 위해 늘 명상하는 법을 배워야 한다."

제 8 장
대열반

'카필라 성이 속세에 지은 죄업은 붓다도 어쩔 수가 없었다.'

카필라 성의 최후

'카필라 성이 속세에 지은 죄업은
붓다도 어쩔 수가 없었다.'

붓다가 깨달음을 얻은 후, 불법을 전도한 지역은 코살라
국과 마가다국의 전역에 이르는 광대한 지역이었다. 북쪽
의 마가다국은 지금의 갠지스 강 상류에 있으며, 코살라국
은 갠지스 강의 중류와 하류에 이르는 지역이었다. 두 지
역은 당시 대략 2개월의 여행 기간이 걸리는 거리였다.

붓다가 가장 오래 머문 지역은 마가다국과 코살라국이
었으며, 카필라 성, 바이샬리와 미가다야가 있는 사르나,
바라나시와 부다가야, 나란다, 쿠시나가라, 파타리푸트라
등이다. 특히 붓다가 가장 좋아한 곳은 아름다운 바이샬리
지역으로 이곳은 마가다국과 코살라국의 전도 중심지라고
할 수가 있다.

당시 인도의 최강국은 마가다국으로 국왕 빔비사라 왕
은 신앙심이 강한 붓다의 절대적인 지지자였다. 또 코살라
국은 석가족의 카필라 성을 보호하는 인접 국가로 붓다에

귀의한 파세나디 왕 역시 붓다의 강력한 지지자였다. 따라서 카필라 성의 이웃 강대국들은 모두 국왕이 붓다의 재가 제자로 귀의했으며, 카필라 성의 석가 왕족과 대신들이 대거 붓다의 제자가 됨으로써 사실상 카필라 성의 안보는 걱정이 없어 보였다.

그러나 그 당시 파세나디 왕의 코살라국 궁궐에는 반역의 음모가 점차 무르익어 가고 있었다. 반역의 주역은 파세나디 왕의 아들 비유리 왕자. 비유리 왕자는 늙은 부왕을 밀어내고 하루라도 빨리 권력을 장악하려는 음모를 꾸몄다. 따라서 그는 부왕이 왕비와 함께 붓다의 설법을 듣기 위해 기원정사를 방문하는 날을 거사일로 잡게 된다.

바로 예정된 날에 파세나디 왕이 법당 안에서 붓다의 설법을 듣고 있는 시간에 비유리 왕자의 지시를 받은 반란군들은 기원정사 밖에서 국왕의 호위부대를 급습한다. 너무 치밀하고 갑작스러운 공격에 국왕의 호위병들은 모두 비유리의 반란군들에 의해 살해되고 만 것이다.

기원정사 법당 안에서 그 사실을 보고받게 된 파세나디 왕과 왕비는 절의 뒷문을 통해 간신히 달아나 목숨을 구했다. 위기의 순간을 모면한 왕과 왕비는 일주일 동안 밤낮을 걸어 간신히 카필라 성에 도착한다. 당시 파세나디 왕으로서는 카필라 성에 망명하여 훗날을 기약하는 방법밖에는 도리가 없었다.

그러나 국왕과 왕비가 죽음을 무릅쓰고 달려왔을 때는 너무 깊은 밤이었으므로 카필라 성의 성문들은 모두 굳게 잠겨 있었다. 두 사람은 성밖의 도살이라는 마을에서 걸식으로 굶주림을 겨우 면하지만 파세나디 왕은 아들의 반역에 대한 극도의 분노와 절망으로 통한의 세상을 하직하게 된다.

이어 카필라 성에서는 파세나디 왕의 장례식을 성대하게 거행한다. 그렇게 부왕을 권좌에서 밀어내고 왕권을 찬탈한 비유리 왕은 오래 전부터 카필라 성의 석가족들에 대해 나쁜 감정을 갖고 있었다.

그는 어려서 카필라 성에서 궁술을 배울 때 왕족들로부터 수모를 받은 데 앙심을 품고 있었으므로 이번이 복수의 기회라 생각하고 대군을 동원하여 카필라 성을 공격하기 시작했던 것이다.

붓다는 비유리 왕이 카필라 성을 침략한다는 사실을 알고 그들이 공격해오는 길목에 마른 가시를 놓고 나무 위에 앉아 있었다. 비유리는 군사를 이끌고 가다가 붓다를 발견하자 말에서 내려 예의를 갖추고 물었다.

"세존께서 여긴 웬일이신지요?"

그때 붓다가 말했다.

"내 비록 가시나무에 앉아 있지만 석가족들만 무사하다면 마음만은 편할 것이오."

그러자 비유리 왕은 차마 카필라 성을 공격하지 못하고 붓다에게 말했다.

"옛말에 싸우다가도 사부님을 만나면 군사를 거두라는 말이 있었습니다. 내가 어찌 세존을 만나고도 카필라를 공격할 수가 있겠소."

비유리 왕은 곧 군사를 되돌려 코살라국으로 돌아갔으나 며칠 후에 다시 카필라 성을 공격했다. 그때도 붓다는 또 그 자리에 앉아 있었다. 그런 상황이 세 번이나 계속되었다. 그때 제자 아난타가 붓다의 몸에서 광채가 사라지고 옷 빛깔이 변한 것을 알고 놀라서 물었다.

"세존께 왜 그런 모습이 보이십니까?"

그때 붓다가 말했다.

"일주일 후에는 카필라 성이 멸망하기 때문이다."

붓다는 속세의 죄업은 어쩔 수 없다고 말했다. 붓다가 앉았던 마른 가시나무는 석가족의 멸망을 비유한 것이다. 비유리 왕이 네 번째 군사를 일으켜 카필라 성을 공격했을 때 붓다는 더 이상 막지 않았다.

그러자 많은 제자들이 붓다에게 카필라 성을 구해주도록 간청했지만 붓다는 카필라 성이 지은 죄업을 어쩔 수가 없었다. 카필라 성의 석가족들은 자존심이 높고, 교만한 만큼 궁술에 능했다.

따라서 전쟁 초반에 비유리 왕은 고전을 면치 못했으나

코살라국은 점차 전쟁의 주도권을 장악하면서 카필라 성은 더 이상 성의 방어가 어려워졌다.

마침내 카필라 성의 마하남 왕은 성문을 열고 투항한다. 따라서 마하남 왕을 비롯한 석가왕족과 백성들은 코살라국의 군대에 의해 무자비하게 유린당하는 대참극을 맞게 된다.

전쟁이 끝나고 카필라 성이 철저히 멸망한 후, 훗날 붓다와 제자들이 카필라 성을 찾아갔을 때 그 참상은 차마 눈뜨고 볼 수 없었다고 전하고 있다. 붓다는 그때 제자들에게 "비유리 왕이 카필라 성에 대해 지은 죄는 현세에 그 죄업을 받아 일주일 후에 지옥의 불길에 타죽을 것이다"라고 예언했다.

그 말을 전해들은 비유리왕은 배를 타고 달아났으나 강 한가운데서 불길이 솟아 불타 죽었다. 그와 함께 붓다에게 적개심을 품고 있었던 사람 중 하나는 사촌 동생 데바닷타였다.

청년 시절의 고타마싯다르타는 워낙 무술이 뛰어났다. 따라서 난타와 데바닷타는 물론 어느 형제들도 싯다르타를 이겨본 적이 없었다.

특히 경쟁심이 유난히 많은 데바닷타는 세자비 야소다라를 두고 결혼 상대를 결정짓는 무술 경기에서 싯다르타에게 진 후로는 자존심에 큰 상처를 입고 마음에 앙심을 품고 있었던 것으로 알려졌다.

게다가 수도다나 왕이 석가 왕족들에게 출가를 허용하던 시절에 출가를 거절당한 적이 있었다. 그때 데바닷타는 아난타와 함께 히말라야 산에서 오랫동안 수행을 한 후에 다시 붓다의 허락을 받고 출가할 수가 있었다. 그때도 샘이 많은 데바닷타는 자존심에 큰 상처를 입었다.

붓다의 승단에 들어온 데바닷타는 12년 동안 수행에 정진했으나 별다른 진전이 없었다. 따라서 데바닷타는 붓다가 자기를 시기하고 미워해서 잘 가르쳐 주지 않은 탓으로 돌렸다. 그리고 득도에 대한 자신감을 잃은 채 자포자기 상태에 빠져 있었다.

붓다가 죽림정사에서 3천여 명의 제자들을 모아 놓고 설법을 할 때였다. 그 자리에는 빔비사라 왕도 참석했다. 붓다가 설법을 끝냈을 때 데바닷타가 질문을 했다.

"세존께서는 나이가 드신 데다가 건강도 예전 같지 않으십니다. 이젠 승단에서 물러나 편히 지내시는 것이 좋습니다. 승단을 제게 맡겨주시면 몸 바쳐 일하겠습니다."

붓다는 데바닷타를 바라보며 말했다.

"걱정해 주니 고맙긴 하지만 나는 아직 건강하고 힘이 있다."

데바닷타가 다시 말했다.

"제가 세존의 짐을 덜어드리고 싶습니다."

"긴 말은 필요 없다. 너보다 뛰어난 수제자들이 있어도 그들에게 승단의 지휘를 맡기지 않았다. 더구나 너는 아직 승단을 이끌어갈 수 있는 능력을 갖추지 못했다."

데바닷타는 그 말에 크게 자존심이 상해서 분노가 치밀었지만 더 이상 말을 할 수가 없었다. 아난타는 데바닷타의 성질을 잘 알고 있기 때문에 걱정이 되었다. 그러나 아난타는 붓다가 데바닷타에게 승단을 맡길 마음이 없다는 것을 잘 알고 있었다.

어느 날 마가다국의 빔비사라 왕과 왕세자가 법회에 참석했을 때 데바닷타는 사리불과 캇사파 사이에 앉아 있다가 다시 붓다에게 말했다.

"세존께서는 저희들에게 늘 욕심을 버리고 검소하게 살 것을 강조하셨습니다. 그래서 저는 우리들의 의지를 확고하게 하기 위해 새 규칙을 만들고 싶습니다."

데바닷타의 제안은 다음과 같았다. 첫째, 출가한 스님은 한 평생 숲 속에서만 살 것. 둘째, 걸식만 하며 식사 초대를 받지 말 것. 셋째, 헌 천으로 만든 승복을 입을 것. 넷째, 잠은 숲이나 오두막에서 자야 하며 마을에 가서 외박하지 말 것. 다섯째, 생선과 고기를 먹지 말고 채식만 할 것 등이었다.

그때 붓다가 데바닷타에게 말했다.

"나는 네 제의를 받아들이지 않겠다. 너희들은 마을 어디서든 잠을 잘 수가 있다. 제자들의 집에 초대받아 식사도 해라. 옷도 기워 입든지 선물받든지 자유롭게 한다. 채식만 고집하지 않겠다. 육식도 공양을 받을 수 있다."

붓다는 초기 수행 당시의 육체 고행을 경험했으므로 계율 지상주의의 폐단과 위험성을 잘 알고 있었기 때문에 데바닷타의 제의를 거절했던 것이다.

그러자 데바닷타는 자신이 승단을 독자적으로 세우고 계율 암송과 참회 집회와 안거 기간도 붓다의 승단과 별도로 갖겠다고 선언했다.

그로 인해 죽림정사의 제자들 일부가 데바닷타가 주도하는 법회에 참석했다. 붓다의 승단이 너무 자유로워서 속세와 별로 다를 것이 없다고 불만을 가진 사람들은 좀더 엄격한 수행을 위해서 데바닷타가 세운 가야시사 사원 쪽을 선택하게 된다. 그 수는 차츰 불어나서 5백여 명에 이르렀다.

이로써 붓다의 승단은 처음으로 분열된 양상을 보였다. 그러자 제자들이 붓다에게 그 사실을 알렸다. 그들은 데바닷타 승단이 붓다의 승단과는 별개로 독립된 조직이라는 사실을 공표했다. 그 소문은 널리 퍼지기 시작했다. 그러자 사리불이 말했다.

"나쁜 씨앗은 나쁜 열매를 거둔다. 승단의 분열은 스승님의 가르침을 거스르는 일이다."

어느 날 사리불이 붓다에게 말했다.

"제자들이 데바닷타를 파문시키면 안 되겠습니까?"

그때 붓다가 물었다.

"네가 오래 전에 데바닷타의 덕망과 지혜를 칭찬한 적이 있었다. 그때 너는 진실을 말했는가?"

"진실을 말했습니다."

"그럼 지금 네가 데바닷타를 비난하는 것도 진실이냐?"

"그렇습니다."

"그렇다면 무엇이 문제가 되겠느냐? 중요한 것은 진실이다."

곧이어 붓다의 제자들은 데바닷타를 승단에서 파문한다고 발표했다. 그런 지 얼마 후에 마가다국에도 정치적 반란이 일어난다. 빔비사라 왕이 가택에 연금되고 왕세자 아자타샤트루가 왕위에 올랐다는 소식이 들려온 것이다.

이 같은 반란의 배경에는 데바닷타의 음모가 있었다는 사실이 알려진다. 부왕 빔비사라 왕을 축출한 아자타샤트루 왕의 즉위식은 열흘 후에 거행한다고 발표된다.

아자타샤트루 왕은 부왕을 감금하고 모든 면회를 금지시켰으며 음식도 주지 못하도록 엄명을 내렸다. 왕비는 아들에게 국왕의 구명을 간청했지만 권력의 야심에 눈이 먼 아들을 설득시키기에는 역부족이었다.

왕비는 할 수 없이 사랑하는 빔비사라 왕을 살리기 위해 목욕한 몸에 꿀과 밀가루를 바르고 감옥에 면회를 갔으며, 국왕은 한동안 왕비의 몸에 바른 꿀과 밀가루로 목숨을 연명한다.

빔비사라 왕은 감옥의 철창 밖으로 멀리 보이는 영취산을 향해 매일 불공을 올렸다. 그것을 안 아자타샤트루 왕은 부왕이 불공을 못 드리게 하기 위해 두 발을 잘라버리고 감옥문을 막아버렸다고 한다.

지금 빔비사라 왕이 갇혀 있던 영취산 아래의 감옥 터는 돌무더기가 남아 관광지가 되고 있으며 감옥 터에서 바라보면 붓다가 머물던 산 위의 흰 탑이 멀리 보인다.

국왕이 죽자 아자타샤트루 왕은 불안과 고통 속에서 잠을 이루지 못했으며 아버지를 죽인 죄로 지옥에 떨어질 것을 두려워했다. 그 말을 들은 붓다는 아자타샤트루 왕의 미래에 대해서 입을 열었다.

"어리석은 자들은 자기가 지은 죄를 정당화시키고 자기에게는 재앙이 오지 않는다고 말하지만 아자타샤트루가 받을 죄의 대가는 이미 정해졌다. 하나 아자타샤트루 왕은 비록 부왕을 죽이긴 했으나 머지않아 나를 찾아와 귀의할 것이며 죽은 후에는 곧 지옥에 갈 것이다. 그는 오랜 겁의 세월을 통해 악업의 인연이 끝나야 출가하여 무예(無穢)라는 이름의 벽지불(辟支佛)이 될 것이다."

벽지불은 스승 없이 혼자 수행하여 깨달음을 얻는 것을

말한다. 이렇게 붓다의 강력한 후원자였던 빔비사라 왕의 사망과 붓다의 적대적 세력인 아자타샤트루 왕과 데바닷타의 등장은 불교 교단에 큰 위협과 충격을 안겨 주었다.

곧이어 마가다국으로부터 새 국왕의 즉위식에 붓다와 제자들이 참석해 달라는 초청장이 날아왔다. 붓다의 제자들이 당황하고 있을 때 붓다는 사리불을 불러 마가다국의 즉위식에 아무도 참석하지 말라는 지시를 내렸다. 부왕을 강제로 폐위시키고 왕위에 오른 왕세자의 의롭지 못한 일에 지지를 보내서는 안 된다는 뜻이었다.

불교 교단의 아자타샤트루 왕 즉위식 참석 거부는 왕권에 대한 붓다의 정면 도전이었으며, 데바닷타에 대한 경멸을 의미하는 일이었다.

아자타샤트루 왕은 붓다가 즉위식 참석을 거부하자 큰 불만을 나타냈지만 감히 붓다에 대한 적대감을 공공연하게 드러낼 수가 없었다. 마가다국의 이웃에 있는 코살라국의 파세나디 왕이 붓다의 강력한 지원자였기 때문이었다.

데바닷타의 반역

'독 바른 손톱으로 붓다의 발등을 긁었으나
손톱에 자기가 찔려 죽다.'

그 후부터 마가다국의 아자타샤트루 왕과 데바닷타의
붓다에 대한 은밀한 음해 공작이 시작된다. 데바닷타는 붓
다를 살해하기 위해 여러 차례 자객을 보내지만 그때마다
자객은 붓다 앞에 칼을 바치고 엎드려 투항함으로써 붓다
를 해치려는 그들의 작전은 계속 실패를 거듭한다.

당시 인도의 왕국들은 왕세자들이 부왕을 밀어내는 군
사 정변을 자주 일으켰지만 빔비사라 왕과 아들 아자타샤
트루의 불화는 태생적이었던 것으로 알려져 있다.

본래 마가다국의 빔비사라 왕과 왕비 사이에는 오랫동
안 아들이 없었다. 그때 어떤 예언자가 비부라 산에 있는
선인이 죽으면 아들을 낳는다는 말을 하게 된다. 빔비사라
왕은 예언자의 말을 듣자 선인이 늙어죽기를 기다리지 못
하고 미리 선인을 죽인다.

그러자 왕비는 아들을 낳게 되었다. 그 아기가 바로 아

자타샤트루였다. 따라서 아자타샤트루가 태어나기 전에 왕이 원한을 사게 되었다. 이처럼 아자타샤트루는 불길한 운명을 지닌 채 태어났다.

그때 궁궐의 점성가들은 왕자가 태어나면 즉시 죽이거나 버리도록 왕에게 진언을 올렸다. 원한을 품은 채 왕자가 태어나면 큰 화를 입을 것이라는 말 때문이었다.

그러나 빔비사라 왕은 그들의 충고를 물리치고 '적은 태어나지 않는다'라는 뜻을 가진 아자타샤트루라는 이름을 지었다고 한다. 결국 빔비사라 왕은 왕세자의 비극적 탄생의 볼모가 되고 만 것이다.

한편 붓다는 사리불과 목건련을 데바닷타의 가야산 절에 파견한다. 데바닷타 쪽으로 간 3백여 명의 제자들을 데려오기 위해서였다.

사리불과 목건련은 처음에는 가야산에 가서 데바닷타를 만나 자기들도 붓다를 버리고 왔다고 속인다. 데바닷타는 사리불과 목건련이 수행 시절을 함께 보낸 절친한 친구들이었으므로 적대 감정이 없는 데다가 붓다의 수제자들이었으므로 두 사람을 극진히 환대했다.

일부 기록에 의하면 사리불과 목건련이 가야산에 갔을 때 데바닷타는 5백여 명의 수행자들을 모아 놓고 설법을 하던 중이었다. 그때 데바닷타는 사리불과 목건련이 붓다를 배반하고 자기 쪽으로 온 것을 환영하면서 사리불에게 대신 설법을 부탁하게 된다.

"잘 왔소. 이제야 뒤늦게 내 말을 믿고 따르시는구려. 나는 피곤해서 좀 쉬어야겠으니 사리불 형제께서 내 대신 설법을 맡아서 해주시오."

그때 데바닷타는 붓다의 흉내를 내느라고 가사를 네 겹으로 접어서 깔고, 붓다와는 반대로 왼쪽 옆구리를 땅에 대고 누워서 깊이 잠들었다. 그때 사라불과 목건련은 3백여 명의 제자들에게 이렇게 말했다.

"형제들이여, 나는 오늘 여기를 떠나 죽림정사로 되돌아갈 것이다. 이 세상에 깨달음을 얻은 진정한 스승은 붓다한 분밖에 없다. 여러분은 붓다를 떠나서는 안 된다. 붓다께서 나와 함께 다시 돌아온 여러분들을 환영할 것이다. 형제들이여, 이 기회를 놓치지 말라."

그날 3백8십 명의 비구들은 사리불과 목건련을 따라 죽림정사로 돌아갔다. 일부 데바닷타의 추종자들은 그들을 말렸지만 대부분의 비구들은 잠자코 두 사람의 뒤를 따라 죽림정사로 돌아간 것으로 되어 있다.

붓다의 품으로 다시 돌아온 그들은 참회의 법회를 가진다. 불경에서는 지혜 제1인자 사리불과 신통력 제1인자 목건련에게 설법을 맡긴 데바닷타의 어리석음은 자만심에서 나온 것으로 평가한다. 데바닷타는 당시 제정신을 잃은 것처럼 분노를 터뜨렸다고 전해진다.

곧이어 데바닷타의 보복이 뒤를 이었다. 어느 날 저녁 붓다가 산에서 명상을 하고 있을 때 산 위쪽에서 어마어마한 바위가 굴러 내린다. 너무 갑작스러운 일이었기 때문에 붓다가 바위를 피하기는 어려운 상황이었다.

그러나 굴러 내리던 바위는 붓다를 덮치기 전에 다른 바위들과 부딪쳐 산산조각이 나서 깨져버리고 말았다. 붓다는 그것이 데바닷타의 소행인 줄 알고 있었으나 침묵을 지켰다.

붓다는 데바닷타가 보낸 자객을 무력화시키고, 그가 떨어뜨린 바위를 피했으나 데바닷타는 공세를 늦추지 않았다. 붓다는 바위를 피한 지 열흘 만에 제자들과 함께 마을에서 탁발을 하던 도중 갑자기 코끼리의 공격을 받는다.

그 코끼리는 사납기로 악명이 높은 나라기리 코끼리였다. 그 코끼리가 어떻게 붓다를 겨냥하고 달려들었는지는 알 수 없었지만 많은 사람들이 공포에 질려서 달아났다. 너무 갑자기 당한 일이어서 붓다도 피할 수가 없는 상황이었다.

그때 아난타는 호흡을 가다듬고 미친 듯이 달려오는 코끼리를 향해 마주 섰다. 붓다를 보호하기 위한 마지막 선택이었다. 바로 그 순간 코끼리의 울음소리가 뒤에서 들렸다.

그러자 무서운 기세로 달려오던 코끼리는 발길을 뚝 멈추더니 무릎을 꿇고 붓다에게 고개를 숙였다. 붓다는 코끼리의 머리를 가볍게 쓸어 주었다. 붓다는 사납게 날뛰는 코끼리를 마치 순한 양처럼 다룬 것이다.

코끼리가 달려들자 붓다는 그 옛날 수행시절에 우루벨라 숲에서 늘 즐겨듣던 어미 코끼리의 소리를 냈으며, 코끼리는 어미의 울음소리를 듣고 갑자기 순해진 것이다.

코끼리를 이용해서 붓다를 해치려고 했던 데바닷타의 음모는 또다시 좌절되고 만다. 이렇게 데바닷타의 세 차례에 걸친 공격은 번번이 실패한다.

붓다의 코끼리 습격 사건이 실패로 돌아간 후에 아자타샤트루는 크게 뉘우쳐 붓다에게 참회했으며 매일 붓다를 찾아가 설법을 들었다는 기록이 전해지고 있다.

그로 인해 혼자 고립무원이 된 데바닷타는 어느 날 아자타샤트루를 찾아갔다가 궁중 출입을 저지당하자 홧김에 연화색(蓮華色) 스님을 주먹으로 때려죽였다.

그는 치밀어 오르는 분노를 참지 못하고 열 손가락에 독을 바르고 붓다를 찾아가 발등을 손톱으로 긁었으나 붓다의 발등이 바위처럼 굳어 있어서 오히려 자신의 손톱에 자기가 찔려 그 자리에서 죽었다는 말도 전해지고 있다. 또 일부 경전에는 데바닷타가 땅 속으로 빨려 들어가 산 채로 지옥에 떨어졌다는 기록도 있다.

이렇게 데바닷타가 승단을 분열시킨 것, 붓다에게 자객을 보낸 것, 코끼리로 습격한 것, 연화색 스님을 죽인 것,

손가락에 독을 발라 붓다를 공격한 것 등 다섯 가지 사건을 5역(逆)이라고 한다.

그러나 4세기 초에 인도에 간 중국의 고승 법현과, 7세기에 인도에 간 당나라 현장법사는 똑같이 당시 북인도의 일부 지방에 데바닷타를 부처로 숭배하는 교단이 있었다는 것을 확인한 기록을 남기고 있다.

또 법화경에서도 데바닷타를 크게 평가하는 대목이 나오고 있어서 데바닷타를 악인으로 평가하는 것은 정통파 불교 교단의 편견이라는 설도 있다.

대승밀장 보살은 "데바닷타는 악인이 아니라 보살이 될 업을 타고 났다. 그가 악업을 가지고 있었다면 어떻게 여래의 친척이 되었겠는가"라고 말했고, 그것을 붓다가 인정했다는 경전의 기록이 있다.

또 법화경(法華經)에서는, 데바닷타가 전생에 법화경을 받은 선인이었으며 오늘날 붓다가 위 없는 등정각(登正覺)을 이루어 중생을 제도하는 것은 데바닷타의 덕택이라고 말하기도 한다.

마침내 마가다국과 코살라국의 전쟁이 시작되었다. 코살라국의 파세나디 왕은 마가다국의 빔비사라 왕을 폐위시키고 왕위에 오른 아자타샤트루의 반역행위를 응징할 필요가 있었다.

특히 아자타샤트루가 데바닷타와 합세하여 붓다의 대항

세력으로 등장한 것에 대해서 붓다의 절대적인 지지자인 파세나디 왕으로서는 그대로 두고만 보고 있을 수 없었다.

파세나디 왕이 자신의 여동생이 빔비사라 왕의 후궁으로 가면서 주었던 바라나시 근처의 영토를 반납하라는 통고를 보내자 아자타샤트루는 발끈했다.

곧이어 아자타샤트루가 이끄는 마다가국의 군대가 강가 강을 건너 코살라국의 캇시를 공격하기 시작했다. 파세나디 왕도 대군을 이끌고 캇시에서 마가다국의 군대와 맞섰다.

파세나디 왕은 코살라국의 군대가 기습 공격을 해오자 미처 붓다에게 전쟁 소식도 알릴 겨를이 없었다. 사리불은 모든 제자들에게 전쟁 사실을 알리고 사밧티를 떠나지 말도록 했다.

첫 전황은 아자타샤트루에게 유리하게 전개되었다. 파세나디 왕은 군대를 자국으로 퇴각시켰으나 곧이어 반격을 시도한 코살라국은 캇시 전투에서 큰 승리를 거두고 마가다국의 아자타샤트루와 장군들은 모두 포로가 되고 말았다.

그 전쟁으로 코살라국은 많은 코끼리와 말과 수레와 대포를 전리품으로 거두게 되었다. 6개월에 걸친 전쟁이 끝나자 파세나디 왕은 승리의 축제를 벌인 후에 죽림정사로 붓다를 찾아갔다. 파세나디는 붓다에게 포로로 잡은 아자타샤트루를 어떻게 할 것인지 의논했다.

"아자타샤트루는 제 조카입니다. 목을 베어야 합니까 아니면 감옥에 가두어야 합니까? 제게 현명한 해결책을 주십시오."

붓다가 말했다.

"나는 국왕께서 패자에 대한 아량을 베풀기를 바랍니다. 영구 평화조약을 체결한 후에 돌려보내시되, 주위에 있는 나쁜 대신들을 모두 척결하고 훌륭한 인격을 갖춘 신하들을 내세우도록 하십시오."

붓다는 아자타샤트루를 보필할 인물로 시라바트를 추천해 주었다. 그는 빔비사라 왕의 아들이자 아자타샤트루의 배다른 동생으로 지금은 죽림정사에서 수행 중인 총명한 젊은이였다.

파세나디 왕은 붓다의 제안을 받아들여 아자타샤트루를 마다가국으로 보내면서 자신의 딸 바지라 공주를 후궁으로 삼도록 했다. 그리고 바라나시 근처의 땅도 결혼 선물로 되돌려주었다. 따라서 아자타샤트루는 빔비사라 왕의 조카이자 사위가 된 것이다.

붓다는 그 후 2년 동안 죽림정사에 머물면서 남은 시간에는 전도여행을 떠났다. 전쟁에 패한 아자타샤트루는 데바닷타와 관계를 끊었으므로 그는 더 이상 마가다국의 지원을 받을 수가 없었다. 그가 일방적으로 세운 교단 역시 수행자들이 모두 붓다에게 돌아간 후에는 절이 피폐해 있었다.

데바닷타는 고립된 후에 병이 들어 가야산에 칩거한 채 나오지 않았다. 붓다는 마가다국의 라자그리하를 방문하여 빔비사라 왕을 잃은 후, 고통 속에 살고 있는 왕비를 만났다.

아자타샤트루는 전쟁이 끝난 후 깊은 정신적 고통에 빠져 있었다. 부왕을 죽인 망령에서 헤어나지 못하고 악몽에 시달리고 있었던 것이다. 붓다는 아자타샤트루와 대신들에게 말했다.

"어느 날 한 하인이 주인을 떠나 산으로 들어가 깊은 수행을 한 끝에 많은 사람들의 존경을 받는 스님이 되어 옛집을 찾아왔습니다. 그때 주인은 그 스님을 하인처럼 부릴 수가 있겠습니까?"

아자타샤트루가 대답했다.

"그럴 수 없습니다. 나라면 그에게 공양하고 가르침을 청할 것입니다."

붓다가 말했다.

"바로 그것이 스님이 인간으로서의 존엄성을 얻은 이룸이며, 스님은 250가지의 계율을 지킴으로써 마음의 평화를 유지합니다. 스님은 가진 것이라고는 세 벌의 승복과 동냥 그릇뿐입니다.

스님은 그것을 잃을까 걱정하지 않아도 됩니다. 어디서든 두려워하지 않고 편하게 잘 수 있는 것이 스님들의 행복입니다. 스님은 하루에 한 끼만 먹으며 부와 명예를 헌신짝처럼 던져버렸습니다. 그래서 욕망으로부터 자유롭습니다."

왕은 붓다 앞에 무릎을 꿇고 엎드렸다. 그날 밤 아자타샤트루는 꿈속에서 아버지가 웃는 모습을 볼 수 있었다. 아자타샤트루는 붓다를 통해 마음의 문을 열고 지난날 자신의 잘못을 고백했다.

백단향나무의 버섯

'우리들의 삶이 있는 바로 그 자리에
죽음도 함께 있다.'

그 무렵 붓다는 아난타에게 모든 제자들을 모이도록 한
후 말했다.

"이제 이 나라에는 흉년이 들어 탁발이 아주 어렵게 되
었다. 너희들은 모두 흩어져서 이곳을 떠나라. 이곳에는
나와 아난타만 남아 있겠다."

수행자들은 붓다의 명령에 모두 마가다국을 떠났다. 그
때 붓다의 나이 80이었다. 그해 안거 기간 동안 붓다는 몹
시 앓았지만 제자들이 없는 사이에 열반에 드는 것이 옳지
않다는 생각 때문에 의지적인 노력으로 병고를 이겨내고
있었다.

붓다와 동행하며 시중을 들고 있던 아난타는 지금까지
붓다가 그렇게 심하게 앓아 본 적은 없었기 때문에 몹시
당황했다. 붓다는 그동안 그 넓고 광활한 지역을 걸어 다
녔지만 체력은 조금도 지칠 줄 몰랐다.

그러나 이번에는 달랐던 것이다. 아난타는 붓다가 저렇게 아프다가 덜컥 돌아가시는 것이 아닐까 두려움을 느끼기도 했다. 그래서 어느 날 아난타는 붓다에게 물었다.

"세존께서 갑자기 열반하시면 어쩌나 싶어 눈앞이 캄캄합니다. 지금 저희들에게 세존께서 입멸하신 후에 어떻게 할 것인지 분부를 남겨 주십시오."

붓다가 말했다.

"나는 이미 여든 살이다. 내 몸은 마치 낡은 수레와 같다. 나는 지금 영적 능력으로 내 목숨을 연명하고 있는 중이다. 나는 너희들에게 불법을 충분히 전했다. 내가 지금까지 감추거나 전하지 않고 주먹 안에 쥐고 있는 비밀의 법은 없다.

지금까지 내가 가르친 것들이야말로 너희들의 참된 귀의처이다. 모든 사람들이 법을 귀의처로 삼아 스스로를 밝히는 등불이 되어야 한다.

불(佛), 법(法), 승(僧)의 삼보는 누구나 갖고 있다. 불은 깨달음을 얻을 수 있는 능력이고, 법은 가르침이며, 그것을 지원해 주는 곳이 승이다. 그것은 누구도 빼앗을 수가 없는 참된 귀의처이다."

여기서 붓다는 모든 사람이 다른 사람을 의지해서 살지 말고 자기 자신만을 의지해서 살아야 한다는 독립 의지를 강조하고 있다. 그것은 법, 즉 가르침을 등불로 삼고 의지하며 살라는 뜻이다. 경전에 나오는 자등명(自燈明), 법등명(法燈明)이 그것이다.

남방 불교에서는 자기 자신을 섬으로 삼고, 법을 섬으로 삼아서 살라고 한다. 여기서 섬이란 법을 뜻한다. 붓다는 그때 아난타에게 자신은 지금 몹시 앓고 있지만 영적인 신통력에 의해 생명을 유지하고 있으며, 마음만 먹으면 죽지 않고 살 수 있는 능력이 있다는 것을 세 번이나 말했다고 한다.

그때 사리불과 목건련은 "세존이 먼저 열반(涅槃)에 드는 것을 차마 눈뜨고 볼 수가 없어서 자기들이 먼저 세상을 하직하겠다"는 말을 남기고 사원을 떠난타.

수행승들이 붓다에게 왜 사리불과 목건련의 하직을 말리지 않았느냐고 묻자, 붓다는 "사리불과 목건련은 이 세상의 번뇌를 다 끊고 깨달음을 얻어서 이 세상에서 할 일이 끝났기 때문"이라고 말했다.

게다가 사리불과 목건련은 전생에서도 붓다와 함께 수행을 했으며 그때도 붓다보다 먼저 멸도(滅度)에 들었으니 말릴 이유가 없다는 것이었다. 그런 이유 때문인지 목건련은 붓다와 하직하고 죽림정사에서 멀리 떨어진 깊은 산 속에서 명상 수도를 하고 있던 중에, 그곳에 사는 적의를 가진 이교도들에 의해 목숨을 잃게 된다.

그때 목건련의 제자들이 범인을 잡아 스승의 원한을 갚

으려고 하자 붓다는 그들에게 말했다.

"이제 목건련에게 육체란 아무 의미가 없다. 그가 어떻게 죽었든 문제가 아니다."

그러나 마가다국의 아자타샤트루는 목건련의 죽음을 전해 듣고 크게 격분하여 목건련을 죽인 이교도들을 모두 잡아 화형에 처해버린다.

"세상 사람들이 세존을 따라 살았습니다. 이제 붓다께서 열반하시고 나면 누구를 따라 살아야 합니까?"

제자들이 물었다.

"내 몸이 떠나도 법은 남아 있다. 너희들은 네 가지 인연으로 법을 이어야 한다. 첫째, 사람들이 먹을 것이 없으면 먹을 것을 주어야 하고, 둘째, 병든 사람을 보살펴 주어 편안하게 해주며, 셋째, 가난하고 외로운 사람들을 돌보아 주며, 넷째, 수행하는 자에게 옷과 음식을 주면 내가 있는 것과 다름이 없다."

붓다는 사리불과 결별하는 자리에서 마지막 설법을 하도록 했다. 붓다가 열반에 든 후에도 모든 비구들이 법을 믿게 하고, 불경의 뜻을 더 잘 이해시키며, 사리불의 공덕을 기리기 위해서였다.

사리불은 붓다의 말을 받들어 마지막 설법을 편 후에 붓다의 발에 이마를 대고 온몸으로 침묵의 예를 마친 후에 몸을 일으켰다. 그리고 붓다의 자태가 보이지 않을 때까지 뒷걸음으로 물러났다.

많은 비구들이 흐느끼며 붓다와 사리불의 마지막 이별을 지켜보았다. 사리불은 그 길로 고향 나란다로 돌아가 얼마 후에 조용히 입적하게 된다. 사리불의 사리가 죽림정사로 돌아오자 붓다는 정중하게 장례식을 치러 주었다.

이제 붓다의 곁에는 목건련도 없고, 사리불도 없었다. 사리불의 장례식을 마친 후 붓다가 슬픔에 빠져 있는 아난타에게 말했다.

"사리불이 죽은 후에 슬퍼서 네가 지켜야 할 계율과 자유를 잃었느냐? 우리들의 삶이 있는 바로 그곳에 죽음도 함께 있다. 이제 너도 그것을 알 수 있지 않느냐? 삶과 죽음은 결국 하나다.

이 세상의 모든 법은 변하는 것이니 너는 법에 집착하지 말아야 한다. 그리고 이 세상의 끝없는 생멸을 초월해서 살아야 한다.

사리불은 나무로 치면 큰 가지였다. 지금 그 가지는 나무에 여전히 매달려 살아 있는 불교 교단의 공동체인 것이다. 네가 눈을 뜨고 잘 살펴보면 사리불이 법을 펴기 위해서 다니던 모든 길에서 사리불의 모습을 발견하게 될 것이다.

눈을 크게 뜨고 사리불을 살펴라. 그는 아주 오랫동안 우리 곁에 함께 있을 것이며, 그 지혜는 모든 법승들의 칭송 속에서 후세 사람들에게 길이 기억될 것이다"

그날 오후 강가 강기슭을 따라 바이샬리 교외 지역의 차바라 사원에 왔을 때 붓다가 아난타에게 말했다.

"허리가 아프니 자리 좀 깔아라. 잠깐 쉬어 가자."

아난타가 자리를 펴자 붓다는 누운 채 말했다.

"나처럼 영적 신통력을 갖춘 여래는 원하기만 하면 일 겁의 세월이 넘게 살면서 세상을 도울 수가 있다."

붓다가 당시 아난타에게 한 말은 자신이 영원히 생명을 유지할 수 있는 초능력을 갖추었다는 뜻이었다. 열반경의 기록을 보면 붓다는 그때 아난타에게 그 말을 세 번이나 했지만 아난타는 붓다의 뜻을 헤아리지 못하고 그냥 넘어갔다고 전한다.

그때 아난타는 당연히 붓다에게 이 세상을 위해서 오래 살아 주시기를 간청했어야 한다고 다른 제자들이 말하고 있다. 그런데 아난타는 당시 마왕 파순에게 사로잡혀 있어서 붓다의 말을 흘려듣고 말았다.

그로 인해 아난타는 다른 제자들로부터 큰 문책을 받은 것으로 알려졌다. 그로 인해 붓다는 불멸의 생명력을 포기하고 입멸을 권하는 마왕 파순의 말을 받아들이게 된 것이다.

여기에서 붓다가 이승에서의 삶을 포기하고 영원한 삶으로의 전환을 선택하는 종교적인 비의(秘儀)가 드러나고 있다. 이것은 인간이 영원히 사는 길을 마음속에 새기는 뜻이 있으며, 아난타가 붓다의 입멸 과정을 준비하는 상징적 의미가 되기도 한다. 이어 마왕 파순은 붓다에게 말한다.

"세존님, 당신이 열반에 들 시간은 바로 지금입니다. 어서 서둘러 이승을 하직하십시오."

그때 붓다가 말한다.

"서둘지 마라. 나는 때를 알고 있다. 제자들이 돌아오면 석 달 후에 사라쌍수 사이에서 열반에 들 것이다."

붓다가 마왕 파순에게 입멸을 약속하는 순간 파순이 기뻐서 날뛰었고, 그 진동으로 땅이 크게 진동했다. 그 순간 아난타는 비로소 정신이 들어서 붓다에게 묻는다.

"무슨 괴이한 일로 땅이 이렇게 흔들립니까?"

그때 붓다가 다시 말한다.

"땅이 움직이는 것은 여덟 가지 인연 때문이다. 이번 일은 여래가 무여열반(無餘涅槃)에 들 때가 되었다는 뜻이다. 나는 조금 전에 마왕 파순에게 석 달 후에 열반에 들기로 약속했다."

아난타는 깜짝 놀라 그때서야 붓다가 조금 전에 자기한테 한 말의 뜻을 깨닫고 더 오래 머물러 줄 것을 간청했다. 그러나 때는 이미 늦었다.

아난타는 붓다가 자기에게 세 번이나 물었음에도 불구하고 그 참뜻을 깨닫지 못한 것이 너무 괴로워서 참을 수가 없었다. 아난타는 그 일로 붓다가 입멸한 후에 다른 제자들로부터 큰 비난의 대상이 된 것이다.

붓다는 곧 바이샬리에 탁발을 떠난 제자들을 불러 모아 석달 후에 열반에 들 것이라고 선언한다. 그 말을 들은 사람들은 모두 한숨을 쉬며 슬퍼했다.

그러자 많은 제자들이 붓다 앞에 나가 엎드려 여래의 입적을 차마 지켜볼 수 없으니 먼저 죽겠다고 나섰다. 그때 붓다는 침묵으로 그들의 제의를 허락했다.

먼저 마하파자파티를 위시한 5백여 명의 비구니들이 붓다의 주위를 일곱 번 돈 다음 곧 선정에 들어가 입멸했다. 붓다는 아난타와 난타와 라훌라와 함께 파자파티의 장례를 치러 주었다.

그해에는 붓다의 최초의 제자였던 코스타니야를 비롯한 다섯 무사들이 모두 세상을 떠났으며, 우루벨라 캇사파와 그 형제들과 야소다라도 세상을 떠났고, 붓다의 아들 라훌라도, 어머니 야소다라가 죽은 직후에 곧이어 죽었다.

붓다는 바이샬리 성에서 걸식을 하고 돌아오는 길에 언덕에 올라가 "아름다운 바이샬리를 보는 것도 이것이 마지막이다"라고 아난타에게 말했다.

붓다는 파바에 사는 대장간 아들 쿤다의 망고 과수원에서 제자 3백 명과 저녁 식사를 함께 했다. 쿤다는 진귀한 전단향나무에서 딴 버섯으로 정성껏 음식을 해서 바쳤지만 붓다는 그 요리를 먹고 식중독을 일으키고 아난타에게 버섯 요리를 다른 비구들에게 주지 말라고 지시한다.

붓다가 버섯 요리를 먹고 복통이 나자 쿤다는 몸 둘 바를 몰라 붓다 앞에 엎드려 통곡했다. 그러나 붓다는 쿤다에게 말했다.

"내가 깨달음을 얻기 직전에 네란자라 강가에서 수자타에게 받은 우유죽이 첫 공양이 되었고, 입멸에 앞서 네가 준 버섯 요리가 마지막 공양이 되었다. 너는 붓다에게 마지막 공양을 바친 공덕으로 저승에 가면 생사의 윤회에서 벗어나는 가피가 내려질 것이다."

붓다는 독버섯의 공양으로 위독했음에도 불구하고 쿤다에게 따뜻한 위로와 축복의 말을 잊지 않았다. 이렇게 수자타의 우유죽과 쿤다의 버섯 요리는 붓다의 2대 공양으로 오늘날까지 알려지고 있다.

붓다는 위독한 몸을 이끌고 제자들과 함께 쿠시나가라로 갈 길을 재촉했다. 여행 도중에 붓다는 몹시 불편해서 여러 차례 휴식을 취한다.

그때 불교 교단을 이단시하던 알라 카라마의 제자들이 수레 5백 개를 끌고 지나가다가 모두 불법에 귀의하게 된다. 그들은 붓다에게 황금실로 짠 베로 만든 승복을 바친다. 붓다가 그 옷을 입었을 때 온몸에서 찬란한 광채가 나타나고 얼굴빛은 청정하고 온화하게 변했다고 한다.

그때 아난타는 "내가 붓다를 모신 25년 동안 저렇게 빛나는 얼굴은 처음이다"라고 말했다. 그러자 붓다는 아난타에게 "그 광채는 득도했을 때와 열반에 들 때가 가장 밝다"고 말했다고 전해진다.

쿠시나가라로 가는 도중 붓다는 목이 말라 아난타에게 세 번이나 계속 강물에서 물을 떠오게 하여 마신다. 여기서 붓다의 갈증을 신앙적으로는 불난 집과 같은 사바세계의 고통 속에서 신음하는 인간의 모습으로 비유하기도 한다.

열반제

내 가르침이 있는 곳에는
늘 내가 너희와 함께 있을 것이다.

붓다는 또한 쿠시나가라로 가는 도중 강에서 목욕을 하
고 그 물을 손으로 받아 마셨다. 붓다는 기력이 쇠진해서
걸음이 무거워지고 느려졌다. 그래서 일행은 조금 가다가
쉬고 또 조금 가다가 쉬는 일을 스물다섯 번 거듭한 끝에
마침내 구시나가 성에 도착한다.

붓다는 두 그루의 사라나무 사이에 가사를 네 겹으로 깔
고 머리를 카필라 성을 향해 북쪽으로 두고 얼굴은 서쪽으
로 향하여 오른쪽 옆구리를 바닥에 대고 다리를 포개어 누
웠다. 그때의 모습이 우리들이 지금 보는 붓다의 열반 와
상(臥像)이다.

그때 제자들은 붓다가 편하게 눕도록 꽃을 뿌리고 향도
피우고 노래를 부르며 여러 방법으로 지극한 공양을 드린
다. 붓다의 모든 전기문학에는 이 대목에서 "제철도 아닌
데 사라나무에서는 꽃이 피어 하늘에서 흩날렸으며 전단

향이 뿌려졌다" 혹은 "하늘에서 노래가 은은하게 울려 퍼졌다"고 쓰고 있다. 그때 붓다가 말했다.

"참된 공양은 꽃이나 향기나 노래로 하는 것이 아니라 오직 법에 따라 행하는 것이다."

그때 아난타가 붓다에게 입멸 후에 어떻게 장례를 치러야 할 것인지 물었고, 붓다는 전륜왕처럼 장례를 치러 달라는 유언을 남긴다.

전륜왕의 장례는 시신을 새 베와 깨끗한 솜으로 잘 싸고 금으로 만든 관에 넣어 기름을 붓고, 그 관을 다시 더 큰 금관에 넣어 향나무로 화장을 하고 유골을 탑에 안치시키는 절차를 말한다.

당시 사라나무 주변에는 붓다의 마지막 예불을 참관하기 위해 수많은 신도들이 몰려들어 머리칼 한 올도 끼어들 수 없을 만큼 빈틈이 없었다. 아난타는 붓다의 입멸을 앞두고 수행이 모자란 자신을 되돌아보면서 괴로워한다. 붓다는 아난타의 마음을 알고 위로한다.

"슬퍼하지 마라. 이 세상에서는 사랑하는 사람끼리 이별의 슬픔을 나누지 않는 사람이 없고, 세상에 살아 있는 것들은 반드시 사라진다고 내가 이미 말하지 않았느냐. 너는 오랫동안 여래를 위해 공덕을 쌓았으니 머지않아 번뇌를 끊고 아라한의 경지에 이를 것이며 또한 열반에 들게 될 것이다."

아난타는 눈물을 흘리며 말했다.

"왜 마하가나나 코살라나 밧지나 카필라 같은 곳을 놔두고 이 보잘것없는 쿠시나가라에서 열반하시려는지요?"

"내가 묻히는 이 땅은 네 개의 인연이 있다. 앞으로 이곳에는 네 개의 탑이 설 것이며 많은 사람들이 와서 예불을 올리게 될 것이다."

여기서 붓다가 말한 네 곳의 예불처란, 첫 번째는 붓다가 태어난 룸비니 동산이다. 이곳은 지금의 파데리아 부근이다.

두 번째는 부다가야의 보리수나무이다. 이곳은 현재 인도의 북동부 비하르주 가야의 남쪽 10킬로미터 지역에 있다. 붓다가 입멸한 후 아쇼카 왕이 그곳에 큰 탑과 사원을 지었다. 4세기에는 대각사가 건립되어 불교의 중심지가 된다. 그리고 붓다가 정좌했던 보리수나무에는 금강보좌가 있고, 그 동쪽으로는 7세기경에 세워진 높이 50여 미터의 대정사탑이 피라미드형으로 치솟아 있다.

세 번째는 미가다야로, 붓다가 처음 설법을 하던 곳이다. 이곳은 사슴이 있는 정원이라고 해서 녹야원(鹿野苑)이라고도 한다. 인도 중부의 베나레스 교외의 사르나드에 있다.

네 번째는 붓다가 열반한 두 그루의 사라나무가 있는 쿠시나가라이다. 이곳은 현재 불교의 4대 성지로 붓다가 이

미 예언했던 곳이다.

붓다는 마지막 설법에서 인간이 살아가면서 지켜야 할 도리는 자연 속에 그 해답이 있다는 점을 강조했다. 붓다가 계속 강조해온 팔정도를 마음의 기준으로 삼아 서로 돕고 사랑하며 마음의 평화를 유지하며 조화를 이루어 나가라고 말한다.

"이 세상의 모든 만물은 저 홀로 존재할 수가 없으며 서로가 깊은 인연으로 만나고 존재한다. 그러므로 서로 돕고 사랑하며 은혜를 베풀어라. 그리고 사람은 각자 자기 처지에 맞도록 이웃을 위해 봉사를 해야 하며 늘 감사하는 마음으로 살아야 한다."

붓다는 자신이 이 세상에 살게 된 것은 인류에게 살아가는 이치와 도리를 가르치기 위해서였으며, 자신의 인생은 자비와 사랑의 빛이었다는 점을 강조했다.

"모든 인류는 한 형제다. 돈 없는 사람이나 부자나 지위가 높거나 낮거나 어느 누구를 막론하고 모든 사람들은 붓다의 자녀들이다. 너희들이 이 세상에 태어나기 전에 지금 살고 있는 곳을 선택했기에 지금 너희가 살고 있는 그 환경과 조건에서 스스로 진리를 깨달아야 한다."

붓다의 설법이 끝났을 때 117세의 바라문 출신 수행자 수바드라가 오랜 수행 중에 풀리지 않는 의문을 풀기 위해 먼 길을 찾아와서 물었다.

처음에 아난타는 붓다가 열반의 시간이 가까워졌으므로 면담을 거절하려고 했으나 늙은 수행자 수바드라가 세 번이나 간절히 면담을 원했으므로 붓다에게 물었다. 그러자 붓다가 말했다.

"수바드라는 나의 마지막 제자가 될 것이다. 어서 데려오너라."

붓다는 이미 수바드라가 찾아올 것을 알고 있었다. 수바드라는 붓다 앞에 나가 예를 갖추면 말했다.

"저는 여래가 이승에 한 번 태어나심이 3천 년 만에 한 번 꽃이 핀다는 우담바라처럼 어렵다는 것을 잘 압니다. 저는 지금까지 세상을 헤매었지만 모든 슈바라들이 저마다 다른 법을 주장하고 있었습니다. 세존께서는 저들이 주장하는 법을 모두 알고 계십니까?"

"나는 그들을 모두 알고 있다. 내가 오묘한 이치 하나를 말해 줄 테니 잘 들어라. 참된 수행자는 생로병사의 고통에서 벗어나기 위해 팔정도라는 중도의 마음을 지녀야 한다. 즉, 어느 한쪽으로도 치우치지 않는 마음을 말한다.

또 사물을 바른 눈으로 보고, 생각과 말과 행위를 바르게 하며, 바르게 노력하고 바른 선정으로만 사문(沙門)의 지위에 나갈 수 있다는 것을 알아야 한다.

그리고 흔들리지 않는 신념으로 수행을 완성해야 하며, 다시 한 번 삶과 죽음을 윤회한 후에 깨닫거나, 죽은 후 다시는 태어나지 않고 깨달음을 얻거나, 바로 아라한이 되는 경지가 있다."

붓다는 그 말을 노래로 요약했다.

"나는 29살에 깨달음을 얻기 위해 출가하여
이미 50년의 세월이 흘렀다.
그간 나는 계와 정과 지혜에 대해
홀로 깊은 명상을 했으며
가장 중요한 바른 법에 대해 설법을 했다.
그밖에 더 이상의 수행은 없다."

붓다의 말에 수바드라는 마음의 문이 열리면서 눈물을 흘렸다.

"여래의 법에 귀의하겠습니다. 저를 받아주십시오. 저는 세존께서 먼저 열반에 드시는 것을 지켜볼 수가 없습니다. 먼저 가서 세존을 맞겠습니다. 허락해 주십시오."

수바드라는 붓다에게 간청했다. 그러자 붓다는 아난타로 하여금 수바드라에게 수련 기간을 거치지 말고 구족계를 주도록 지시했다. 붓다의 말에 즉시 계를 받은 수바드라는 밤이 되기 전에 아라한이 되었다. 그는 붓다가 입멸하기 전에 입적한 마지막 제자로 기록된다.

밤이 깊어가면서 제자들은 숨을 죽이고 붓다의 열반을

지켜보고 있었다. 보름달이 온 누리를 깊은 침묵 속에 비추고 있었다. 붓다의 마지막 설법이 계속되었다.

"수행자들은 장사를 하지 말고, 하인을 쓰지 말고, 짐승을 기르지 말며, 재물을 멀리하라. 사람들에게 점괘를 봐 주지 말고, 주술을 외우지 말며, 선약(仙藥)을 만들어 주지 말라.

또 권세 있는 사람과 사귀지 말고, 서민을 괴롭히지 말고, 불행한 이웃을 구제하며, 자기 허물을 숨기지 말고 이상한 생각과 말로 사람들을 미혹하지 말라. 보시는 알맞게 받고 모아 두지 말라.

계율을 지키는 이유는 해탈을 하기 위해서이다. 이 계율에 의지하면 선정(禪定)이 나오고 괴로움을 없애는 지혜가 나온다. 그러므로 계율을 지켜라. 계율을 어기면 공덕이 생길 수가 없다.

오욕에 젖지 않기 위해서는 마치 소 치는 아이가 소를 밭에 들어가지 못하도록 회초리를 들고 감시하는 것처럼 해야 한다. 오욕에 빠지게 하는 오관은 마치 사나운 말처럼 재갈을 단단히 물리지 않으면 수레를 사납게 끌어 사람을 진흙 구렁텅이에 내동댕이치는 것처럼 할 것이다.

음식은 약처럼 조심해서 먹되 굶주림을 면할 정도면 좋다. 낮에는 열심히 법을 익히고 밤이면 경전을 읽어서 시간을 낭비하지 말라. 지은 죄를 부끄러워하고, 인욕을 하며,

교만한 마음을 버리고, 아첨하지 말며, 꾸준히 정진하라.

욕심이 크면 번뇌가 많고 욕심이 적으면 근심도 적다. 괴로움에서 벗어나려면 매사에 감사하고 만족해야 한다. 만족할 줄 모르면 재물이 많아도 마음이 가난하지만 만족할 줄 아는 사람은 재물이 없어도 마음은 가득 차 있다.

또한 고요한 정적을 얻으려면 몸과 마음이 한가로워야 한다. 마음속에서 일어나는 망상을 버리고 한적한 곳을 찾아가 정진하라. 마치 낙숫물이 바위를 뚫는 것처럼 끝없이 정진을 계속해야 한다.

나는 한시도 게으르지 않았기에 깨달음을 얻을 수 있었다. 이것이 여래가 너희들에게 하는 마지막 부탁이다."

청명한 달빛이 가득 찬 가운데 붓다의 말소리는 크게 울리면서 점차 멀어져 가고 이내 무거운 침묵이 왔다. 그 순간 세상이 잠시 멈춘 듯했다.

제자들은 붓다의 설법이 잠시 후에 다시 이어질 것으로 기대하고 있었다. 그러나 깊은 침묵이 한동안 계속되었다. 그러자 아난타가 낮은 목소리로 옆에 있는 아니룻다에게 물었다.

"세존께서는 열반에 드신 것이 아닙니까?"

그때 아니룻다가 말했다.

"아니오. 세존께서는 명상정에 드신 후에야 열반에 드실 것이라고 말씀하신 적이 있습니다."

제자들은 붓다가 이미 열반에 든 줄 알고 여기저기서 흐느끼기 시작했다. 그때 붓다가 다시 말을 이었다.

"슬퍼하지 말라. 이 세상에서 목숨이 붙어 있는 것들은 모두 죽는다. 내가 비록 천년을 더 산다 해도 언젠가는 죽어야 하지 않겠느냐. 내 비록 몸은 이 세상에서 사라지지만 영혼은 영원히 살아 있다.

그러니 너희들은 슬퍼하지 말라. 나는 내가 이 세상에 태어나서 마땅히 해야 할 일을 모두 마쳤다. 누구나 이 세상에서 할 일을 마치면 몸을 버리고 떠나야 하는 것. 내 가르침이 있는 곳에는 늘 내가 너희와 함께 있을 것이다."

다시 깊은 침묵이 주위를 감쌌다. 깊고 무겁고 두려운 침묵을 아무도 깨뜨리지 않았다. 그러나 제자들의 가슴속에는 붓다의 가르침이 웅장한 교향곡처럼 크고 넓게 울려 퍼지고 있었다. 이윽고 아난타가 그 침묵을 깨고 붓다에게 물었다.

"세존께서 열반에 드신 후에 저희들은 어떻게 하면 좋겠습니까?"

"내가 한 설법을 너희들이 기억하는 한, 다른 사람에게 내 말을 전하여 방황하는 영혼들을 구제해야 한다. 그것이 너희들이 앞으로 해야 할 일이다. 비록 나는 없는 것 같지만 늘 네 곁에 있다.

그러니 외로워하거나 슬퍼하지 말라. 너희가 외로워지

면 내가 태어난 룸비니나 내가 깨달음을 얻은 우루벨라 숲이나 혹은 내가 처음 설법을 한 바라나시의 죽림정사나 기원정사에서 나와 함께 보내던 시절을 떠올려라. 언젠가 너희들은 나와 다시 만날 것이다."

그 다음 붓다는 다시 깊은 침묵 속에 빠졌다. 그때 아니룻다는 붓다의 선정을 마음의 눈으로 깨닫고 마침내 열반에 들었다는 것을 확인했다.

붓다의 입멸 과정을 보면 처음에는 초선정에 든 다음, 제2의 선정 제3의 선정, 제4의 선정, 공무변처(空無邊處), 식무변처(識無邊處), 무소유처(無所有處), 비상비비상처(非想非非想處) 그리고 드디어 상수멸(想受滅)에 들었다.

붓다가 입멸한 순간 땅이 움직이고 하늘에서는 번개와 함께 벼락 치는 소리가 들렸다.

"붓다께서 열반에 드셨습니다."

아니룻다의 말에 사람들은 모두 눈물을 흘렸다. 큰 흐느낌이 주위의 정적을 깨고 크고 넓게 퍼져갔다. 붓다가 열반에 들었다는 소식은 가섭에게 전해졌고, 이어서 모든 절마다 그 소식이 전해졌다.

아난타는 다음 날 새벽에 붓다의 유언에 따라 전륜왕과 같은 장례를 준비했다. 그러나 붓다의 금관에 향나무를 태웠으나 불이 붙지 않았다.

그때 마하가섭 일행이 쿠시나가라에 도착했다. 붓다가

입멸한 지 7일째 되는 날이었다. 마하가섭은 손에 만다라화를 갖고 왔다. 그리고 아난타에게 붓다의 얼굴을 마지막으로 보고 싶다고 세 번이나 간청했다.

그러나 아난타는 붓다를 이미 금으로 만든 두 겹의 관에 모셨으므로 관을 열 수 없다고 거절했다. 가섭은 할 수 없이 붓다의 관을 손으로 만지기 위해 다가갔다.

경전의 기록에는 붓다의 관을 태울 향나무가 처음에는 불이 붙지 않았으나 가섭이 관에 예불을 올리고 관 주위를 세 번 돈 후에 게송을 읽자 비로소 향나무에서 스스로 불이 붙었다고 전한다. 아니룻다는 종을 울렸고, 곧이어 독경 소리가 장엄하게 울려 퍼졌다.

향나무가 타면서 잿더미 위로 짙은 향기가 퍼졌다. 붓다의 유해가 다 타자 비가 내려 빗물에 재가 씻겨 내려가고 사리(舍利)만 남았다. 붓다의 사리는 황금 항아리에 담겨 사원의 제단 위에 올려졌다. 제자들은 당번을 서서 유골을 지켰다.

붓다가 열반했다는 소식이 세상에 알려지면서 이웃의 많은 왕들이 사신을 보내 경의를 표했다. 붓다의 유골은 8개국의 사신들에게 골고루 분배되었다. 마다가국에서는 라자그리하에 불탑을 세우기로 했다. 바이샬리와 카필라성, 콜리야와 베다와 말라, 그리고 쿠시나가라와 파바에도 불탑 건립이 계획되었다.

마하가섭을 비롯한 제자들은 처음에는 깊은 시름에 빠져 있었지만 곧 힘을 회복한 후에 붓다가 열반한 지 3개월 만에 집회를 가졌다. 그 모임에는 마하가섭을 비롯하여 아난타, 아사지 등을 포함한 제자 5백여 명이 모였다.

경전에 의하면 붓다의 모든 수제자들은 모두 깨달음을 얻어 아라한의 경지를 이루었지만 아난타만은 그때까지도 깨달음을 얻지 못해 슬픔에 빠져 있었다.

아라한의 경지에 이르면 모든 기쁨과 슬픔을 초월한다. 따라서 다른 제자들은 모두 냉정한 태도를 보여 주고 있었지만 아난타만은 그때까지도 슬픔 속에서 헤어나지 못하고 흐느끼고 있었다.

아난타는 붓다가 이미 예언한 대로, 붓다가 입멸한 후 장마가 시작된 안거 기간에 라자그리하 교외에서 마하가섭을 비롯한 5백여 명의 아라한들이 첫 경전편집회의를 개최한 날 아침에 비로소 깨달음을 이루어 아라한의 경지에 올랐다.

붓다의 사촌동생으로 제자들 가운데 가장 오랫동안 동안 붓다의 시중을 들었던 아난타는 마침내 뒤늦게나마 깨달음에 이를 수 있었던 것이다.

그 첫 집회에서는 마하가섭이 불교 교단의 최고 지도자로 추대된다. 붓다 이후로 종정의 위치가 된 것이다. 마하가섭은 당시 두타행(頭陀行), 즉 번뇌를 벗고 의식주의 탐욕에서 벗어나 오직 불도를 수행하는 두타행의 제1인자로 붓다의 10대 제자 중 으뜸으로 손꼽힌다.

이로써 가섭은 붓다의 가르침을 후세에 전하는 작업의 총지휘자가 된 것이다. 가섭의 주재로 열린 집회에서는 붓다의 가르침에 관한 모든 것을 기억을 더듬어 낭독하고 복창했다.

특히 아난타와 우파리는 가섭의 물음에 대답하여 각 계율과 설법을 정리하는 중요한 역할을 했다. 그 회합은 7개월간 계속되면서 대장경(大藏經)의 첫 결집이 마침내 이루어지게 된다.

따라서 마하가섭은 마가다국의 숲 속 우거진 굴(七葉窟)에서 승단의 대표자들을 소집하고 경전편찬회의를 개최한다. 그 회의를 불교 교단에서는 제1결집이라고 한다.

그때 아난타는 붓다의 시중으로서 생전에 보고 들은 설법을 독송하고 불경을 편찬하는 데 중심 역할을 맡고, 우파리는 계율 부분을 주재하게 된다.

이때 회의에 참석한 수가 500명이어서 오백결집(五百結集)이라고도 한다. 이때 편찬된 것이 경장(經藏)과 율장(律藏)으로 오늘날 경전의 골격이 된 것이다.

이때 아난타가 편찬의 적임자로 뽑혀 "나는 붓다로부터 이렇게 들었다"라는 뜻의 여시아문(如是我聞)의 형식이 정리되어 아쇼카 시대까지 전해진다. 입으로만 전해진 이

법은 매우 뛰어나고 정확도가 높은 것으로 알려지고 있다.

당시는 지금처럼 모든 일들이 글로 기록된 것이 아니라 입에서 입으로 전해지던 때였다. 붓다의 설법이 글로 기록되기 시작한 것은 아주 먼 훗날 아쇼카 왕 시대이다.

아쇼카 왕은 가릉가를 정복하여 포로 수십만 명을 학살한 포악한 왕이었다. 그러나 이후 그는 붓다에 귀의하여 8만4천 개의 절과 탑을 세우고 정법을 선포하는 포고문을 바위와 돌기둥에 새긴다.

또 법전을 편찬할 때는 바라문 학자들도 참여시켜 '제2의 결집'을 편찬했다. 붓다가 열반한 후 100년경이 되자 수행자들이 진보파와 보수파로 갈리게 된다. 이때 보수 노장파들이 젊은층들의 주장을 막기 위해 바이샬리에서 700명의 장로들이 모인 가운데 경전 편찬회의를 하게 된다. 이것이 '제2의 결집'이다. 이때 회의를 주재한 사람은 야사였다.

문자 없이 암송되던 붓다의 설법과 제자들의 가르침이 모두 기록된 이 대장경은 생전의 붓다의 뜻에 따라 고대 베다 언어로 기록되었다.

이 회의에서는 모든 경전들을 각국의 언어로 번역해서 사용하자는 합의가 이루어졌으며, 첫 경전회의의 후원자는 마가다국의 아자타샤트루 왕이었다. 위대한 스승이 남긴 위대한 제자들의 불법 전도는 이후에 계속되어 전 세계에 퍼져나갔다.

붓다가 열반할 즈음에 붓다의 수제자들은 대부분 먼저 입멸하고 없었지만 그때는 이미 깨달음을 이룬 젊은 수행자들이 줄을 잇고 있었다. 붓다가 심은 깨달음이라는 거대한 나무는 마침내 대지에 깊이 뿌리를 내리기 시작했던 것이다.

붓다는 스스로 존재가 비존재로 바뀌는 법이 없다고 말했다. 붓다 역시 형상은 한 줌의 재로 변했지만, 붓다의 법은 사람들의 가슴 속에서 여전히 뜨겁게 흐르고 있는 것이다. 아름다운 네란자라 강이 지금도 여전히 흐르고 있는 것처럼. ♌

참고문헌:

佛教, 그 세계(佛教新書1)_ 岩本裕 지음 · 權奇悰 옮김 / 同化文化社

소설 붓다_ 틱낫한 지음 · 서계인 옮김 / 도서출판 藏經閣

인간석가_ 高橋信次 지음 · 金海錫 옮김 / 미리내

마음의 發見_ 高橋信次 지음 · 金海錫 옮김 / 미리내

부처님의 생애(바라밀총서17)_ 박경훈 지음 / 불광출판부

붓다(시공디스커버리 총서)_ Jean Boisselier 지음 · 이종인 옮김 / 시공사

붓다와 그 가르침(깨달음 총서37)_ B.R.Ambedkar 지음 / 민족사

반야심경이야기_ 법륜스님 지음 / 정토출판

해설 般若·心經_ 李靑潭 설법 / 보성문화사

왜 사는가 왜 죽는가_ 김해석 지음 / 해누리

華嚴오교장_ 鶴潭 편찬(大韓佛教 曹溪宗 教育圓 譯經委員會)
　　　　　　曹溪宗출판사

華嚴經正解_ 圓照覺性 講解 / 현암사

화엄철학_ Garma c.c. Chang 지음 / 경서원

大唐西域記_ 玄奘法師 지음 · 권덕주 옮김 / 우리출판사

한글 아함경_ 高翊晋 편역 / 동국대 출판부

佛教根本教說(아함경을 중심으로)**_** 聖悅 편저 / 경서원

法句經_ 김달진 옮김 / 현암사

涅槃經_ 다무라요시로 지음 · 이원섭 옮김 / 현암사

인도불교사상사_ Edward conze 지음 / 민족사

우파니샤드_ 釋智玄 역주 / 一志社

經典의 세계_ 佛光教學部編 / 佛光出版社

佛教教理_ 대한불교조계종 포교원 편찬 / 曹溪宗출판사

이것이 불교다_ K.Sri Dhammanan Da 지음 / 도서출판 대원정사

地藏經 講義_ 無比스님 지음 / 불광출판부

땅을 보고 하늘을 보고(명상적 생태 에세이)**_** 이원만 / 들숨날숨